DER TOD KOMMT AUF BESTELLUNG

Gordon Rabes fünfter Fall

Von H.C. Scherf

AF236517

Thriller

Bibliografische Information der Deutschen Nationalbibliothek:
Die Deutsche Nationalbibliothek verzeichnet diese Publikation in der
Deutschen Nationalbibliografie; detaillierte bibliografische Daten sind im
Internet über http://dnb.dnb.de abrufbar.

DER TOD KOMMT AUF BESTELLUNG

© 2020 H.C. Scherf
harald2066@gmx.de

Aktives Mitglied im Selfpublisher-Verband e.V.

Covergestaltung: VercoDesign, Unna
Bilder von:
majdansky / clipdealer
dgool / clipdealer
ostill / clipdealer
ammentorp / clipdealer
Lolostock / Shutterstock

Lektorat/Korrektorat: Heidemarie Rabe
rabe.heidemarie47@googlemail.com

Herstellung und Verlag:
BoD – Books on Demand, Norderstedt

ISBN: 978-3752668940

DER TOD KOMMT AUF BESTELLUNG

– Gordon Rabes fünfter Fall –

Von H.C. Scherf

Die Menschen fürchten den Tod sogar mehr als den Schmerz.
Es ist komisch, dass sie den Tod fürchten.
Das Leben schmerzt viel mehr als der Tod.
Im Moment des Todes ist der Schmerz vorbei.
Ja, ich glaube, er ist ein Freund.

© Jim Morrison (*1943)

1

Der Himmel über dem Essener Baldeneysee hatte sich bedrohlich zugezogen und kündigte ein Unwetter an. Aus der Ferne schallte das erste Grollen herüber, was Mia Richter unwillkürlich zum Mantelkragen greifen ließ, den sie mit einem Ruck hochschlug. Kommissarin Leonie Felten, die versuchte, neben der Kollegin Schritt zu halten, war diese Geste nicht entgangen. Mehr zu sich selbst beschrieb sie ihr augenblickliches Unwohlsein:»Ekeliges Dreckswetter, verdammtes!«

In einiger Entfernung tauchten die ersten Gruppen auf, die darauf hindeuteten, dass sie sich nicht mehr weit vom Fundort der Leiche entfernt befinden konnten. Automatisch beschleunigte Mia noch einmal ihr Tempo. Leonie hielt sie am Ärmel des Mantels zurück.

»Hoppla, junge Frau, jetzt mach mal halblang. Ich bin auch nicht mehr die Jüngste und wollte meine Trainingseinheit eigentlich auf den Abend verlegen. Stehst du etwa auf Wasserleichen? Also, ich werde mich niemals an den Anblick gewöhnen. Die haben etwas an sich, das mich immer wieder erschauern lässt. Hoffentlich ist Dr. Lieken schon da. Seinen alten Taunus habe ich zumindest nicht auf dem Parkplatz gesehen.«

»Da kann ich dich beruhigen, Leonie. Ganz rechts steht Dr. Lieken doch zwischen den Kollegen von der Spurensicherung. Also bitte keine Panik.«

Die beiden Kommissarinnen befanden sich nur noch zehn Meter vom Fundort entfernt, als sich Lieken aus der Gruppe löste und ihnen entgegenkam.

»Wollte mir Gordon heute mal eine Freude bereiten, indem er mir den attraktiveren Teil des Morddezernates schickte? Das tut meinen alten Augen gut. Allerdings werden Sie beide das nicht behaupten können, wenn Sie das Opfer gesehen haben. Kommen Sie mit, ich zeige Ihnen das, was der Täter uns serviert hat.«

Beide Frauen glaubten, diesen besonderen Unterton in der Stimme des Rechtsmediziners herausgehört zu haben, der erfahrungsgemäß auf ein beeindruckendes Erlebnis vorbereitete. Es kam jedoch schlimmer, als sie es sich vorgestellt hatten. Dr. Lieken zögerte noch einen Moment, bevor er die Plane endgültig zurückzog und den Blick auf das freigab, was einmal eine lebenslustige Frau gewesen sein musste. Mia schlug beide Hände vor das Gesicht und krallte dieselben danach in Leonies Jackenaufschläge. Die versuchte zumindest, tapfer dem Schock zu begegnen, der sich rasend schnell in ihr ausbreitete. Fast hilfesuchend wechselte ihr Blick zu Lieken, der nur die Schultern hochzog und das Gummiband neu richtete, das seine langen grauen Haare im Nacken als Pferdeschwanz zusammenhielt.

»Tut mir leid, Ladys, aber das konnte ich euch leider nicht ersparen. Das Wasser kann gnadenloser sein, als der Täter selbst – wie man sieht. Derjenige, der diese Frau ins Jenseits beförderte, war schon grausam genug, doch so schlimm wird die Frau vor dem Aufenthalt im See nicht ausgesehen haben. Doch lasst mich erklären, was mir das Opfer bisher andeuten kann.«

»Einen Moment noch, Dr. Lieken. Ich glaube, meiner Kollegin Richter geht es momentan nicht so gut.«

Leonie löste sanft Mias Hände von ihrem Revers und schob sie etwas zurück. In ihren Augen war die Sorge um die Kollegin deutlich zu erkennen. Dankbar griff sie zu, als Dr. Lieken ihnen eine kleine Schachtel entgegenhielt, in der er ständig seine Lieblingsdrops mitführte. Einen davon steckte sie Mia zwischen die Lippen und legte die Hand darüber, um zu vermeiden, dass sie den wieder ausspuckte.

»Lutsch darauf herum. Das hilft immer und beruhigt, glaube mir.«

Mias stummes Nicken sorgte dafür, dass sowohl Leonie als auch Lieken erleichtert aufatmeten. Es wirkte wie eine Trotzreaktion, als sich Mia der toten Frau zuwandte, deren Pupillen direkt auf die Besucher gerichtet schienen. Es hatte den Anschein, als wollten sie Klage erheben gegen die Menschen, die eigentlich nur um die Aufklärung der Todesursache bemüht waren. Einen Moment zögerte Mia noch, bevor sie sich endgültig bückte und das Laken komplett zurückzog. Auch Leonie bemerkte die Besonderheit an dem Opfer, bevor Dr. Lieken eine Erklärung dazu abgab.

»Ich sagte ja bereits, dass der Täter gnadenlos war. Aber die Wunden an den Beinen und im Gesicht stammen nicht von ihm. Da bin ich mir ziemlich sicher. Das sieht mir danach aus, dass der Leichnam über eine lange Strecke der

Strömung ausgesetzt war und des Öfteren an der Böschung und an Steinen anschlug. Zusätzlich muss die Frau in die Schraube eines Motorbootes geraten sein. Seht ihr diese Wunden, die ein Wellenmuster zeigen?«

Beide Kommissarinnen nickten und warteten auf weitere Erklärungen.

»Das Opfer muss mindestens drei Wochen im Wasser gelegen haben beziehungsweise dort getrieben sein. Die Haut hat sich bereits gelöst und kann hier an der Hand handschuhartig abgezogen werden inklusive der Fingernägel. Davon brauchbare Fingerabdrücke zu erhalten dürfte schwierig werden. Trotzdem werden wir versuchen, mithilfe einer schwachen Seifenlösung oder einem 3%igen Natriumsulfidbad etwas Brauchbares herauszuholen. Viel Hoffnung habe ich jedoch nicht.«

»Warum finden wir denn die Hypostase, also die Leichenflecken nicht nur auf einer Seite?«, wollte Leonie wissen und wies auf die oberen Hautschichten.

»Das erklärt sich dadurch, dass das Opfer nach seinem Tod keine lange Liegezeit in einer festen Position hatte. Das absinkende Blut, woraus die Leichenflecken bekanntlich entstehen, blieb noch weiter in Bewegung. Das führe ich darauf zurück, dass der Täter das Opfer schon recht früh im Wasser entsorgte.«

Dr. Lieken öffnete die wetterfeste Weste, die die Frau noch immer trug und zeigte auf die Brust.

»Hier erkennt man die lange Verweildauer im Wasser sehr gut. Im Brustbereich ist das Venennetz sehr stark durchgeschlagen. Doch für euch wird wichtiger sein, wen wir hier vor uns sehen. Die Bestimmung der DNA sollte kein

Problem darstellen. Allerdings bringt das ja nur was, wenn wir DNA zum Abgleichen besitzen. Mehr kann ich derzeit nicht für euch tun. Kann ich die Frau ins Institut bringen lassen?«

»Natürlich, Dr. Lieken. Ich denke, dass Sie sich melden, wenn Sie mit den Laboranalysen durch sind. Danke für den Augenblick.«

Leonie erhob sich und zog Mia zur Seite.

»Geht es dir wieder besser? Wir müssen noch mit den Kollegen von der Spurensicherung sprechen und Gordon einen telefonischen Zwischenbericht liefern.«

»Lass uns rübergehen, Leonie. Ich habe für den Augenblick genug gesehen. Verdammt, das war so kurz nach dem Frühstück gar nicht gut.«

»Hallo, liebe Kollegen«, eröffnete Leonie die Kommunikation mit der Gruppe weißgekleideter Männer. »Habt ihr schon was Brauchbares gefunden? Wer hat uns den Fund gemeldet?«

»Tja, liebe Kolleginnen, das war nicht so optimal. Die Jungs stehen da hinten bei dem Mann von der Schutzpolizei. Die sind ganz schön fertig.«

Leonie drehte sich in die Richtung, in die der Kollege zeigte. Für einen Moment erstarrte sie und wechselte einen Blick mit Mia, die ähnlich reagierte.

»Ach du Scheiße. Das sind ja noch Kinder. Wir sollten sofort einen Psychologen hinzuziehen. Komm, gehen wir rüber und sondieren die Lage.«

Wieder legte Mia ein flottes Tempo vor, als sie auf die Gruppe zuliefen. Leonie hatte Mühe, ihr zu folgen. Die Jungengruppe bestand aus sechs Personen, von denen zwei auf dem Boden saßen und stumm auf das Ufergebüsch starrten. Sie sahen nicht einmal auf, als sich Leonies Hand auf eine der Schultern legte. Ein Blick von ihr signalisierte Mia, dass sie augenblicklich den Psychologen anfordern sollte, was sie auch zeitnah erledigte. Leonie unterbrach die angeregte Unterhaltung der anderen Jungen. Ihr Dienstausweis, den sie hochhielt, ließ augenblicklich Ruhe einkehren.

»Mein Name ist Kommissarin Felten. Das ist meine Kollegin Kommissarin Richter. Es wird gleich jemand eintreffen, der sich vor allem um die beiden Freunde von euch kümmern wird. Ich hoffe, dass ihr mir ein wenig helfen könnt.«

Leonie blickte in gespannte Gesichter, die jedoch keinerlei Angst oder Zurückhaltung erkennen ließen.

»Man sagte uns, dass ihr das Opfer gefunden habt. Wie war das? Kann mir einer Näheres erklären?«

Alle Blicke vereinten sich auf einen Jungen, der sich schon zuvor still im Hintergrund gehalten hatte. Leonie konzentrierte sich auf den langen Schlaks, der sich in seiner Segeljacke unwohl zu fühlen schien, zumal sich alle auf ihn konzentrierten.

»Ich ... ich habe die ... ich meine, die Frau zuerst gesehen.«

»Dann erzähle mal der Reihe nach. Aber zuerst brauche ich deinen Namen.«

»Speyer ... Maximilian Speyer. Wir hatten heute die Segel-Tour bis zum Wehr geplant. Es sollten Wendemanöver geübt werden. Unser Boot liegt vorne am Steg. Klaus und ich standen Steuerbord und hatten gerade keine Aufgabe, als was Schweres gegen die Bordwand stieß. Zuerst dachten wir

10

an einen abgerissenen Ast oder einen Holzbalken. Ich habe mich runtergebeugt, um das Hindernis wegzuziehen, da ...« Leonie spürte, wie die Erinnerung dem etwa sechzehnjährigen Jungen die Stimme raubte. Ihre Hand legte sich beruhigend auf seinen Arm.

»Lass dir Zeit, Maximilian. Ganz ruhig. Was habt ihr dann getan?«

»Klaus meinte, dass wir unbedingt nachsehen sollten, da sich der Körper so nah am Ufer teilweise unter den Rumpf geschoben hatte und das Ruder blockierte. Ich habe mich dann runtergebeugt und daran gezogen. Als dieser Kopf, dieses grauenhafte Gesicht aus dem Wasser auftauchte, habe ich sofort wieder losgelassen. Ich konnte das nicht ...«

»Ist schon gut, Maximilian. Das kann ich sehr gut verstehen. Was war dann?«

Leonie drehte sich einem anderen Jungen zu, der jetzt ausreichend Mut gefunden hatte, die Erzählung fortzuführen.

»Es waren ja nur noch zwei Meter bis zur Böschung. Wir sind alle raus aus dem Boot und ab ins Wasser. Sven blieb und hat das Boot zum Steg da vorne gelenkt und vertäut. Dann haben wir die Polizei gerufen. Die ... die Frau hatte sich hier vorne im Gestrüpp verfangen. Man hat sie dann rausgezogen.«

Mia schaltete sich dazwischen und griff in die Kleidung des Sprechers.

»Jeden Moment kommt auch der Rettungswagen. Der wird euch mit warmen Decken versorgen. Mensch, eure Plörren sind ja klatschnass. Das Wasser dürfte wohl nur sechzehn Grad bei dem Wetter haben. Ich schlage vor, dass wir uns alle zum Haus Scheppen bewegen, damit wir ein

Dach über den Kopf und was Warmes zum Trinken bekommen. Es wird jeden Moment anfangen zu schütten.«

Ihr besorgter Blick richtete sich zum Himmel, der genau in diesem Moment mit einem Grollen vermischt die Schleusen öffnete.

2

»Besteht überhaupt ein hinreichender Verdacht, dass der Tod durch äußere Gewalteinwirkung eintrat? Was meint Dr. Lieken dazu?«

Hauptkommissar Gordon Rabe blickte von einer zur anderen, bevor Leonie fast resigniert die Schultern hob.

»Dazu konnte dein Freund bisher noch nichts Genaues sagen. Wenn du die Frau mit eigenen Augen gesehen hättest, wüsstest du, dass die Aussage so schnell nicht zu tätigen ist. Das war nur noch aufgedunsenes Gewebe, das in Kleidung steckte. Erkennbare Verletzungen waren nach Liekens Auffassung durch eine Schiffsschraube entstanden. Weitere Ergebnisse wollte er im Laufe des Tages liefern. Mit ihm möchte wohl keiner von uns tauschen.«

Das Telefon unterbrach in diesem Augenblick das Gespräch. Als Gordon auf das Display schielte, formten seine Lippen stumm den Namen Lieken in Richtung von Leonie und Mia.

»Haben bei dir die Ohren geklingelt, oder warum rufst du genau in diesem Moment an? Wir zogen gerade über dich her und kamen zu der Ansicht, dass du jetzt im hohen Alter deinen silbergrauen Pferdeschwanz abschneiden solltest. Eine altersgemäße Kurzfrisur stünde dir bestimmt besser und würde deinem Status als Mediziner gerechter. Was hältst du davon?«

Zwischenzeitig hatte Gordon auf Lauthören umgestellt und grinste die beiden Kolleginnen an.

»Übrigens sitze ich gerade mit meinen beiden besten Ermittlerinnen zusammen, mit denen ich den Leichenfund von gestern diskutiere.«

»Das ist das Beste, was du für deine Bildung tun kannst, Gordon. Allein würdest du wahrscheinlich kaum einen Fall lösen können. Doch möchte ich dir einen Vorschlag unterbreiten. Ich schneide mir den Zopf ab, wenn du im Gegenzug den Rasierapparat ansetzt und dein hässliches Gesicht freilegst. Haben wir einen Deal?«

Nur einen kurzen Augenblick stockte Gordon, während er in die feixenden Gesichter der Kolleginnen blickte.

»Lass uns zum Grund deines Anrufes zurückkommen. Hast du schon Ergebnisse?«

»Habe mir schon gedacht, dass mein Vorschlag wieder einmal bei dir auf taube Ohren trifft. Egal. Dann stellt bitte einmal die Lauscher auf. Ich habe versucht herauszufinden, ob die Frau vor ihrem gewaltsamen Tod noch Geschlechtsverkehr hatte. Keine Chance mehr.«

»Moment«, unterbrach Gordon sofort, »du sprichst von einem gewaltsamen Tod. Was bringt dich darauf?«

»Warte doch bitte mal ab, Gordon. Deine Ungeduld treibt mich noch in den Wahnsinn. Ich hatte zuerst gehofft, über den Mageninhalt Erkenntnisse darüber zu erlangen, ob sie ertrunken sein könnte. Dazu habe ich auf die sogenannten Wydler-Zeichen, einer Dreischichtung des Mageninhaltes, gehofft. Die bildet sich normalerweise aus Feststoffen, darüber einer Schicht Flüssigkeit und dann Schaum. Ist bei der Frau allerdings komplett vermischt, was die Vermutung untermauert, dass sie schon tot ins Wasser geworfen wurde.«

»Ist das der einzige Hinweis auf äußere Gewalteinwirkung. Wie wurde sie getötet, Herr Dr. Lieken?«

Leonie konnte ihre Ungeduld ebenfalls nicht mehr verbergen und stöhnte. Durch die Telefonanlage war ein schwaches Lachen zu vernehmen, bevor der Mediziner fortfuhr.

»Es ist spürbar, dass Ihr Chef, liebe Frau Felten, einen schlechten Einfluss auf Sie ausübt. Ungeduld treibt den Menschen oft zu Fehlentscheidungen. Ich habe da noch etwas für euch. Die Frau wurde definitiv erwürgt. Das gebrochene Zungenbein bestätigt das eindeutig. Allerdings kann ich, wie ich anfangs schon ausführte, nicht mit Bestimmtheit sagen, ob sexuelle Handlungen vorgenommen wurden. Die diversen Knochenbrüche könnten auch darin begründet sein, dass sie Kontakt mit der Schiffsschraube und mit den Steinen im Flusslauf hatte. Noch Fragen?«

»Zumindest haben wir Sicherheit darin, dass wir in einem Mordfall ermitteln müssen.« Mia hatte sich mit dieser Feststellung in die Diskussion eingebracht. »Jetzt sollten wir herausfinden, wo die Frau möglicherweise ins Wasser entsorgt wurde. Wo sind Staustufen, wie hoch ist die Fließgeschwindigkeit und wo werden Frauen als vermisst gemeldet?«

»Das, ihr Lieben«, erwiderte Lieken, »wird euer Part sein. Ich habe Gewebe entnommen und lasse die DNA ermitteln. Mein Bericht kommt noch heute. Viel Erfolg dabei. Und noch ein weiterer Service aus der Rechtsmedizin: Vergesst bitte nicht den Geburtstag eines gewissen Gordon Rabe, der in der nächsten Zeit ansteht. Diese Person versteht sich ausgezeichnet darauf, diesen Tag unerwähnt zu lassen. Böse Zungen behaupten, dass das auf angeborene Sparsamkeit zurückzuführen wäre. Ich nenne so was einfach Geiz. Noch einen schönen Tag.«

Gordon hatte den Mund schon zu einer Erwiderung geöffnet, als das Besetztzeichen verdeutlichte, dass Dr. Lieken eingehängt hatte. Die Tür zum Büro öffnete sich und der kahle Schädel des Kollegen Wiesner erschien durch den entstandenen Spalt.

»Habe ich was verpasst, Leute?«

»Hast du, Kai«, antwortete Leonie und erhob sich. »Soeben wurde ein offenes Geheimnis gelüftet. Dienstag in drei Wochen müssen wir uns auf eine Riesenparty vorbereiten. Gordon will seinen Geburtstag diesmal groß feiern.«

»Das wusste ich doch schon. Haben wir was über die Frau von gestern?«

An dieser Stelle mischte sich Gordon wieder ins Gespräch.

»Setz dich, Kai. Ich kläre dich auf. Die beiden Kolleginnen haben ein ausreichendes Programm, um das sie sich kümmern möchten.«

Auch Kai war Minuten später mit allen Fakten vertraut und überlegte, welchen Part er bei der Recherche übernehmen konnte.

»Werde mal als Erstes die Vermisstenlisten durchgehen. Vielleicht haben wir Glück und es handelt sich nicht um eine alleinlebende Frau, die keiner so schnell vermisst. Ich denke, dass wir bald die DNA haben und dann Abgleiche möglich werden. Die Kleidung sollten wir zumindest fotografieren und an die Presse weitergeben. Die Bilder mit der Leiche wären keine gute Lösung für eine Veröffentlichung, denke ich. Das könnte anschließend zu Alpträumen führen.«

Erneut meldete sich Gordons Telefon und Liekens Nummer erschien auf dem Display.

»Was gibt es, Klaus? Wolltest du nachfragen, ob du auch zur Party eingeladen bist?«

»Warum fragst du das, Gordon? Ich komme auch ohne Einladung. Aber Spaß beiseite. Ich habe gerade noch Verletzungen gefunden, die nicht auf einen Zusammenprall mit einem Boot zurückzuführen sind. Das Opfer hat nur noch eine Niere. Solltet ihr Zweifel an der Identität der Frau haben, so hilft euch möglicherweise diese Tatsache. Entweder hat sie die irgendwann gespendet oder man hat ...«

»... sie ihr gegen ihren Willen entnommen«, beendete Gordon den Satz. »In den letzten Monaten hatten wir schon einen Fall von illegalem Organhandel, bei dem der Spender ein armes Schwein war. Wohin die Niere ging und wer sie entnommen hat, ist bis heute nicht geklärt. Man hat den Mann einfach mit provisorisch vernähter Wunde in seiner Wohnung abgelegt. Dort verstarb er elendig. Die Bochumer Kollegen kommen in dem Fall nicht weiter. Sollte der Frau das Organ legal in einer Klinik entnommen worden sein, besteht die Möglichkeit, dass die DNA gespeichert wurde. Ich gehe der Sache nach. Sollte ich sonst noch was wissen, Klaus?«

»Ich bin in diesem Bereich zwar kein Fachmann, aber so richtig glaube ich nicht an die Spenderaktion. In der zweiten Niere habe ich eine große Zyste ausmachen können. Es ist für mich kaum vorstellbar, dass der Frau eine Niere entnommen wird, wenn die zweite bereits stark geschädigt ist. Die Sache stinkt, wenn man mich fragt.«

Kai und Gordon wechselten einen stummen Blick, nachdem Lieken aufgelegt hatte. Gordon nippte an seinem kalten Kaffee und teilte sein bisheriges Wissen mit Kai.

»Als ich im letzten Monat mit den Kollegen in Bochum sprach, erfuhr ich so ganz nebenbei, welch Wahnsinnssummen oftmals auf dem Schwarzmarkt für Organe gezahlt werden. Wo wir gerade bei Nieren sind - es heißt, dass man sich in ärmeren Ländern die Not der Menschen zunutze macht, um eine Spenderniere zu erhalten. Nimm mal das Beispiel Moldawien, wo das Durchschnittseinkommen bei ca. 30 US-Dollar liegt. Da verkaufen junge Menschen ihre Organe für 2500 bis 3000 Dollar. In gewissen Kreisen ist man dagegen bereit, für ein Spenderorgan bis zu 250.000 Dollar zu bezahlen. Ein Geschäft, dass in manchen Ländern die Kriminellen auf die perversesten Ideen kommen lässt.«

»Du sprichst jetzt bestimmt die Kindesentführungen in Rio an, wo man Menschen sogar dafür tötet.« Kais Gesicht drückte Empörung aus, als er fortfuhr. »Könntest du dir vorstellen, dass so was hier bei uns passiert? Da gibt sich doch kein Arzt für her.«

»Gott erhalte dir deinen Optimismus, Kai. Wenn ich eines im Leben gelernt habe, ist es die Tatsache, dass der Mensch zu allem bereit ist, wenn der Profit stimmt. Bei einer Viertelmillion pro Organ wird auch ein Mediziner nachdenklich. Das wird sicherlich nicht in der Klinik passieren. Da wären zu viele Mitwisser, die außerdem mitverdienen wollen. Aber so mal nebenbei in der gut ausgerüsteten Praxis? Warum soll das nicht möglich sein? Ich bin da weniger optimistisch als du. Ich lass mir mal die Akten zum Bochumer Fall kommen. Falls es dort Parallelen gibt, könnte man zusammenarbeiten. Nimm das mal in die Hand, Kai. Ich muss heute früher Feierabend machen. Jonas habe ich einen Besuch im Folkwang-Museum versprochen. Der hat mir was erzählt von der Ausstellung einer Aenne Biermann – Fotografien und so'n Zeugs. Da muss ich jetzt durch, da ich ihn selbst ermutigt habe, sich fortzubilden.«

3

»Gut, dass du endlich kommst, Gordon. Ich will dir nichts vormachen. Ich habe Angst.«

»Was ist passiert, Denise? Hattest du wieder diesen Traum mit Pablo Martinez? Schatz, der ist tot. Er wird dir nichts mehr tun können. Beruhige dich bitte. Hast du deine Tabletten nicht eingenommen?«

Gordon legte seinen Arm um die Schulter seiner Frau und schob sie in die Küche. Seine Augen suchten nach der Schachtel, in der er die Medikamente wusste, die Denise immer noch einnehmen sollte. Sie blieben an einem Umschlag hängen, der sich deutlich von der schwarzen Oberfläche des Induktionsherdes abhob. Er spürte augenblicklich, warum Denise von diesen Ängsten erfüllt wurde. Auch er war sich sicher, dass sich darin etwas verbarg, das ihr Leben erneut grundlegend verändern würde. Wie sehr er recht behalten sollte, konnte er in diesem Moment noch nicht ahnen. Er löste sich vorsichtig von Denise und griff nach dem Umschlag, nachdem er sich die Latexhandschuhe übergezogen hatte. Mit der freien Hand tastete er nach einem Messer und verschwand in sein Arbeitszimmer. Obwohl er es nicht mit Bestimmtheit wusste, ahnte er, dass sich in diesem Umschlag mindestens eine Drohung befinden würde.

Die Möglichkeit, dass es sich sogar um ein Haftgift handeln könnte, verdrängte er für den Moment, schloss es dennoch nicht aus. Auf jeden Fall durfte er seine Familie nicht gefährden. Als er endlich am Schreibtisch saß und mehrmals tief durchgeatmet hatte, betrachtete er den Brief eingehender. Adressiert war er an ihn persönlich, der Absender fehlte. Mit der Messerspitze trennte er das Papier und warf einen Blick in das Innere. Zumindest bemerkte er keinerlei verdächtige Pulverspuren, sodass er mutig geworden das innen liegende Schreiben herauszog. Enttäuscht warf er einen Blick auf die kyrillischen Schriftzeichen, deren Bedeutung er nicht erkennen konnte. Was sich jedoch augenblicklich in ihm festsetzte, war die Tatsache, dass die russische Mafia seine Adresse kannte und nun seine Familie bedrohen könnte.

Gordon schrak zusammen, als er die Stimme in seinem Rücken vernahm, in der eine tiefsitzende Angst mitschwang.

»Habe ich recht? Fängt es wieder an, Gordon? Was steht da? Kannst du das lesen? Sage mir bitte die Wahrheit.«

Stockend kamen die Fragen über Denises Lippen und lösten in Gordon eine Starre aus. Er musste sich entscheiden, ob er ihr die Wahrheit darstellen sollte, die er selbst noch nicht kannte, oder sie mit Phrasen ablenken sollte. Sie schien bereits zu wissen, dass von diesem Schreiben große Gefahr für Gordon, aber auch für sie alle ausging.

»Das ist von den Russen. Habe ich recht? Jonas wird es dir übersetzen können – soll ich ihn rufen?«

»Nein, auf keinen Fall, Denise!« Gordon sprang auf und griff Denise an die Schultern. »Wir können den Jungen doch nicht damit belasten. Ich werde den Brief mit ins Präsidium nehmen und jemanden finden, der das übersetzen kann. Ich möchte dich nicht belügen, Schatz. Ich denke, dass es sich um eine Drohung gegen mich handelt. Bisher weiß ich aber noch nicht, ob ich mir Sorgen um euer Wohl machen muss. Sei mit deshalb bitte nicht böse, wenn ich euch ab sofort unter Schutz stelle. Es werden wieder einmal Kollegen auf euch achten müssen. Das muss ich tun, verstehst du? Euch darf nichts passieren.«

Überrascht von der Reaktion musste Gordon nach dem Gleichgewicht suchen. Denise verschaffte sich mit einem heftigen Stoß vor seine Brust Abstand.

»Uns darf nichts passieren, sagst du? Und was ist mit dir? Hältst du dich noch immer für unsterblich, nachdem du bei der Geiselnahme dieses Mörders Fokus nur knapp dem Tode entronnen bist? Sollen wir uns deshalb keine Sorgen machen? Ich fass es einfach nicht, wie gleichmütig du mit diesen Bedrohungen umgehst. Du scheinst eine Todessehnsucht zu durchleben. Komm zu dir und werde wach. Dein Leben ist in ständiger Gefahr. Ich kann das nicht mehr lange aushalten. Hör auf damit. Schmeiß den verdammten Job endlich hin. Es gibt auch ein Leben ohne Gewalt und Mord.«

Mit beiden Händen fuhr sich Denise durch die Haare und wollte schon aus dem Raum fliehen, als sie Gordons Stimme aufhielt.

»Ich weiß es, Liebes. Ich werde damit Schluss machen.«

Wie in Zeitlupe drehte sich Denise um und kam langsam auf Gordon zu. Ihr Blick drückte klar die Zweifel an seinen Worten aus. Erst kurz vor ihm blieb sie stehen und legte den Kopf schief.

»Ist das wieder eine von deinen vielen Beteuerungen, denen ich in der Vergangenheit viel zu oft nachgegeben habe? Ich will nicht wieder mit einer Enttäuschung leben müssen. Hörst du, Gordon? Ich halte dieses Leben nicht mehr aus, das mich ständig in der Angst leben lässt, ob du abends zurückkommst oder stattdessen plötzlich einer deiner Kollegen vor der Tür steht und mir diese verfluchte Nachricht überbringt. Das ist genau die Hölle, der ich entfliehen möchte.«

Jetzt drückten sich doch Tränen der Hilflosigkeit aus ihren Augen und liefen durch das sorgsam aufgetragene Make-up. Gordon küsste ihr die Tränen von der Wange und drückte sie fest an die Brust.

»Ich habe geplant, es den anderen an meinem Geburtstag mitzuteilen. Ich bin schon viel zu lange dabei. Vielleicht bekomme ich den Job, den man mir angeboten hat, falls ich bei der Kripo aufhöre. Du erinnerst dich, dass man mich als Ausbilder für eine Sicherheitsfirma haben möchte. Doch das geht nicht von heute auf morgen. Außerdem haben wir gerade einen aktuellen Fall hereinbekommen, der unserer vollen Aufmerksamkeit bedarf. Das hier ...«, Gordon wies auf den Brief, der jetzt auf dem Tisch lag und zu glühen schien, »... muss ich ebenfalls zu Ende bringen, falls es sich tatsächlich um eine Drohung handelt. Tue ich es nicht, wird es uns für den Rest des Lebens im Nacken sitzen. Das darf ich euch nicht antun. Du musst noch etwas Geduld haben.«

Denises Körper zuckte, während sie sich verzweifelt an den Mann drückte, mit dem sie ihr gesamtes Leben verbringen wollte. Schließlich trennte sie sich von ihm und bewegte sich zur Treppe. Dort drehte sie sich noch einmal um und beobachtete ihn, während er sich wieder die Jeansjacke überstreifte.

»Ich erkläre Jonas, warum du wieder fortgegangen bist. Er wird es verstehen, da bin ich mir sicher. Tu, was getan werden muss. Ich stehe immer hinter allem, was du für richtig hältst. Nur – bitte enttäusche mich nicht und halte dein Versprechen.«

Ohne ein weiteres Wort von Gordon abzuwarten, verschwand Denise in Jonas' Zimmer.

4

Erstaunt blickten Mia, Leonie und Kai auf ihren Chef, der plötzlich in der Tür auftauchte und grußlos auf sein Büro zusteuerte. Ohne sich ihnen zuzuwenden, rief er den dreien zu, dass sie sich in seinem Büro einfinden sollten.

»Hattest du heute nicht deinen Ausflug mit Jonas geplant? Ist er krank?«

Kai zeigte echte Besorgnis, als er sich mit der Frage an Gordon wandte. Der strich statt einer Antwort einen Zettel mit der Handfläche glatt, nachdem er sich wieder die Handschuhe übergestreift hatte, und blickte einen nach dem anderen an.

»Kennt ihr jemanden im Haus, der den russischen Text übersetzen kann?«

»Scheiße«, platzte es aus Leonie heraus, »hast du schon wieder einen Drohbrief erhalten? Sag bloß nicht, dass dich die verdammten Russen bedrohen.«

»Ob es ein Drohbrief ist, kann ich euch bisher noch nicht sagen. Ich kann das hier nicht lesen.«

»Aber Jonas kann doch ... Oh, sorry, vergiss es«, unterbrach sich Leonie selbst, als sie den vorwurfsvollen Blick Gordons bemerkte. »Das habe ich nicht überlegt. Aber mir fällt da unser polnischer Kollege Michal Nowak ein. Die

25

sprechen doch häufig auch russisch. Ich glaube, der arbeitet im Raubdezernat. Soll ich ...?«

Leonie huschte zu ihrem Telefon, als sie Gordons stummes Nicken bemerkte. Minuten später gesellte sie sich wieder zu den anderen und informierte ihren Vorgesetzten. »Ich habe auch jemanden aus der Spurensicherung angefordert. Vielleicht finden die was auf dem Brief.«

Kaum war wieder Ruhe in Gordons Büro eingekehrt, entstand Bewegung am Eingang zum Großbüro des Morddezernates. Zwei Männer erschienen gleichzeitig, die sich in einem regen Meinungsaustausch befanden. Sie verstummten erst, als sie Gordons Büro betraten.

»Ist das der Brief?«

»Ja«, antwortete Gordon dem fast als dürr zu bezeichnenden Mann mit dem fettigen Haar, das er zu einer Seite gekämmt hatte und das ein Auge halb bedeckte. »Und Sie sind wohl Michal Nowak. Ich hoffe, dass Sie mir das übersetzen können. Haben Sie Handschuhe dabei, sonst kann ich Ihnen welche geben.«

Wortlos hob Michal die Hände, über die er bereits den nötigen Schutz gezogen hatte. Aufmerksam verfolgten alle im Raum befindlichen Personen Michals Lippen, die sich vorerst stumm bewegten und den Text übersetzten. Erst als sich Gordon räusperte, begann er zu sprechen.

»Wie ich das sehe, handelt es sich bei dem Schreiben um eine eher versteckte Drohung. Haben Sie Familie, Rabe?«

»Ja, habe ich. Aber was soll das? Sagen Sie mir doch endlich, was da geschrieben steht.«

»Nun gut. Ich übersetze mal so, wie das hier steht. Der hellste Kopf war das sicher nicht, der das verfasst hat.

Du hast Scheiße gebaut und in unsere Suppe hast du gespuckt. Das darf niemand so einfach. Unser Geschäft hat jetzt Fehler und kostet viel Verlust. Wir haben deine schöne Frau gesehen und wissen, wo sie läuft. Pass gut auf sie auf, denn ihr Arsch bringt uns viel Geld.«

Hier endete Michal und gab das Schreiben an den Kollegen weiter, der mit ihm den Raum betreten hatte. Das allgemeine Schweigen zeugte davon, dass jeder im Raum eigene Gedanken über Sinn und Zweck dieses Briefes anstellte. Das Fazit brachte Kai auf den Punkt.

»Die wollen Denise entführen. Da bin ich mir sicher. Doch eines geht mir noch nicht so recht ein: Warum haben die das noch nicht längst getan? Warum warnen die vorher?«

Nur schwach war Gordons Stimme, als er versuchte, die passende Erklärung zu liefern.

»Das nennen die Dreckskerle psychologische Kriegsführung. Sie wissen genau, dass wir ab sofort Denise und Jonas unter starken Schutz stellen. Und genau das wollen sie. Die Bande will uns beweisen, wie mächtig sie sind und wie leicht es ihnen fällt, trotz Bewachung ihren Plan durchzuführen. Ich bin mir sicher, dass mir selbst momentan noch keine Gefahr droht. Sie wollen, dass ich leide und diese Angst um meine Familie durchlebe. Es soll eine Demonstration ihrer Macht werden. Ich sage euch ehrlich: Mir geht der Arsch auf Grundeis. Aber wir müssen jetzt auf jeden Fall tätig werden. Es braucht einen Plan, wie wir die beiden schützen.«

»Was soll diese Scheiße, Gordon?«, ereiferte sich Leonie und stützte beide Hände auf Gordons Schreibtischkante. Ihre Augen besaßen plötzlich ein Feuer, das Gordon bisher noch nie bei ihr gesehen hatte.»Natürlich müssen wir Denise und den Jungen aus der Schusslinie bringen. Aber was ist mit dir? Wirfst du dich den Mördern zum Fraß vor? Ihr müsst alle drei in Sicherheit gebracht werden – nicht nur ein Teil von euch. Und ich will dir mal was sagen, was du scheinbar vergessen hast. Nicht nur du hast den Fall allein gelöst. Denkst du, die werden uns verschonen, die ihnen ebenfalls das Geschäft versaut haben? Jeder von uns befindet sich auf deren Abschussliste. Sieht das jemand anders?«

Leonie schnellte herum und sah jedem Einzelnen ins Gesicht. Der Erste, der dazu Stellung bezog, war Jan Schelder, der Kollege von der Spurensicherung.

»So ganz kann ich mich der Argumentation der Kollegin Felten nicht entziehen. Es hat sich im Präsidium herumgesprochen, was in eurer Abteilung abging. Alle fanden das großartig, wie ihr als Team vorgegangen seid. Und das wissen diese Drecksäcke auch. Da bin ich mir sicher. Infolgedessen werden die kaum Unterschiede in der Person machen.«

»Aber trotzdem wundert es mich schon«, schaltete sich jetzt Michal Nowak wieder ein,»dass die überhaupt einen Krieg mit den Polizeibehörden anzetteln wollen. Meiner Meinung nach ist das kein Gefecht, das von ganz oben angeordnet wurde. Die sind zu schlau, um einen solchen Krieg zu beginnen. Die Bosse stecken solche Verluste weg und machen unbeeindruckt weiter.«

Gordon war dem Meinungsaustausch aufmerksam gefolgt.

»Wenn das tatsächlich so ist, kann das nur bedeuten, dass ein paar kleine russische Lichter vor Ort sich auf den Schwanz getreten fühlen und einen eigenen Krieg gegen uns führen möchten. Darin könnte aber auch eine Chance für uns liegen.«

»Wie meinst du das, Gordon?«, wollte Kai wissen.

»Ich bin ebenfalls davon überzeugt, dass es den großen Hintermännern nicht passen kann, wenn sich einige kleine Unterhändler profilieren wollen, indem sie sich ein eigenes Süppchen kochen und sich mit uns anlegen. Das wirbelt viel zu viel Staub auf. Wir könnten versuchen, die gegeneinander auszuspielen. Dazu habe ich noch keinen konkreten Plan, aber das wäre die einzige Lösung, um uns die Bande vom Hals zu halten. Trotz alledem müssen wir Vorkehrungen treffen, um unsere Familien zu schützen. Lasst uns das zuerst erledigen, bevor wir Plan B verfolgen.«

Mit einer Aufgabe vor der Brust machte sich das Team an die Arbeit. Nun hieß es, die einzelnen Wohnungen der Mitarbeiter unter Bewachung zu stellen. Nachdem Kriminalrat Kläver sein Okay gegeben hatte, wurden Zivilfahrzeuge zur Beobachtung abgestellt. Für Kai war es eine völlig neue Erfahrung, seine Familie darauf vorzubereiten. Leonie und Mia besaßen den Vorteil, nur nachts bewacht werden zu müssen, da sie mittlerweile in einer Wohngemeinschaft lebten.

5

Dem Oberkellner des Restaurants Casino Zollverein fiel der
ältere Herr sofort auf, der sich suchend im Eingangsbereich
umsah. Mit dem geschulten Blick eines erfahrenen Mitarbei-
ters ordnete er den schon etwas betagten Mann in seiner
modisch eleganten Kleidung sofort einer solventen Gruppe
von Menschen zu, die sich auch die teilweise üppigen Preise
des Hauses erlauben konnten. Mit einer angedeuteten Verbeugung und dem einstudierten Lächeln begrüßte er den
Besucher.

»Kann ich Ihnen bei der Tischsuche behilflich sein?
Haben Sie eventuell vorbestellt oder suchen Sie nach einem
unserer Gäste?«

Noch immer glitt der Blick des graumelierten Gastes über
die recht gut besetzten Tische, bevor er auf die Frage des
Obers einging.

»In der Tat. Ich bin mit einem Herrn verabredet, dessen
Aussehen mir allerdings unbekannt ist. Ich hoffe, Sie können
mir dabei helfen, ihn zu finden. Es handelt sich um einen
gewissen Dr. von Reveling. Er meinte, dass man ihn hier
kenne.«

»Aber natürlich kann ich Ihnen helfen. Wenn der Herr mir
bitte folgen möchte. Darf ich vorgehen? Sie sind bestimmt

Herr Schöning. Ihr Besuch wurde mir bereits angekündigt verbunden mit der Bitte, Sie zum Tisch zu führen.«

Am Ecktisch, auf den die beiden zusteuerten, entstand Bewegung. Zwei Männer erhoben sich, um den Gast zu begrüßen.

»Vielen Dank, Herr Schäfer, dass Sie unseren Gast herführten. Dürfen wir Ihnen etwas zu trinken bringen lassen? Eventuell auch die Karte? Ich kann Ihnen versichern, Herr Schöning, dass das Essen in diesem Hause einfach exzellent ist.«

»Nur ein Glas Weißwein. Das reicht.«

»Darf ich Sie mit Dr. Kriebel neben mir bekanntmachen«, eröffnete Dr. von Reveling das weitere Gespräch und wies auf den Mann, der ohne Zweifel eine gute Figur in einer TV-Soap hätte abgeben können. Die perfekte Besetzung für die Rolle des Bachelor. Ein absoluter Frauentyp mit dem geschliffenen Lächeln ausgestattet, das die Herzen der Damenwelt zum Schmelzen bringen konnte. Karl-Otto Schöning war der Typ von Anfang an unsympathisch, sodass er sich gar nicht lange mit ihm beschäftigte, sondern sich auf von Reveling konzentrierte. Schönings Augen tasteten den Mann ab, der ihm schnelle Hilfe für Lisbeth versprochen hatte. Seine große Erfahrung im Umgang mit Geschäftspartnern half ihm in den meisten Fällen dabei, Menschen schnellstmöglich einzuschätzen. Dr. von Reveling machte es ihm jedoch nicht einfach, da sein Benehmen absolut geschliffen, schon fast zu glatt wirkte. Die gepflegten Hände des Arztes lagen wie zum Gebet gefaltet im Schoß, die Augen waren ruhig auf Karl-Otto Schöning gerichtet. Die meisten Menschen hätten sich davon beeindrucken lassen –

ein gewiefter Unternehmer wie er jedoch nicht. Es ging um viel Geld, was Schöning schon immer hat vorsichtig zu Werke gehen lassen.

»Ich würde, falls Sie nicht doch etwas an Essen bestellen möchten, gerne auf unser gemeinsames Anliegen zu sprechen kommen. Würde es Ihnen, Herr Schöning, etwas ausmachen, uns von Ihrer werten Gattin zu berichten? Wir müssen anhand des Krankheitsbildes einschätzen können, ob wir möglicherweise schnell Hilfe leisten können. Haben Sie die Daten des behandelnden Arztes mitgebracht? Ich gehe davon aus«, fügte von Reveling ein, »dass Sie, wie wir verabredet hatten, vorerst Stillschweigen über unser Agreement bewahrt haben. Darf ich also die Unterlagen einsehen?«

Karl-Otto Schöning griff nach seiner mitgebrachten Ledermappe, die er zuvor krampfhaft umklammert gehalten hatte. Den darin ruhenden Schnellhefter übergab er wortlos dem Arzt und wartete auf dessen erste Beurteilung. Jeder am Tisch konnte die aufsteigende Nervosität spüren, die ihn überfiel. Von Reveling nahm sich viel Zeit, um die Unterlagen zu studieren, beugte sich irgendwann rüber zu Dr. Kriebel und diskutierte flüsternd mit ihm. Während von Reveling weiterlas, wandte sich Kriebel an Herrn Schöning.

»Wir sehen, dass Ihre werte Gattin gute Voraussetzungen besitzt, eine Spenderniere relativ komplikationslos zu empfangen, was uns die Sache schon erheblich erleichtert. Ich denke, dass Sie bereits darüber informiert wurden, dass es in Deutschland nach einem festen Plan abläuft, wenn eine Spenderniere transplantiert wird. Sie gaben an, dass Ihre Frau bereits nach dem akuten Nierenversagen auf der Warteliste eingetragen ist. Das kann sehr lange dauern, bis sie dran ist, da in Deutschland lediglich zweitausend Nieren jährlich transplantiert werden, jedoch etwa 7.600 Patienten darauf warten.«

»Was wollen Sie mir andeuten?«, unterbrach Schöning den Arzt relativ gereizt. »Das, was Sie mir gerade erzählen, weiß ich alles. Und um das Prozedere zu umgehen, sitzen wir doch hier zusammen. Oder habe ich da etwas falsch verstanden? Also rauben Sie mir nicht die Zeit mit Floskeln. Können Sie meiner Frau helfen oder nicht? Ich will jetzt und hier eine Antwort, meine Herren.«

»Beruhigen Sie sich bitte, Herr Schöning«, schaltete sich von Reveling dazwischen. »Dr. Kriebel wollte Ihnen sagen, dass wir uns auf ein sehr dünnes Eis begeben, wenn wir Ihrer Gattin außerhalb der gesetzlichen Frist eine Spenderniere verschaffen. Wir tragen dabei ein sehr großes Risiko und es kann uns sogar die Approbation als Arzt kosten. Zusätzlich entstehen hohe Kosten allein für den Einkauf des Organs und der Anmietung von Klinikräumen. Sie werden verstehen, dass wir eine solche Operation nicht offiziell durchführen können. Es fallen hohe Kosten für Geräte und das Personal an.«

»Was genau bezwecken Sie mit diesem Gefasel, Herrschaften. Möchten Sie den vereinbarten Preis weiter hochtreiben? Sind 130.000 Euro nicht ausreichend? Ich lasse mich nicht auf solche Erpressungen ein. Verstehen Sie mich richtig. Das Leben meiner Frau ist mir diese Summe wohl wert, doch gibt es auch für mich eine Schmerzgrenze, wo ich das Handtuch werfen muss. Um schon diese Summe aufzutreiben, werde ich mich hoch verschulden müssen. Was wird das hier also?«

Wütend riss Schöning dem Arzt die Unterlagen aus der Hand und wollte sie schon zurück in die Ledermappe stopfen, als ihn von Reveling zurückhielt. »Dr. Kriebel hat sich möglicherweise falsch ausgedrückt. Ich will Ihnen aber reinen Wein einschenken. Das sind wir Ihnen schuldig. Die junge Frau, die sich zur Spende bereit erklärt hatte, wurde von Bekannten dazu überredet, den Preis hochzutreiben. Sie will jetzt 15.000 Euro mehr von uns. Ich kann diese Mehrkosten nicht aus dem von Ihnen gezahlten Betrag ausgleichen. Nun wissen Sie, was Sache ist.«

Schöning hatte diese Nachricht sprachlos gemacht, was Dr. Kriebel zum Anlass nahm, noch einen draufzusetzen. »Wir waren uns nicht sicher, wie Sie reagieren und ob Sie den Mehrpreis akzeptieren würden. Aus diesem Grund haben wir uns vorsorglich bei einem anderen Kunden rückversichert, ob er dazu bereit wäre, den Preis zu zahlen. Natürlich nur, falls Ihre Mittel, Herr Schöning, nicht ausreichen. Nun haben Sie als Erstkunde selbstverständlich die Option, das Organ zu erhalten – vorausgesetzt, Sie wären bereit ...«

»... diesen Wucherpreis zu bezahlen«, beendete Schöning mit einer wütenden Reaktion den Satz. »Wir sprechen momentan über das Leben eines Menschen. Sie beziehungsweise diese Spenderin treiben mich und meine Frau in den Ruin. 145.000 Euro bedeutet, dass wir das gesamte Haus beleihen müssen. Uns bleibt dann nichts mehr, meine Herren. Wir können nur darauf hoffen, dass die Niere nicht abgestoßen wird. Wenn meiner Frau was passiert, ist das auch mein Ende. Dann gehe ich mit ihr. Verstehen Sie das? Nein, das tun Sie nicht. Ich sehe es Ihnen an. In Ihren Augen kann ich Dollarnoten erkennen. Für Sie zählt der Profit und nicht das Leben, das Sie möglicherweise verlängern können. Es ist einfach ekelerregend, was Sie mit mir versuchen.«

Die beiden Ärzte wechselten einen Blick. Von Reveling winkte nach dem Kellner und wandte sich an Schöning.

»Wir beide haben geduldig Ihre Beleidigungen ertragen und entschuldigen sie mit dem Erregungszustand, in dem Sie sich momentan befinden. Sie werden allerdings verstehen, dass wir unter diesen Umständen nichts mehr für Sie tun können. Wir erwarten gar nicht von Ihnen, dass Sie unsere Situation verstehen. Für Sie steht das Leben Ihrer Gattin auf dem Spiel. Für uns aber auch die berufliche Zukunft. Die Risiken sind gewissermaßen verteilt. Es ist nun an Ihnen, Ihrer Gattin die schlechte Nachricht zu überbringen. Darum beneide ich Sie nicht. Wir dürfen uns nun von Ihnen verabschieden. Ich meine das wirklich ehrlich, wenn ich Ihnen beiden alles Gute wünsche.«

In dem Augenblick, als sich Dr. von Reveling vom Stuhl erhob, legte sich Schönings Hand um seinen Unterarm und zog ihn wieder zurück.

»Bleiben Sie, verdammt nochmal. Ich werde das Geld auftreiben. Was muss ich jetzt tun?«

6

Es bedurfte keiner großen Überredungskunst, sowohl den Polizeipräsidenten als auch den Staatsanwalt mit ins Boot zu holen, um den Plan gegen die Russen zu realisieren. Gordon konnte alle schnell davon überzeugen, dass man durch die Bekanntgabe des Einschüchterungsversuchs über die Presse auch die Mafia-Bosse aufscheuchen würde. Alle bauten auf Gesetze in diesem hochkriminellen Milieu, wonach immer möglichst unauffällig gearbeitet werden sollte. Die Zeiten, in denen zum Beispiel der Corleone-Pate, bekannt unter dem Namen Vito Cascio Ferro, hunderte aufsehenerregende Morde befahl, sind vorbei. Viele davon führte er sogar selbst aus. Niemand der heutigen meist vermögenden Hintermänner, die oft genug hohe Ämter bekleideten, unterstützt das in der heutigen Zeit noch. Von einem Tag auf den nächsten wurde das Schreiben der Russenmafia an einen unbenannten Beamten des Essener Präsidiums zum Tagesgesprächsthema. Jetzt, wo Gordon die Familien der beteiligten Kollegen in Sicherheit wusste, sah er dem Geschehen weitaus gelassener entgegen als zuvor.

»Sollte unser Plan gelingen, möchte ich nicht in der Haut derjenigen stecken, die mit uns einen heißen Tanz versuchen wollen.«

Kai murmelte die Bemerkung vor sich hin, während er die Zeilen überflog, die eine hiesige Tageszeitung auf Seite drei fast über die gesamte Fläche aufbereitet hatte.

»Du sagtest es bereits, Kai«, ergänzte Leonie den Kollegen, allerdings mit weniger Begeisterung. »Nur wenn der Plan gelingt, werden sich die Schweine zurückziehen. Doch keiner von uns steckt in deren Köpfen. Wie denken diese Verbrecher? Glaubst du nicht auch, dass sich die Anstifter der Konsequenzen absolut bewusst sein könnten und trotzdem ihr Vorhaben durchziehen? Ich gebe zu, dass ich Angst davor habe, dass sie ihre eigene Exekution einkalkuliert haben könnten.«

»So unwahrscheinlich klingt das in meinen Ohren gar nicht, was Leonie anführt«, klinkte sich nun auch Mia Richter ein und legte die Zeitung zur Seite. »Stellt euch mal vor, ihr sitzt am Steuer dieses Unternehmens und einer der Soldaten möchte Rache üben. Ich würde eventuell sogar abwarten, was geschieht. Sollte dieser Mann wirklich Amok laufen, würde ich ihn anschließend für die Öffentlichkeit werbewirksam aus der Welt schaffen und damit verdeutlichen, dass man solche Taten gegenüber der Polizei von oben nicht toleriert. Ich würde den Saubermann spielen und weiter im Hintergrund warten, bis sich alles wieder beruhigt hat. Alle einschließlich der Ermittlungsbehörden würden danach möglicherweise zurückhaltender vorgehen. Alles wäre wie vorher.«

Gordon war der Diskussion mit Interesse gefolgt und schaltete sich nun ein.

»Leute, das ist reines Kaffeesatzlesen. Ich baue immer noch darauf, dass man den Initiator zur Ordnung ruft. Das

Problem bleibt, dass wir es wohl nie oder zumindest zu spät erfahren würden. Keiner von uns wüsste, ob die Gefahr bestehen bleibt oder sich verflüchtigt. Die Angst bleibt. Es hört sich für euch sicher sehr brutal und gefühlskalt an, doch ich würde mir folgendes Szenario wünschen. In den kommenden Tagen finden wir einige dieser Spezies tot im Hafenbecken. Die tragen ein Schild um den Hals, auf dem steht, dass sie für die Drohungen gegen uns bezahlen mussten. Anschließend trifft sich einer von uns mit einem Mittelsmann dieser Bande und erfährt, dass das ein Friedensangebot an uns war und unsere Familien außer Gefahr sind. Nur das ließe mich wieder ruhiger schlafen.«

Augenblicklich kehrte Ruhe ein und jeder für sich suchte nach Gegenargumenten. Gordon sah jeden Einzelnen an und fuhr schließlich fort.

»So ganz daneben scheine ich mit meiner Vorstellung von Gerechtigkeit nicht zu liegen. Wie ich feststelle: keine Gegenstimme. Wir können uns noch viele andere Szenarien konstruieren, Kollegen. Wichtig ist nur, dass eindeutige Signale von denen kommen, dass man diesen verrückten Plan, uns angreifen zu wollen, aufgegeben hat. Vorher wird keiner von uns erholsamen Schlaf finden.«

»Trotzdem werde ich mich im Umfeld dieser Bande weiter umhören«, beharrte Kai und öffnete die Bäckereitüte, in der er seine Berliner Ballen aufbewahrt hatte. Mit vollem Mund ergänzte er:»Ich denke mal, dass nicht alle im Milieu mit der Vorgehensweise der Russenbande einverstanden sein werden und der eine oder andere Hinweis möglich sein wird. Die sind sich doch untereinander spinnefeind und führen ununterbrochen Revierkämpfe.«

Das kollektive Nicken in der Runde bestätigte Kais Ansicht und legitimierte sein Vorgehen. Kais hektisches Wischen, als ihm die Marmelade aus einem Loch in dem Gebäck heraus auf das Sakko spritzte, lockerte die Atmosphäre sichtlich auf. Mia reichte ihm spontan ein Papiertaschentuch. Gordon rief durch ein energisches Klopfen auf die Tischplatte wieder zur Ruhe.

»Wir machen es dann so, dass Kai sich in der Szene umhört. Es wäre möglicherweise ratsam, den Kollegen Wohlert mit ins Boot zu holen, da er wichtige Verbindungen dort unterhält. Und noch was, Leute. Achtet ab sofort unbedingt auf kleinste Veränderungen in eurem Umfeld. Ihr wisst, was ich damit meine. Fremde Fahrzeuge, Menschen, die ihr nicht kennt und sich längere Zeit um eure Wohnungen herum aufhalten. Seht lieber zweimal hin, bevor ihr eine Straße überquert. Was zuerst wie ein Unfall aussieht, könnte sich auch später als ein geplanter Anschlag herausstellen. Außeneinsätze sollten, wo immer es möglich ist, zu zweit durchgeführt werden. Wir anderen bleiben an dem Fall mit der Frau aus dem See. Es muss unbedingt die Identität herausgefunden werden. Sonst kommen wir keinen Schritt vorwärts.«

Leonie bat noch ein letztes Mal um Aufmerksamkeit, indem sie wie eine Drittklässlerin mit den Fingern schnippte.

»Darf ich das Schreiben an dich dem Graphologen zeigen? Der hat schon oft wertvolle Hinweise auf ein mögliches Täterprofil geliefert?«

Michal Nowak, der noch immer mit am Tisch saß, konnte sich seinen Kommentar nicht verkneifen:»Ich vermute mal, dass bei dem Typen, der diesen Schwachsinn verfasst hat, die Augen eng zusammenstehen dürften. Das war ein absoluter Hirni.«

Niemand am Tisch konnte über den vermeintlichen Witz lachen. Mia bemerkte nur, als sich Michal bereits auf dem Weg nach draußen befand:»Ich muss zugeben, lieber Kollege Nowak, dass mein Russisch weitaus schlechter wäre als dieses Deutsch. Wollen Sie mich deshalb auch als Idiotin abstempeln?«

7

Der Anruf der Feuerwehr kam, kurz bevor Mia und Leonie das Büro verlassen wollten. Gordon und Kai befanden sich zu einer Besprechung bei Kriminalrat Kläver.

»Sollen wir den Chef informieren?«

Mia blickte auf ihre Partnerin und hielt das Smartphone bereits in der Hand. Leonie nickte nach kurzer Überlegung und räumte die Akten beiseite, in denen sie geblättert hatte. Nur zweimal ging der Ruf durch, bis sich der Chef meldete.

»Was gibt es so Dringendes? Ich bin in einer Besprechung.«

»Das weiß ich, Chef. Wir meinen jedoch, dass Sie es wissen sollten. Die Feuerwehr wurde vor etwa einer Stunde zu einem Laubenbrand gerufen und sie informierten uns jetzt, nachdem man den Brand löschen konnte, dass man dort eine Frauenleiche gefunden habe. Leonie und ich wollen hinfahren und die Lage peilen. Ist das für Sie okay?«

»Natürlich geht das in Ordnung. Wir sind hier bald fertig und werden ebenfalls hinkommen. Schicken Sie mir die Adresse aufs Telefon und hauen Sie ab. Wir sehen uns dort.«

Leonie steuerte den Wagen durch die enge Eststraße in Essen-Haarzopf und sah schon von Weitem die zuckenden

Lichter der Einsatzfahrzeuge. Eine hellgraue Rauchfahne stieg in den Himmel, was davon zeugte, dass die Kräfte der Feuerwehr bereits den Brand löschen konnten und nun mit Aufräumarbeiten beschäftigt waren. Neugierige Zuschauer aus den umliegenden Gärten wurden von Polizisten zurückgehalten. Einer von ihnen hob das Absperrband, um die beiden Kolleginnen des Morddezernates durchzulassen. Der Beamte wies ihnen den Weg durch die verzweigten Gänge der Anlage. Mia fluchte, als sie mit den hellbraunen Stiefeletten in den Matsch eines Tomatenbeetes einsank. Das Löschwasser hatte den umliegenden Boden komplett aufgeweicht. Tapfer lief sie dennoch hinter Leonie auf die verkohlten Reste einer Gartenlaube zu.

»Sie sind bestimmt von der Kripo«, mutmaßte ein Feuerwehrmann, auf dessen Rücken groß der Schriftzug Einsatzleiter prangte. »Die Frau liegt im hinteren Bereich, wo sich zuvor wohl eine Schlafkammer befand. Wir haben an den Gelenken der Leiche Reste von Fesseln gefunden. Sie hatte keine Chance, dem Feuer zu entkommen. Der Brandsachverständige wird auch bald hier sein. Die Glutnester haben wir in Kürze alle gelöscht. Wenn Sie mich fragen, war das Brandstiftung. Die Hütte hat an mindestens drei Stellen gleichzeitig Feuer gefangen. Das ist nicht normal. Außerdem haben wir Spuren von Brandbeschleuniger gefunden. Das wird wohl ein Fall für eure Abteilung. Brauchen Sie mich noch? Wir können zusammenräumen und abrücken. Ich lasse noch eine Brandwache hier – für alle Fälle.«

»Wir danken Ihnen. Können wir zu der Frau, oder ist es dort noch zu gefährlich? Ich meine, ist es noch sehr heiß in der Asche?«

Leonie hielt Mia zurück, die schon losmarschieren wollte, und sah den Feuerwehrmann an.

»An Ihrer Stelle würde ich noch etwas warten. Wir haben an der Stelle nicht so viel Wasser draufgehalten, um mögliche Spuren nicht zu zerstören. Es kann also noch heiß sein. Und bei Ihrem Schuhwerk ...«

Mit einem bedauernden Lächeln auf den Lippen wies der Einsatzleiter auf Mias bereits verdreckte Stiefeletten, bevor er sich wieder an seine Männer wandte.

»Aufrollen! Wir rücken ab, Leute!«

»Tja, die Schuhe werden wir abschreiben können, Mia. Dieser Schlamm hier dürfte wohl das Leder angreifen. Wir hätten die Gummistiefel anziehen sollen. Ich stell mir gerade Kais Macho-Sprüche vor, wenn er uns so sieht. Er wird triumphierend auf seine Überzieher deuten und uns klar machen, dass wir für den Außendienst nur eingeschränkt einsetzbar sind.«

»Dann lass uns das ändern. Ich geh zurück zum Wagen und wechsel die Schuhe.«

»Zu spät, Schätzelein, da kommen die beiden schon. Aber wir sollten es trotzdem tun. Komm mit.« Leonie blieb kurz darauf grinsend stehen und hielt Mia am Ärmel zurück. »Halt! Fällt dir was auf, Mia?«

Jetzt erfasste Mia ebenfalls, worauf Leonie hinauswollte. Auch um ihren Mund legte sich ein Lächeln.

»Na, das ging aber schnell mit euch. Geht ihr schon mal vor? Wir beide haben noch was zu erledigen. Wir sind in wenigen Minuten zurück.«

Leonie zog ihre Partnerin heftig weiter, bevor die beiden Männer überhaupt reagieren konnten. Als sie zurückkamen und ihre Gummistiefel im feuchten Schlamm tiefe Spuren hinterließen, trafen sie auf zwei fluchende Kollegen, die immer wieder nach Stellen suchten, in die ihre Schuhe nicht bis zu den Knöcheln einsanken. Beide Frauen bemühten sich darum, ihr Grinsen zu unterdrücken.

»Ups, hat man euch nicht gesagt, dass wir hier mitten im Brandherd durchfeuchtetes Gelände vorfinden werden. Eure armen Schuhe – das gibt bestimmt Ärger, wenn ihr damit nach Hause kommt. Egal, etwas Schwund ist immer.« Jetzt zeigte Leonie offen ihre Schadenfreude, bevor sie Gordon und Kai über alles in Kenntnis setzte. »Der Einsatzleiter vermutet Brandstiftung. Man fand bereits Spuren von Brandbeschleuniger und was besonders auffällig ist: Die Tote war gefesselt.«

Alle vier drehten sich um, als sie hinter sich eine männliche Stimme vernahmen, die zumindest Gordon und Kai bekannt vorkam.

»Dann habt ihr ja wieder einen interessanten Fall, denke ich. Guten Tag zusammen.«

Gordon machte einen Schritt auf den Mann zu, den er sehr schnell als Hermann Secking identifizierte. Die Begrüßung war herzlich und mündete in eine Umarmung. Gordon wandte sich an Leonie und Mia.

»Darf ich euch mit dem besten Brandsachverständigen der westlichen Hemisphäre bekanntmachen. Das ist Hermann Secking, mit dem ich schon häufig zusammenarbeiten durfte, wenn es um Brandopfer ging.«

Er richtete die nächste Frage direkt an den Kollegen.

»Hast du dir schon ein Bild machen können oder bist du gerade erst eingetroffen?«

»Bin gerade mal zehn Minuten hier, Gordon. Aber das sehe ich schon sofort: Hier wurde nachgeholfen. Sieh mal her.«

Der ausgestreckte Arm wies auf eine relativ gut erhaltene Stelle der Laubenwand, die das Feuer nicht vollständig zerstören konnte.

»Hier ist das typische Merkmal für den Ausgang des Brandes erkennbar. Das Gleiche habe ich auch gegenüber an der Wand gefunden. Ihr müsst wissen, dass sich infolge der Thermodynamik Rauchgase und Pyrolyseprodukte vor allem nach oben ausdehnen. Das führt zu einer typischen v-förmigen Ablagerung von Ruß aus dem Rauch an senkrechten Flächen. Beim freien Abbrand erfolgt die Ausbreitung der Verbrennungsprodukte trichterförmig nach oben und nur sehr selten seitwärts.«

»Der Einsatzleiter sprach von mehreren Ausgangspunkten. Kannst du das bestätigen?«

Gordons Interesse war geweckt.

»Das kann ich an mindestens drei Stellen so bestätigen. Da hat jemand zwar dilettantisch, aber trotzdem sehr effektiv mit den Teelichtern gearbeitet, indem er sie aus den Sockeln nahm und auf eine brennbare Fläche stellte. Sobald die Flamme tief genug stand, entzündete sich der Untergrund und konnte so den Brand auslösen. Der oder die Täter sind auf Nummer sicher gegangen und müssen daneben noch irgendeine Chemikalie benutzt haben, damit sich das Feuer auch blitzschnell ausbreiten konnte. Ich muss noch Proben nehmen, um die Flüssigkeit zu analysieren. Das hier war ohne Zweifel Brandstiftung mit Todesfolge – wie man sieht.«

»Das hilft uns schon sehr, Hermann«, bestätigte Gordon und drehte sich wieder Richtung Brandopfer. »Dr. Lieken wird uns sicher bald sagen können, ob das Opfer erstickte beziehungsweise hier durch die Hitzeeinwirkung verstarb oder ob die Frau schon vorher den Tod fand. Das würde bedeuten, dass man auf diesem Weg versuchte, ihre Identität zu verschleiern.«

Mia wagte eine Bemerkung, die anerkennende Blicke aller Umstehenden zur Folge hatte,

»Ich denke, dass die Frau bei lebendigem Leib verbrannte. Warum sonst sollte man sie fesseln? Tot ist tot. Ich denke, dass wir es dem schnellen Einsatz der Feuerwehr zu verdanken haben, dass wir überhaupt noch an Äußerlichkeiten erkennen können, dass es sich um eine weibliche Leiche handelt.«

»Da ist was dran, Frau Richter. Kein schöner Tod. Wir können nur hoffen, dass sie sehr früh an den Rauchgasen erstickt ist, bevor sich die irre Hitze ausbreitete. Morgen wissen wir mehr, wenn Dr. Lieken einen Blick in Lunge und Magen tun konnte. Kai, könntest du bitte die Armkette sicherstellen. Das muss Stahl sein, wenn sie sich nicht beim Brand auflöste. Das könnte uns möglicherweise bei der Identifizierung helfen.«

Alle beobachteten Kai, der sich mit vor den Mund gehaltenem Taschentuch darum bemühte, die Kette über die verkohlte Hand zu ziehen. Sie verschwand schließlich in einer Plastiktüte.

»Kann ich deinen Bericht schnellstmöglich ins Präsidium bekommen, Herrmann? Du wirst sicher noch viel zu tun haben. Für uns gibt es hier nichts mehr. Die Spurensicherung muss jeden Moment eintreffen. Die sorgen dann für den Transport in die Rechtsmedizin. Ich fände es schön, wenn du mal in der nächsten Zeit anrufen würdest. Wir könnten dann mal wieder beim Kaffee über alte Zeiten quatschen.«

»Kaffee? Habe ich tatsächlich Kaffee gehört?« Kurz nach der Frage schien der Groschen zu fallen und Herrmann Secking ergänzte seine Frage. »Sorry, Gordon. Ich vergaß, dass du ja keinen Alkohol mehr ... also beim Kaffee. Ist schon okay. Dann euch allen noch einen guten Tag. Ich mach mich mal an die Arbeit.«

8

Jedes Geräusch vermeidend schob sich Karl-Otto Schöning in das Krankenzimmer, das ihm von der Stationsschwester gezeigt wurde. Lange saß er neben dem Bett, in dem Lisbeth mit geschlossenen Augen lag. Das rhythmische Geräusch der angeschlossenen Kontrollgeräte erfüllte den Raum und erzeugte bei Schöning ein Gefühl der Unsicherheit. Er beugte sich vor, ließ für einen Moment die Hand von Lisbeth los und küsste sie auf die Stirn. Er bemerkte nicht, dass sie ihre Augen in diesem Moment öffnete und sich ein Lächeln auf ihrem blassen Gesicht ausbreitete. Als er es bemerkte, erschrak er wie ein Schuljunge, den man beim Rauchen erwischt hatte. Seine zitternden Lippen zeigten seine innere Anspannung. Man hatte ihm zwar versichert, dass die Operation insgesamt gut verlaufen war, doch wusste er aus vielen Berichten, dass Lisbeth noch eine schwierige Zeit mit Nachsorge und Reha bevorstand. Außerdem stand die Frage im Raum, ob ihr Körper dieses fremde Organ akzeptierte. Lisbeths Flüstern riss ihn aus seinen Gedanken.

»Du machst dir viel zu viele Sorgen, Schatz. Mir geht es gut. Man kümmert sich rührend um mich und es fehlt mir an nichts. Beruhige dich und erzähl mir, ob die Kinder mich in den kommenden Tagen besuchen werden. Du hast es ihnen doch zwischenzeitlich erzählt. Oder etwa nicht? Du hast es mir versprochen.«

Schöning zupfte seinen Schutzkittel zurecht und richtete den Mundschutz neu. Seine Hand suchte wieder die von Lisbeth und drückte sie schon fast zu heftig. Ihr Blick ruhte auf seinem Gesicht. Sie wartete noch immer auf seine Antwort.

»Du hast es ihnen noch nicht gesagt, Karl-Otto. Habe ich recht? Warum tust du das nur? Sie müssen es doch wissen. Das sind wir den Kindern schuldig. Was hättest du getan, wenn es zu Komplikationen gekommen wäre und ich nicht mehr ...?«

»Hör auf, Lisbeth. Sage so was nicht. Das darfst du nicht einmal denken. Ich habe Gabriele und Peter noch nicht benachrichtigt, um sie nicht zu beunruhigen.«

»Ich bin entsetzt, Karl-Otto«, unterbrach ihn Lisbeth. »Glaubst du, dass es einfacher geworden wäre, wenn du ihnen meinen Tod hättest erklären müssen? Das war nicht richtig, glaube mir. Was willst du jetzt tun? Wartest du noch ab, was mit mir wird, bevor du dich den Kindern stellst? Schließlich bin ich noch nicht über den Berg. Und so wie ich es nachlesen konnte, werde ich niemals darüber hinweg sein. Eine Abstoßung ist immer möglich.«

Schöning löste seine Hand und sprang vom Stuhl auf, um an das Fenster zu eilen. Es wirkte wie eine Flucht vor der traurigen Wahrheit, die Lisbeth unverblümt aussprach. Sein Blick fraß sich an einem Ginsterstrauch fest, der in voller Blüte stand und für ihn im Moment pures Leben signalisierte. Auch Lisbeth besaß einst diese Lebenskraft, die jedoch in den letzten Monaten während der Dialyse zusehends verblasst war. Er vermisste all das, was sie gemeinsam erleben durften. Diese Reisen durch die Welt, die Abende mit Freunden in guten Restaurants und die Abende in trauter Zweisamkeit. Er wollte sie wieder so zurück, wie er sie kannte. Die Krankheit durfte nicht zerstören, was sie beide ausmachte. Eine Vorstellung, die in seinen Vorstellungen vom Zusammenleben keinen Raum einnehmen durfte.

»Komm wieder her, Karl-Otto. Setz dich zu mir. Ich wollte dir nicht wehtun. Verzeih mir. Aber du musst mir hier und jetzt versprechen, dass du sie anrufst – noch heute. Tust du das?«

Schöning löste den Blick und zwang sich zu einem Lächeln, als er sich umwandte und sich wieder neben Lisbeths Bett setzte.

»Heute noch, Schatz. Ich werde ihnen noch heute erklären, dass es ihrer Mutter besser geht und wir die beiden bald in Montpellier besuchen werden. Ich bin gespannt, wie es mit Peters Messerschmiede läuft und ob ihm seine Schwester eine Hilfe dabei ist. Vielleicht findet sie ja in Südfrankreich endlich einen netten Mann, bevor sie als alte Jungfer stirbt.«

»Sprich nicht so über Gabriele. Das Mädel wird wissen, was es tut. Und erzwingen kann man so was nicht. Es ist eben noch nicht der Richtige dabei gewesen. Und du weißt doch, dass Peter wie ein eifersüchtiger Vater über seine Schwester wacht. Dabei ist er ja selbst noch Single. Das verdrängst du aber immer.«

»Das ist ein junger Mann. Der soll sich erst einmal die Hörner abstoßen.«

Bevor sich das ewig währende Streitgespräch weiter hochschaukelte, öffnete sich die Tür und zeigte das freundliche Gesicht der Stationsschwester, die Schöning bereits kennengelernt hatte.

»Es tut mir sehr leid, Herr Schöning. Aber ich muss Sie leider bitten, Ihre Gattin nun wieder in unsere Hände zu geben. Sie muss sich noch schonen und braucht dringend Ruhe. Die Visite wird auch gleich sein. Morgen ist ja auch noch ein Tag.«

»Wird Dr. von Reveling die Visite durchführen oder kann ich ihn irgendwo erreichen?«

»Das tut mir leid, Herr Schöning. Der Name sagt mir im Moment nichts. Aber Dr. Richter wird Ihnen bestimmt Antworten liefern können. Ich glaube, die Herrschaften kommen schon. Wenn ich Sie also bitten darf?«

Schwester Christine trat einen Schritt zur Seite, um Schöning Platz zu machen, der sich mit einem Kuss auf Lisbeths Stirn von ihr verabschiedete.

»Ich komme morgen wieder. Ruhe dich aus. Ich spreche nur gleich noch mit dem Arzt.«

»Schön, dass Sie einen Moment Zeit für mich haben, Dr. Richter. Ich hoffe, dass bei meiner Frau alles in bester Ordnung ist und dass es auch so bleibt.«

Der großgewachsene Arzt stand in typischer Haltung, mit in den Kitteltaschen versteckten Händen vor Schöning und hörte geduldig zu. Schöning schätzte ihn auf Mitte vierzig und sortierte ihn als vertrauenswürdig ein. Zumindest besaß der Arzt einen offenen Blick, der auf dem Mann ruhte, der in der Lage war, die horrenden Tagessätze dieser Privatklinik bezahlen zu können. Richter zog Schöning ein wenig zur Seite, um einem Bettentransport Platz zu machen.

»Lieber Herr Schöning. Punkt eins kann ich Ihnen auf jeden Fall bestätigen. Ihre Frau war sehr tapfer und hat die Operation gut überstanden. Wenn ich Ihnen den zweiten Punkt nicht bestätigen kann, liegt es einfach darin begründet, dass niemand von uns vorhersagen kann, wie der Körper Ihrer Gattin das fremde Organ annehmen wird. Wir alle müssen dieses Restrisiko einkalkulieren. Allerdings besitzen wir heutzutage Mittel und Wege, das heißt die nötige Medizin, um das Abstoßrisiko zu minimieren.«

»Wollen Sie mir damit sagen, dass ...?«

»Bevor es zwischen uns zu Irritationen kommt, möchte ich das verdeutlichen, Herr Schöning. Das Team kennt alle speziellen Bedürfnisse, was den jeweiligen Patienten betrifft. Wir kontrollieren regelmäßig die Laborwerte und den Immunsupressivaspiegel. Durch Ultraschalluntersuchungen stellen wir sicher, dass mögliche Probleme wie Abstoßungen oder Infektionen frühzeitig erkannt werden. Sehr behutsam bereiten wir Ihre Gattin auf ein Leben mit dem fremden Organ vor. Sie können uns vertrauen.«

»Sie lassen mich hoffen, Herr Dr. Richter. Ich hätte da aber noch eine Frage. Ist es möglich, dass ich die Spenderin kennenlernen darf? Ich möchte ihr danken und ihr eine kleine Anerkennung zukommen lassen.«

Schöning spürte auf Anhieb eine Veränderung im Gesicht des Arztes, was ihn verwundert einen Schritt zurücktreten ließ.

»Habe ich etwas Falsches gesagt? Der Dame geht es doch wohl ebenfalls gut, oder?«

»Das kann ich auf jeden Fall bestätigen. Die Spenderin hat die Operation ebenfalls gut überstanden und dürfte bald wieder ein normales Leben führen können. Sie wurde auf Anordnung und Wunsch von Dr. von Reveling in eine andere Klinik verlegt. Sie müssen wissen, dass wir eine Privatklinik sind und die Pflege unserer Patienten mit hohen Kosten verbunden ist. Ich kann Ihnen aber versichern, dass es der Spenderin gut geht und sie bestens von Kollegen versorgt wird. Allerdings bat sie darum, dass ihr Name nicht genannt werden darf. Das respektieren wir und bitten dafür um Ihr geschätztes Verständnis. Kann ich sonst noch etwas für Sie tun?«

Schöning war deutlich anzumerken, dass ihm die Entwicklung des Gesprächs nicht behagte. Er war es nicht gewohnt, dass man seinen Wünschen nicht entsprach. Allerdings spürte er, dass seine Karten momentan nur aus Nieten bestanden und Dr. Richter nicht nachgeben würde.

»Sie werden sicherlich verstehen, dass mich Ihre Antwort nicht befriedigt. Ich werde auch so herausfinden, wer die Wohltäterin war. Sorgen Sie dafür, dass es meiner Frau auch weiterhin gut geht. Sie hören noch von mir.«

Ohne weiteren Gruß verließ Schöning die Klinik und zückte auf dem Parkplatz sein Telefon.

»Herr Plitza? Ich habe einen Auftrag für Sie. Kommen Sie heute Abend zu mir nach Hause. Sagen wir um acht.«

9

Gordon klopfte an die Seitenscheibe des Audi und steckte den Kopf in den Innenraum des Fahrzeugs, in dem zwei Kollegen in Zivil das Haus beobachteten. »Wie haltet ihr das in diesem Mief aus? Könnt ihr nicht wenigstens beim Rauchen das Fenster öffnen? Gibt es was Neues? Alles ruhig ums Haus?«

»Das kann man nehmen, wie man will. Zwanzig Meter weiter gab es einen Feuerwehreinsatz. War ganz schön was los in der Straße. Aber an Ihrem Haus hat sich keiner rumgetrieben. Aber ich habe hier was für Sie.«

Der Kollege hinter dem Steuer suchte in der Innentasche seines Sakkos und reichte Gordon einen weißen Briefumschlag.

»Wir haben den Postboten abgefangen. Wir dachten uns, dass Sie es besser fänden, wenn Ihre Frau nicht wieder beunruhigt würde. Wir vermuten eine weitere Drohung. Wie Sie sehen, gibt es keinen Absender.«

»Danke, Leute. Das war eine kluge Entscheidung. Werde dann wohl noch mal ins Präsidium müssen und hoffe, dass der Übersetzer noch im Haus ist. Aber ich rufe vorher an.«

Gordon trat einen Schritt zurück und wählte die Zentralnummer.

»Hier Hauptkommissar Rabe. Könnt ihr rausfinden, ob sich Kommissar Nowak noch im Haus befindet? Wenn ja, verbindet mich mit ihm. Danke.«

Es dauert nur wenige Minuten, bis sich die mürrische Stimme von Michal Nowak meldete.

»Ich höre, dass der Hauptkommissar nach mir verlangt. Wieder mal ein Brief von Ihren russischen Freunden?«

»Hören Sie, Nowak. Ich bin der Meinung, dass jetzt nicht der richtige Augenblick ist, um zynische Bemerkungen loszuwerden. Wir wissen alle, dass möglicherweise Leben auf dem Spiel stehen könnten. Und glauben Sie mir eines. Wenn es um das Leben meiner Familie geht, kann ich ziemlich fies werden. Also? Können Sie mir helfen?«

»Jetzt zeigen Sie sich mal nicht so dünnhäutig, Rabe. Das war nicht böse gemeint. Doch habe ich noch die bescheuerte Antwort Ihrer Kollegin gut in den Ohren. Ist es nun ein Brief, oder nicht?«

Gordon atmete durch und unterdrückte eine Entgegnung.

»Ja, ich glaube schon. Wieder kein Absender und das gleiche Papier. Haben Sie Zeit?«

»Wenn ich das richtig mitbekommen habe, wohnen Sie in Frohnhausen. Ich kann auf dem Weg nach Hause bei Ihnen vorbeikommen. Fahre in etwa zehn Minuten los.«

»Das ist klasse, Nowak. Sie haben was gut bei mir. Ich schicke Ihnen die genaue Adresse. Ich stehe mit zwei Kollegen in der Nähe des Hauses und warte in einem dunkelgrauen Audi auf Sie. Bis gleich.«

Bereitwillig räumte der Kollege auf dem Beifahrersitz seinen Platz und setzte sich nach hinten. Der Fahrer schielte auf den Umschlag und stieß Gordon an.

»Sind Sie gar nicht neugierig, was in dem Umschlag ist? Dass sich darin eine Bombe befinden könnte, ist ja nun mal nicht zu befürchten. Brauchen Sie Handschuhe? Mich würde das verrückt machen, wenn der Brief an mich gerichtet wäre.«

Gordon wirkte, als hätte ihn jemand aus einem Traum geholt. Er hielt den Umschlag noch immer in der Hand, hatte den Blick jedoch auf ein Vogelnest gerichtet, das sich unterhalb des Fensters befand, wo Jonas schlief. Jetzt wurde er sich der Situation bewusst und sah den Kollegen offen an.

»Sie haben recht. Ich war gerade gedanklich bei meinem Sohn. Geben Sie her – ich meine die Handschuhe.«

Als er sie endlich übergezogen hatte, nahm er auch den Kugelschreiber des Kollegen an, um den Umschlag vorsichtig zu öffnen. Der dritte Mann im Wagen beugte sich zwischen den Sitzen nach vorne und verfolgte jede Bewegung Gordons. Wieder war es nur ein Briefbogen, den Gordon auseinanderfaltete. Die kyrillischen Buchstaben ergaben natürlich für den Laien keinen Sinn. Wie einfach, dachte sich Gordon, wäre es für Jonas, ihm das ins Deutsche zu übersetzen. Immer wieder überraschte ihn der Junge, wenn er laut aus russischen Büchern vorlas. Im Rückspiegel tauchte der schwarze Passat auf, aus dem Kommissar Nowak entstieg und sich auf den freien Platz im Audi quetschte.

»Dóbry den, Leute. Oder besser: Guten Tag. Das war eine kostenlose Russisch-Lektion für euch. Wo ist der Brief?«

Wieder musste Gordon eine Weile warten, bevor Nowak endlich das Schreiben übersetzte.

»Ich sagte ja bereits, dass das ein Bauernlümmel schrieb, der in der Schule wohl nur am Sportunterricht teilgenommen hat. Egal. Ich vermute, dass Ihnen die Schweine immer nur ein Häppchen vorwerfen möchten, um Ihnen Angst zu machen. Die wollen Sie zermürben.«

»Seien Sie mir bitte nicht böse, Nowak«, ging Gordon dazwischen, »ich brauche jetzt keine Psychoanalyse für deren Tun. Dazu mache ich mir ein eigenes Bild. Sagen Sie mir einfach nur, was da steht. Nicht mehr und nicht weniger.«

Mit dem Zeigefinger tippte Gordon, während er sprach, immer wieder auf den Briefbogen. Seine Augen zeigten jetzt eine fast beängstigende Härte, die Nowak zur Vorsicht und Eile mahnte.

»Wenn wir haben deine Frau in Puff untergebracht, werden wir auch für deinen Jungen finden Verwendung. Freunde von uns zahlen viele Dollar für einen knackigen Kinderarsch. Nicht schlimm, wenn der etwas bekloppt. Ist nicht wichtig. Wir holen uns zurück, was du genommen.«

Hier endete die Übersetzung. Selbst Nowak verzichtete in diesem Augenblick auf eine seiner üblichen Bemerkungen. Er hatte in Gordons Augen erkannt, was in dem Mann vor sich gehen musste. Auch er hatte einen Sohn im gleichen Alter. Niemand wagte zu reden, bis Gordon selbst es war, der das Schweigen beendete.

»Das werden diese Schweine bereuen. Das verspreche ich denen. Die werden ans Kreuz geschlagen – und wenn es das Letzte ist, was ich tue. Nicht meine Familie, Freunde. Ihr tötet bereits viele unschuldige Seelen. Aber wenn ihr meine Familie ...«

Hier brach Gordon ab und stieß brutal die Tür auf, die beängstigend hart von den Stoppern gebremst wurde. Er stolperte fast, als er auf den Bürgersteig sprang. Immer wieder trommelten seine Fäuste auf das Dach des Dienstwagens. Schließlich drückte er die Stirn auf die Regenrinne und stieß immer wieder die Luft aus den Lungen. Selbst als Nowak neben ihm stand und seine Hand auf die Schulter legte, machte er weiter.

»Wir kriegen die Schweine, Rabe. Es tut mir leid, wenn ich was Falsches gesagt habe. War nicht so gemeint. Wir werden Sie alle mit vereinten Kräften unterstützen. Ist es nicht so, Kollegen?«

Nowak beugte sich in das Fahrzeug und erntete zustimmendes Gemurmel.

»Sehen Sie Rabe. Wir halten zusammen, wenn es um unsere Familien geht. Es genügt nur ein Wort, wenn Sie Hilfe brauchen. Tag und Nacht stehe ich zur Verfügung. Gehen Sie jetzt zu Ihrer Frau und dem Jungen. Tun Sie bei denen so, als wäre nichts. Wir passen auf.«

10

Selbst als sich die Tür zum großen Büro öffnete, sah Leonie nicht von ihrer Arbeit auf und starrte weiter auf den Monitor. »Da scheint dich ja etwas sehr zu beschäftigen«, bemerkte Gordon und trat hinter sie, um einen besseren Blick auf den Schirm zu erhalten. »Transplantationsbank? Du solltest dein Medizinstudium nicht während der Arbeitszeit durchziehen. Falls du dich beruflich neu orientieren willst, stell bitte einen Antrag auf Freistellung.«

»Scherzkeks! Dir scheint es ja heute Morgen recht gut zu gehen, obwohl du diesen Brief erhalten hast. Ja, du brauchst gar nicht so erstaunt zu gucken. Ich habe das auch erfahren, so wie alle anderen im Haus. Folglich mache ich mir dann auch keine Sorgen wegen Jonas. Der scheint sich in sicheren Händen zu befinden.«

Gordon überging die Anmerkung und kam auf die Daten zurück, die er auf dem Monitor erkannte.

»Ich bin begeistert, wie du dich in den Fall einarbeitest. Hast du neue Erkenntnisse?«

Als Leonie sich in ihrem Stuhl zu ihm hindrehte, trat Gordon einen Schritt zurück und lehnte sich gegen die Kante von Mias Schreibtisch, die genau in diesem Moment ebenfalls das Büro betrat.

»Sie kommen gerade richtig, Frau Richter. Treten Sie ein ins Auditorium des Präsidiums, um dem Vortrag der Kollegin Felten zum Thema Nierentransplantation zu lauschen. Hut ab vor solchem Tatendrang.«

Nachdem Mia Richter ihre Allwetterjacke aufgehängt hatte, gesellte sie sich zu Gordon und sah gespannt auf ihre Partnerin.

»Um in dem Fall der jungen Frau aus dem Baldeneysee weiterzukommen, habe ich mich tatsächlich damit beschäftigt, wie das mit den Organen abläuft. Den Unterschied zwischen Lebendspender und der Entnahme aus einem Verstorbenen kennt ihr ja bereits. Mich interessierte, wie man möglicherweise die Identität bestimmen könnte, die uns immer noch Rätsel aufgibt. Da fiel mir auf, dass ja vor einer Operation bestimmt werden muss, ob das Organ tatsächlich zum Patienten passt und man nicht Gefahr laufen muss, dass es sofort zur Abstoßung kommt. Dazu bedient man sich der Bestimmung der sogenannten HLA-Antigene.«

»Nie gehört«, meinte Gordon einflechten zu müssen.

»Das war mir klar, Gordon. Diese Werte des Erkrankten werden in die Transplantationswarteliste eingepflegt. Nun beginnt die Zeit des Wartens, ob es irgendwo ein passendes Spenderorgan gibt. Taucht das auf, wird sofort der passende Patient, der als Erster auf der Liste auftaucht, verständigt. Dann muss alles schnell gehen, um die Operation in die Wege zu leiten. Doch das ist ein anderes Thema. Mich interessierte, ob wir damit den Weg von Spendernieren nachvollziehen und gleichzeitig erkennen können, wem die Niere eingesetzt wurde.«

»Und? Können wir?«, bemerkte Mia.

»Rein theoretisch schon. Ich befürchte nur, dass uns der sicherlich berechtigte Datenschutz der Patienten im Wege stehen wird. Mein Gedanke ist dabei folgender. Jede Transplantation wird dokumentiert, um die Warteliste immer auf dem aktuellen Stand zu haben. Eigentlich muss ein regelmäßiger Abgleich stattfinden zwischen Spender und Patienten. Ich denke, dass die entnommene Niere unseres Opfers kaum offiziell hinterlegt wurde. Wer also verschwand in den letzten sechs Wochen von der Warteliste, ohne dass eine adäquate Niere aus der Liste Verwendung fand?«

»Der Patient könnte ja zwischenzeitlich verstorben sein«, bemerkte Mia.

»Klar, könnte er. Aber das ist dann dokumentiert. Wenn da nicht absolut gewissenhaft Buch geführt wird, entsteht ein unübersehbares Chaos. Es dürfte außerdem äußerst schwierig sein, einen Patienten vorzuziehen, da diese Liste strengstens überwacht wird. Chancengleichheit scheint hier oberste Maxime zu sein. Ausnahmen gibt es nur, wenn absolute Lebensgefahr besteht. Aber dennoch muss nachvollziehbar sein, wer hat wann und wo welche Niere eingesetzt bekommen?«

Gordon war dem Vortrag aufmerksam gefolgt und wirkte nachdenklich.

»Wenn ich dich richtig verstanden habe, müssen wir versuchen, dieses mögliche Loch zu finden. Haben wir den Patienten, muss das aber längst nicht bedeuten, dass auch der Spender oder die Spenderin bekannt wird.«

»Da genau liegt der Hund begraben, Gordon. Die wissen wahrscheinlich gar nicht, wer das Organ, freiwillig oder möglicherweise durch Gewalteinwirkung gespendet hat. Die

Patienten gehen davon aus, dass alles mit rechten Mitteln zuging. Die Täter müssen wir in der Ärzteschaft suchen.«

»Uff, da tischst du uns aber starken Tobak auf«, schaltete sich wieder Mia ein. »Du behauptest gerade, wenn ich das richtig verstanden habe, dass sich Ärzte der Organe von toten oder noch lebenden Menschen bedienen, um vielleicht für viel Geld diese zu verpflanzen. Das bedeutet aber gleichzeitig, dass sie die Möglichkeit haben, die Datenbanken zu manipulieren. Ist das so richtig?«

»Frage mich bitte nicht, wie sie das schaffen. Das weiß ich nicht. Aber wäre das nicht ein Motiv, um Menschen auszuschlachten? Eigentlich besitzt unser Körper nur einen sehr geringen Materialwert, da wir bekanntermaßen zu siebzig Prozent aus Wasser bestehen. Doch als Ersatzteillager für gut zahlende Bürger ändert sich das gewaltig. Denkt mal nur an die vielen Kinder, die täglich in armen Ländern spurlos verschwinden. Das Geschäft mit Organen scheint zu blühen. Ich befürchte, dass die Methode jetzt auch zu uns überschwappt.«

Gordon zog sich an seinen Schreibtisch zurück. Noch im Fortgehen informierte er die beiden Kolleginnen.

»Ich werde deine These mit Kriminalrat Kläver und dem Staatsanwalt diskutieren. Ich stelle mir das nicht einfach vor, entsprechende Daten zu erhalten und möglicherweise im Umfeld der weißen Götter zu ermitteln. Ihr könnt euch wohl vorstellen, welche Steine uns deren Anwälte in den Weg legen werden. Den Versuch ist es aber allemal wert. Gute Arbeit, Leonie.«

»Danke, Chef. Wie geht es übrigens Jonas? Hast du mit Denise über den zweiten Brief gesprochen?«

»Wo denkst du hin, Leonie. So lange es eben geht, möchte ich die beiden unbehelligt lassen. Bei Denise weiß ich nie, wie sie letztendlich reagieren wird. Ein weiterer Rückfall würde sie wohl in ein Loch werfen, aus dem ich sie nie wieder herausbekomme. Das wäre das Ende für sie und bedeutet Einweisung in ...«

»Du hast recht, Gordon. Sorry. Ich habe das nicht überlegt. Wir werden ihr gegenüber auch schweigen und die Schweine im Hintergrund suchen. Das wird schon wieder. Bleibt es dabei, dass ich euch morgen Abend besuche? Jonas wollte mir seine Zeichnungen vorführen. Was kann ich mitbringen, um ihm eine Freude zu bereiten?«

»Gut, dass du mich daran erinnerst. Das hätte ich beinahe verschwitzt. Habe mich schon gewundert, dass der Bursche sein Zimmer besonders auf Vordermann gebracht hat und eifrig malt, obwohl Ordnung bei ihm immer an oberster Stelle steht. Mitbringen? Lass mich mal überlegen. Ach ja. Pinsel kann der Bursche immer gebrauchen. Aber denke daran, dass sie Naturborsten haben müssen.«

»Was genau meinst du damit?«

»Jonas steht total auf Holzgriffe und Fehhaar. Das Pinselhaar wird dabei aus den Schweifhaaren von Eichhörnchen hergestellt, und die sind äußerst seidig. Da sie spitz zulaufen, eignen sie sich hervorragend für elegante, feine Striche. Der würde sich wundern, wenn du genau so was mitbringen würdest. Aber er liebt dich auch, wenn du mit leeren Händen kommst.«

Das Strahlen in Leonies Gesicht hielt den gesamten Vormittag an und sie versprühte gute Laune trotz der ernsten Fälle, die es zu klären galt.

11

Gordon ahnte bereits, dass sein heutiger Besuch in der Rechtsmedizin außergewöhnliche Ergebnisse bereithalten würde. Klaus Lieken hatte in diese Richtung bereits Andeutungen gemacht, als er ihn bat, vorbeizukommen. Mia Richter drängte ihn sofort, mitkommen zu dürfen, um weitere Erfahrungen sammeln zu können. Trotz gewisser Vorbehalte willigte er schließlich ein, da er aus eigener Erfahrung wusste, dass nur die harte Schule eine gute Schule war. Ein Ermittler des Morddezernates muss den Anblick einer sezierten Brandleiche wegstecken können. Genau das erwartete die beiden Besucher am heutigen Tag. Dr. Lieken saß an seinem kleinen Tisch vor einem großen Kaffeebecher und kaute genüsslich an einer Frikadelle, die er zuvor in reichlich Senf getaucht hatte.

»Ich könnte jetzt nicht sagen, was genau hier so penetrant riecht – die Frikadelle oder deine Kundin auf dem Tisch. Hast du wieder deine Spezialmischung in die Pfanne gehauen? Etwas weniger Knoblauch würde den Genuss der Fleischklopse erhöhen, Klaus. Trotzdem wünsche ich dir guten Appetit.«

Mia Richter, die zögernd den Raum betreten hatte, starrte auf den Tisch, der mit einem Laken abgedeckt worden war.

Obwohl sie tapfer den Geruch und den Würgereiz ignorierte, knetete sie ständig ihre Hände. Dr. Lieken ging erst einmal gar nicht auf Gordons Frotzelei ein, beobachtete nur Mia Richter, die nach dem Rand eines leeren Seziertisches tastete und nach Halt suchte. Als allmählich die Blässe aus ihrem Gesicht wich, war er beruhigt und legte die angebissene Hälfte der Frikadelle zurück auf den Teller.

»Dein Humor ist immer wieder erfrischend. Der hat mir tatsächlich gefehlt heute Morgen. Falls es dich beruhigt, mein Freund, die Klopse gibt es alle vierzehn Tage bei mir. Schließlich muss ich mir wegen der Fleischbeschaffung keine Sorgen machen und nur die Zutaten in der Küche bereithalten.«

Als sich Mia nach vorne beugte, sprang Gordon an ihre Seite und drehte ihr Gesicht zum Tisch.

»Siehst du, was du mit deinen unappetitlichen Witzen angerichtet hast? Das Mädel ist noch nicht so weit, diese Sprüche von durchgeknallten Forensikern ohne entsprechende Reaktion wegzustecken. Hast du mal eine Schüssel, falls sie ...?«

»Es geht schon, Chef – es ist alles wieder gut. Es ist der Geruch, nur der Geruch.«

»Siehst du, Klaus. Wenn du das nächste Mal Besuch einlädst, verzichte bitte auf den Verzehr dieser ... dieser Fleischbällchen. Das ist nicht jedermanns Sache.«

Dr. Lieken wirkte ehrlich besorgt, als er sich Mia näherte und ihr eine Hand auf den Arm legte.

»Entschuldigen Sie, Frau Richter, aber ich konnte ja nicht wissen ... Und damit das klar ist: Der da hat angefangen. Ihr Chef war es, der Witze über mein Essen gemacht hat.«

Gespielt empört wies sein Arm auf Gordon, der mittlerweile den Zipfel des Lakens in den Händen hielt und einen Blick darunter wagte.

»Was hast du aus diesem Körper herausgelesen? Ich werde den Verdacht nicht los, dass diese arme Frau sehr gelitten hat, bevor der Tod sie erlöste. Habe ich recht, Klaus? Erzähl endlich, was wirklich los war.«

Immer noch besorgt führte Dr. Lieken Mia Richter zum Tisch und wartete mit dem Abdecken, bis Mia ihm durch Kopfnicken andeutete, dass sie bereit wäre. Der teilweise völlig verkohlte Körper lag nun vor ihnen und schien den Schmerz gen Himmel zu schreien. Der Mund war weit geöffnet und zeigte die ebenfalls verrußten, aber auch zerplatzten Zahnreihen. Tapfer ertrug Mia den Anblick und stellte sogar eine Frage.

»Man sprach im Unterricht immer von der berühmten Fechterstellung, in der sich die Toten befinden sollen. Das vermisse ich hier.«

»Die Frage ist nicht dumm, liebe Frau Richter. Normalerweise ist das auch so. In diesem Fall war es jedoch nicht möglich, da dem Opfer die Hände auf dem Rücken gebunden waren. Allerdings sind die typischen Merkmale bei den Beinen feststellbar. Die hitzebedingte Kontraktion der Muskulatur sorgt für diese außergewöhnliche Stellung. Ich werde die Frau nun auf die Seite drehen. Bitte kommen Sie beide zu mir.«

Lieken hielt mit der einen Hand die Frau in der neuen Position, während er auf eine Stelle zeigte, an der wohl niemand außer ihm etwas Außergewöhnliches entdecken konnte.

»Seht ihr diese Narbe? Die wurde dem Opfer erst vor kurzer Zeit beigebracht. Die Hitze hat dafür gesorgt, dass die Wundränder miteinander verschmolzen. Wenn ihr euch die Position genauer betrachtet, kommt ihr bestimmt zum richtigen Schluss.«

»Die Niere, denke ich«, bemerkte Gordon immer noch unsicher. »Man hat ihr eine Niere entfernt. Das hättest du uns aber auch am Telefon mitteilen können.«

»Hätte, hätte. Warte mal ab, du undankbarer Schlumpf. Jetzt schauen wir uns das Opfer mal von vorne an. Seht her.«

Als würde er das Weihnachtsgeschenk für seine Enkel auspacken, legte er die vier Hautlappen auf dem Brustkorb beiseite, die bis jetzt das Innenleben der Frau verbargen. Mia drehte sich wieder ab.

»Fällt dir was auf, Gordon?«

»Hast du das gemacht, oder war das schon so? Wo sind die Organe? Dieser Körper ist ja fast komplett ohne Innenleben. Das kann nicht wahr sein. Man hat ihr fast sämtliche Organe ...«

Dr. Lieken beschwichtigte seinen Freund mit einer Handbewegung.

»Einen Teil davon findest du in den Behältnissen da hinten auf der Anrichte. Aber man hat ihr zumindest neben der Niere auch die Bauchspeicheldrüse entnommen. Ebenfalls wurden Gewebeteile aus der Leber entfernt. Man hat zumindest bei der Entnahme darauf geachtet, dass die Frau weiterleben konnte. Warum man sie anschließend tötete, erschließt sich mir nicht auf Anhieb. Vor uns liegt ein menschliches, aber professionell ausgeschlachtetes Ersatzteillager.«

Mit beiden Händen fuhr sich Gordon durch das dichte Haar und ließ ein knappes Stöhnen hören. Wieder war es Mia, die ihren Wissensdurst stillen wollte.

»Ich weiß nicht, ob ich das fragen darf. Hat die Frau noch ... ich meine ... hat sie noch ...?«

»Ob sie lebend verbrannt wurde, wollen Sie wissen? Leider muss ich sagen, dass diese Frau den erlösenden Tod erst in den Flammen fand.«

»Gibt es verlässliche Anzeichen dafür?«, wollte Gordon nun wissen.

»Leider ja. Zuerst will ich erwähnen, dass ich eine erhöhte CO-Konzentration im Blut vorfand, was das schon bestätigen würde. Aber klarer wird alles schon vorher durch äußere Zeichen. Da sind die berühmten Krähenfüße. Das noch lebende Opfer kneift reflektorisch die Augen zusammen, was eine deutliche Zeichnung in Form von hellen Linien an den *Lachfalten* verursacht. Der gleiche Reflex verursacht die sogenannten Wimpernzeichen. Nur die Spitzen der Wimpern sind versengt, der Rest ist durch das Zusammenkneifen der Augen geschützt.«

»Verdammt«, hauchte Mia mit heiserer Stimme, während sie sich den Schweiß von der Stirn wischte, »Sie beschreiben das so plastisch, dass ich den Todeskampf direkt vor Augen habe. Noch schrecklicher wird das durch die Tatsache, dass ihre Hände währenddessen auf dem Rücken gebunden waren. Einfach schrecklich. Wer tut so was?«

Die beiden erfahrenen Männer verzichteten darauf, der jungen Kollegin in dieser Richtung Auskunft zu geben. Sie hatten den Glauben an das Gute im Menschen längst begraben. Sie kannten den Tod mit all seinen unaussprechlichen Facetten. Dr. Lieken zog das Laken ordentlich über das Opfer, das irgendwann einmal eine lebenslustige junge Frau mit all ihren Wünschen für ein schönes Leben war. Geldgierige Verbrecher hatten dieses Leben ausgelöscht, das in deren Augen keinen zählbaren Wert mehr besaß.

»Tun Sie sich selbst einen Gefallen und lassen Sie diese Dinge nicht zu nahe an sich heran. Ich weiß, dass es leicht gesagt ist von jemandem, der tagtäglich in die hässliche Fratze des Todes sehen muss. Aber in dem Punkt müssen wir alle pragmatischer denken und es in unseren Berufsalltag integrieren. Lassen Sie sich auch nicht von dem Hass auf solche Menschen leiten, denn dann macht man Fehler. Emotionen lähmen nur das rationale Denken.«

Klaus Lieken, der scheinbar wieder zu einem seiner gefürchteten Monologe ansetzte, wurde von Gordon zur Seite gedrückt. Er legte seinen Arm um die verdutzte Kollegin und schob sie Richtung Ausgang.

»Lassen Sie sich von dem Psychogequatsche des Mannes dort nicht irritieren. Natürlich hat er recht. Aber das ist leichter gesagt als getan. Dr. Lieken muss diesen Ausgeburten der Hölle auch nicht in die verdammten Augen sehen – es sei denn, wir legen sie ihm tot auf den Tisch. Sie dürfen ab und zu schon zornig werden. Sie lernen schnell, klar zu denken und zu analysieren.«

12

Karl-Otto Schöning setzte das Weinglas hart auf dem Beistelltisch ab, als die Türglocke anschlug. Bevor er sich erhob, um die Tür zu öffnen, glitt sein Blick über das Ziffernblatt der antiken Standuhr. Der Mann, der draußen in Sturm und Regen auf den Einlass wartete, wich einen Schritt zurück, als er in die harten Augen des Hausherrn blickte.

»Wir hatten acht Uhr vereinbart, Herr Plitza. Jetzt ist es fast eine halbe Stunde später. Wenn Sie Ihre Arbeit im Allgemeinen so schluderig erledigen, werde ich eine weitere Zusammenarbeit überdenken müssen. Kommen Sie rein, ziehen Sie aber bitte die Schuhe aus. Sie sehen aus wie eine nasse Katze.«

Lange hielt die Irritation bei dem Privatdetektiv nicht an. Mit Hilfe der Fußspitzen entledigte sich Thomas Plitza des Schuhwerks. Er schüttelte noch ein letztes Mal den Regen aus der Jacke, bevor er sie auszog und einfach über den Schirmständer warf. Schöning bekam nicht mit, wie ihm der erhobene Mittelfinger in seinem Rücken gezeigt wurde. Er bewegte sich bereits zurück ins Wohnzimmer, wo er sich mit einem Stöhnen in den Ohrensessel fallen ließ.

»Setzen Sie sich bitte auf den Hocker, damit Sie mir nicht das teure Leder durchnässen. Und jetzt lassen Sie mal hören, was der Herr so rausgefunden hat. Haben Sie die Frau wenigstens gefunden, oder habe ich Sie überschätzt?«

Plitza tat, als hätte er die Bitte Schönings überhört. Er warf sich in die Ledercouch. Den Fluch des Auftraggebers missachtete er großzügig und schlug die Beine übereinander. Bevor Schöning seinem Unmut Luft machen konnte, begann Plitza mit seinem Bericht.

»Ich wünsche Ihnen ebenfalls einen guten Abend, Herr Schöning. Doch gestatten Sie mir zu Anfang eine Bemerkung: Wir sprachen bei der Uhrzeit von *um die acht Uhr*. Das definiert nach meinem Gefühl eine gewisse Toleranz. Aber wir sitzen ja nicht zusammen, um Spitzfindigkeiten auszutauschen. Sie wollten etwas erfahren über den Verbleib einer gewissen Dame.«

»Bitte sprechen Sie nicht so abfällig von der Frau. Das hört sich so an, als würden Sie über eine Prostituierte reden. Diese Person besitzt meine allergrößte Wertschätzung. Wo finde ich sie also? Machen Sie es nicht so spannend.«

»Nun mal langsam, Herr Schöning. So einfach, wie Sie es sich vorstellen, geht das in solch speziellen Fällen nicht. Da gelten andere Gesetze, als wenn ich nach einer untreuen Ehefrau forsche. Die Krankenhäuser sind zum Stillschweigen verpflichtet und man bekommt auf dem normalen Weg nichts heraus.«

Schöning beugte sich vor und blickte seinem Gegenüber ins Gesicht. Seine Miene war undurchschaubar – seine Bemerkung jedoch war eindeutig.

»Hätte ich den normalen Weg, wie Sie es nennen, wählen wollen, säßen wir zwei heute Abend nicht in meinem Haus. Schon in der Vergangenheit haben Sie für mich gearbeitet.

Ich muss doch gerade Ihnen nicht erklären, wie oft Sie dabei den Weg gewählt haben, der Sie ins Gefängnis bringen konnte. Erzählen Sie deshalb nicht, dass Ihnen Sonderwege fremd sind. Ich will jetzt endlich Ergebnisse. Ansonsten rauben Sie mir bitte nicht meine Zeit.«

Eine leichte Unsicherheit zeigte sich kurz auf Plitzas Gesicht, die jedoch von einem hasserfüllten Blick abgelöst wurde. Schnell brachte er seine Gefühle wieder unter Kontrolle und begann seinen Bericht. Die großzügige Summe, die ihm sein Auftraggeber bei Erfolg in Aussicht gestellt hatte, war zu verführerisch, um alles aufs Spiel zu setzen. Er blies eine fettige Strähne aus den Augen, deren Tränensäcke darauf hindeuteten, dass der Mann ein unsolides Leben mit wenig Schlaf und reichlich Genussmittel führte.

»Wie ich schon andeutete, sperrte sich die Klinik sofort, als ich mich nach einer Nierenspenderin erkundigen wollte. Die Dame an der Information ließ sich auch nicht dadurch irreführen, dass ich den Zettel mit dem Namen verlegt hatte und ich nur etwas von einem Verwandten überbringen sollte. Ohne Nachweis, dass ich ein naher Verwandter wäre, bestand keinerlei Chance auf einen Besuch. Und ein Name war zwingend erforderlich. Ich habe mich dann unter die Besucher gemischt und mein Glück in der entsprechenden Abteilung versucht. Erst beim dritten Anlauf, als ich endlich einen Pfleger anquatschte, erfuhr ich, dass derzeit keine Spenderin auf der Station läge. Er wusste zwar, dass jemand vor zwei Tagen in ein anderes Krankenhaus verlegt worden war, wollte aber partout keinen Namen nennen. Als ich ihm Geld zustecken wollte, meinte der Spinner, dass er augenblicklich die Stationsleitung darüber informieren wollte. Ich habe mich dann aus dem Staub gemacht.«

»Mit dem mageren Ergebnis wollen Sie mich doch wohl nicht abspeisen, Plitza? Dafür hätte ich einen Achtjährigen einer Förderschule betrauen können, der wohl weitaus beharrlicher und erfolgreicher gewesen wäre. Was haben Sie über Dr. von Reveling herausfinden können?«

Plitza hatte mit drastischeren Reaktionen Schönings gerechnet und atmete erleichtert durch, bevor er auf die Frage einging.

»Das wird Sie wahrscheinlich überraschen. Als ich das Haus verließ, machte ich noch einen kleinen Abstecher zu der Dame, die immer noch an der Information saß. Ich machte ihr klar, dass ich einen Termin mit diesem besagten Dr. von Reveling hätte, der mir helfen würde. Ich hätte ihr am liebsten eine reingehauen, als sie lachte. Sie meinte, dass ich mir was Besseres einfallen lassen sollte. Einen Arzt mit diesem Namen gäbe es im gesamten Haus nicht. Sie wollte die Polizei rufen. Ich habe mich dann vom Acker gemacht.«

Innere Freude breitete sich in Plitza aus, als er zum ersten Mal Betroffenheit in Schönings Gesicht ausmachte. Sein Mund öffnete sich und er schien nach Luft zu ringen. Seine Hand ruhte auf der Brust, als hätte er Herzschmerzen. Seine Augen schlossen sich zu Schlitzen.

»Sagen Sie das nochmal. Es gibt dort keinen Arzt mit diesem Namen? Das kann nicht sein. Er hat mir versichert, dass er mit seinem Kollegen Kriebel diese Operation durchführen würde. Sie müssen sich falsch ausgedrückt haben.«

»Spätestens jetzt ist der Zeitpunkt, an dem Sie meine Angaben ernst nehmen sollten, Herr Schöning. Stempeln Sie mich nicht weiter als Idioten ab. Sie haben die Grenze des Verträglichen bereits erreicht. Wenn Sie mir nicht glauben, bezahlen Sie mich für die bisherige Zeit und suchen Sie sich jemanden, dem Sie mit Ihren Bemerkungen auf den Sack gehen können. Ich lasse mir das nicht weiter bieten.«

Schöning hatte ein feines Gespür dafür, wenn er die rote Linie erreicht hatte, und lenkte ein.

»Jetzt sind Sie mal nicht so empfindlich, Plitza. Das, was Sie mir da gerade verkaufen wollen, klingt schon reichlich unwahrscheinlich. Die beiden Ärzte habe ich persönlich kennengelernt. Das kann nicht sein.«

»Ich kann Ihnen nicht sagen, was und wen Sie kennenlernten. In mir verdichtet sich jedoch der Verdacht, dass man mit Ihnen ein mieses Spiel getrieben hat. Wenn ich mir eins und eins zusammenzähle, verwundert es mich schon, dass Ihre Gattin überhaupt operiert wurde, nachdem Sie bereits dafür bezahlt haben. Die Sache stinkt. Sie sollten die Polizei einschalten.«

Schönings Gesicht nahm die Farbe einer reifen Tomate an, als er seinen Rücken gegen die Sessellehne presste und nach Luft rang. Plitza sprang auf, um dem Mann zu Hilfe zu eilen. Doch Schöning winkte in diesem Augenblick ab und drückte sich wieder nach vorne. Immer noch nach Luft ringend versuchte er, einen kompletten Satz zu formen.

»Zur Polizei? Sind Sie verrückt? Dann bin ich geliefert. Die werden sofort rausfinden, dass diese Transplantation nicht hätte stattfinden dürfen. Ich meine natürlich damit: noch nicht hätte stattfinden dürfen.«

Plitza hatte von Anfang an den Verdacht, dass Schöning seine Beziehungen hatte spielen lassen. Aber erst jetzt wurde er sich der Tragweite seines Tuns bewusst. Die Gefahr bestand darin, dass seine Frau illegal ein Organ erhalten hatte und er sich damit mitschuldig gemacht hatte. Man hatte immer wieder davon gehört, dass es so etwas gab. Doch das Verfahren war stets im Nebel geblieben.

»Wie sind Sie eigentlich an diese beiden angeblichen Ärzte gekommen?«

»Sie wissen doch, wie so etwas läuft – oder nicht? Man spricht über sein Problem mit jemanden, den man kennt. Der kennt jemanden, der wiederum jemanden kennt. Am Ende werden Kontakte geknüpft, die Personen auf den Plan rufen, die aus dem Darknet stammen. Ich habe die beiden Männer nur ein einziges Mal getroffen. Anzahlung vor der Operation, Restzahlung nach der OP usw. Mir war nur bekannt, dass wir eine passende Niere bekamen und auf der Liste vorneangestellt werden sollten. Das musste ich natürlich bezahlen. Sagen Sie mir jetzt bloß nicht, dass ich etwas Ungesetzliches tat. Ich habe das Verfahren lediglich beschleunigt, damit Lisbeth nicht jahrelang unter der Dialyse leiden muss.«

»Und warum wollen Sie jetzt unbedingt die Spenderin kennenlernen? Das sollte Ihnen doch scheißegal sein. Ihre Frau lebt und erfreut sich hoffentlich bald wieder bester Gesundheit. Lassen Sie es damit gut sein und wirbeln Sie nicht weiter Staub auf. Sie mussten doch wissen, als Sie ins Darknet eintauchten, dass Sie am Gesetz vorbei arbeiten ließen. Warum sonst sollte das Geschäft im Dunklen abgewickelt werden?«

Wieder winkte Schöning ab und zeigte auf eine Pillenschachtel, die ihm Plitza schließlich reichte. Mit einem

Schluck Wein spülte er das blutdrucksenkende Medikament hinunter und wischte sich den Schweiß von der Stirn.

»Das können Sie nicht verstehen, Plitza. Sie sind ein egoistischer Junggeselle, den die Mitmenschen wenig interessieren.«

»Halt, halt, Herr Schöning. So reden Sie nicht mit mir. Sie sind es doch, der einem anderen Kranken durch Ihre Machenschaften die Chance auf eine Niere nahmen. Möglicherweise tragen Sie sogar eine Mitschuld, sollte der- oder diejenige versterben. Spielen Sie von mir aus den Wohltäter gegenüber Ihrer Frau. Für mich sind Sie im schlimmsten Fall sogar ein Mörder.«

Im krassen Gegensatz zu vorher überzog Schönings Gesicht jetzt eine beängstigende Blässe. In einem Zug trank er seinen Wein und hustete gewaltig, als er sich daran verschluckte.

»Ein Mörder? Ich soll ein Mörder sein, sagen Sie? Sind Sie wahnsinnig geworden? Meine Frau hat mir ihr Leben zu verdanken und mir wurde garantiert, dass es der Spenderin nach dem Eingriff gut gehen würde. Dass man sie verlegte, konnte ich nicht ahnen. Ich will unbedingt wissen, wie es ihr geht und ob alles Erdenkliche für ihr Wohlergehen getan wird. Auch Lisbeth besteht darauf. Sie würde mir das ewig zum Vorwurf machen, wenn sie der Frau nicht danken könnte für das, was sie für sie geopfert hat. Können Sie jetzt verstehen, warum ich den Namen brauche. Finden Sie die Frau, egal, was es kostet. Aber suchen Sie weiter nach ihr. Und ich möchte wissen, wer sich hinter diesem Dr. von Reveling verbirgt. Wieso operiert ein Dr. Richter? Gehört der ebenfalls zu diesem dubiosen Netzwerk?«

Plitza zuckte nur mit den Schultern und streckte dem Auftraggeber die Hand entgegen.

»Wenn Sie es unbedingt wollen, bitte sehr. Aber ich muss das nicht verstehen. Für mich ist das schon ein wenig krank. So funktioniert das nicht, Herr Schöning. Sie können nicht einen Wagen gegen die Wand fahren lassen und erwarten, dass kein Schaden angerichtet wird. Sie selbst haben sich mit Ihrer Manipulation ins Abseits gestellt. Jetzt spielen Sie anschließend den Unschuldigen nach dem Motto, das habe ich aber so nicht gewollt. Soll ich Ihnen mal einen Rat geben?«

Als ihm Schöning eine Antwort schuldig blieb, fuhr Plitza fort.

»Lassen Sie die Sache auf sich beruhen. Es könnte sonst sein, dass Sie mit Ihrer Neugierde in ein Hornissennest stechen. Hinter dem Netzwerk könnten Köpfe stecken, die Ihnen das übelnehmen. Ich habe davon gehört, welch hohe Summen dabei fließen. Glauben Sie nur nicht, dass sich diese Menschen so einfach das Geschäft versauen lassen. Organhandel funktioniert mittlerweile weltweit. Das ist für Sie eine Nummer zu groß. Und jetzt, Herr Schöning, hätte ich gerne den besprochenen Vorschuss.«

Nachdenklich starrte Schöning auf die ausgestreckte Hand und schleppte sich mit müden Schritten zum Safe.

»Ich will den Namen und die Adressen, Plitza!«

13

Gordon folgte Leonie auf die Terrasse. Sie hatte ihm still ein Zeichen dazu gegeben. Beide standen neben dem Rhododendronstrauch und nippten an ihrem Wasserglas.

»Was gibt es so Dringendes, Leonie? Denise wird mich gleich in der Küche brauchen. Sie weiß, dass ich in wenigen Minuten den Braten aus dem Ofen nehmen muss.«

»Ich bin mir unsicher, Gordon. Glaubst du wirklich, dass ich Jonas mit den Malpinseln einen Gefallen getan habe? Als ich ihm das Geschenk gab, hat er es zwar geöffnet, doch statt eines Dankeschöns hat er sich sofort in sein Zimmer verzogen. Seitdem hängt er oben rum und scheint sich nicht mehr für uns zu interessieren.«

Die Angespanntheit wich augenblicklich von Gordon. Er ließ ein erleichtertes Lachen hören und umarmte Leonie.

»Verdammt, Leonie, ich dachte schon, es wäre wieder etwas passiert, wovon Denise nichts wissen sollte. Mach dir darüber keinen Kopf. Du solltest allmählich wissen, dass Jonas diese Fähigkeiten, Emotionen zu zeigen, nicht besitzt. Freude spielt sich bei ihm irgendwie anders ab – frage mich aber bitte nicht, wie.«

Er zog Leonie am Arm und bat sie damit, ihm zu folgen. Ahnungslos folgte sie ihrem Chef die Treppe hinauf und sah ihn erstaunt an, als er den Finger auf die Lippen legte. Wie zwei Diebe blickten sie in Jonas' Zimmer, nachdem Gordon die Tür einen Schlitz weit geöffnet hatte. Jetzt stahl sich auch ein Lächeln auf Leonies Lippen, als sie dem Jungen zusah, wie er äußerst vorsichtig und liebevoll über die Haare der neuen Pinsel strich und jedem von ihnen einen besonderen Platz in dem eigens dafür hergestellten Ständer zuwies. Links von ihm konnte Leonie eine Staffelei erkennen, jedoch nicht das Bild selbst, an dem er wohl gerade arbeitete. Sie spürte die Hand Gordons, die sie vorsichtig zurück auf den Flur zog.

»Siehst du, Leonie. Es ist nicht seine Art, offen Dankbarkeit zu zeigen. Doch du hast selbst gesehen, wie sehr er sich über dein Geschenk freut. Ich kenne ihn gut und verstehe mittlerweile seine Art, Dankeschön zu sagen. Komm wieder runter, das Fleisch brennt mir an.«

»Warte noch. Meinst du nicht, dass ich mal zu ihm rein darf? Ich möchte wissen, was er so malt.«

Gordons Reaktion war heftiger, als sie vermutet hätte.

»Nein, Leonie, um Gottes Willen. Selbst wir dürfen nicht ins Zimmer, wenn er malt. Dann deckt er das Bild immer ab. Vor Tagen meinte er, dass er uns alle damit überraschen will.«

Mittlerweile war Gordons Stimme in ein Flüstern übergegangen. Er hielt Leonie zurück, die schon die Treppe erreicht hatte.

»Ich habe trotzdem mal unter die Decke geluchst. Ich bin eben durch und durch Polizist und will alles sofort wissen. Ich muss sagen, dass es mich schon beeindruckt hat. Aber jetzt müssen wir wirklich ...«

»Was war es denn? Nun hast du mich infiziert. Du kannst jetzt nicht einfach abhauen und mich doof zurücklassen. Was malt er denn?«

»Du wirst die Letzte sein, die das erfährt. Das würde mir der Junge nie im Leben verzeihen, wenn ich es ausgerechnet dir verrate. Nichts da, meine Lippen werden schweigen, bis der große Moment der Enthüllung gekommen ist. Riechst du nichts? Das Fleisch ist bestimmt verschmort. Gleich kannst du Jonas holen. Der wird Hunger haben.«

Unvermittelt blieb Denises Blick auf Leonies Gesicht haften, was dieser nicht entging. Irritiert sah sie vom Teller auf und ließ die Gabel sinken.

»Ist was, Denise? Warum in Gottes Namen siehst du mich so forschend an?«

Erst nach einer Weile bekam sie eine Antwort in Form einer Gegenfrage, mit der sie niemals gerechnet hätte.

»Liebt ihr euch wirklich?«

Nun ließ Leonie die Gabel endgültig auf den Teller sinken und suchte den Blickkontakt zu Gordon. Der stocherte scheinbar desinteressiert in seinem Essen herum.

»Wie meinst du das, Denise? Ich muss gestehen, dass ich deine Frage nicht verstehe. Von wem sprichst du gerade? Glaubst du, dass ich und ...«

»Nein, nein, nicht, was du jetzt denkst, Leonie. Dass du nichts mit Gordon hast, ist mir sonnenklar. Ich meine deine Freundin. Ich spreche von Mia. Schon oft habe ich mir dazu Gedanken gemacht. Die Vorstellung ist für mich schwierig, dass ich mit einer anderen Frau ... Du verstehst sicher, was ich meine. Muss ich mir die Gefühle so vorstellen, als würde man einen Mann lieben? Damit meine ich jetzt nicht unbedingt das rein Körperliche. Ich spreche von diesem tiefen Gefühl da drin.«

Ihre Hand legte sich auf die Herzgegend, während Denise Leonies Gesicht nicht aus den Augen ließ. Sie schob den Teller weiter zur Tischmitte und faltete die Hände unter dem Kinn. Sie wartete geduldig, bis sich Leonie endlich gefasst hatte. Doch bevor sich die Frauen austauschen konnten, erhob sich Gordon.

»Ihr entschuldigt uns für den Moment. Ich habe noch eine Kleinigkeit in der Garage zu erledigen, und Jonas wollte etwas in seinem Zimmer erledigen. Sobald ich fertig bin, mache ich uns einen richtig guten Kaffee. Das Thema betrifft mich außerdem nicht so sehr, zumal wir das schon behandelt haben. Bis gleich also.«

Gordon räumte noch seinen Teller auf die Spüle und küsste Denise auf das Haar. Jonas war längst auf der Treppe verschwunden.

»Ist er nicht ein richtiger Schatz?«, seufzte ihm Denise hinterher und wandte sich wieder an Leonie. »Er hat ein feines Gespür dafür, wann er unerwünscht ist.«

Ihr Lächeln bewies, dass Denise diese Bemerkung nicht böse meinte. Noch immer überlegte Leonie, was Denise von ihr erwartete und wie sie ihre Gefühle beschreiben sollte. Lange war sie sich deren selbst nicht bewusst gewesen. Sie versuchte es trotzdem.

»Ich war einmal über mehrere Jahre mit einem Mann zusammen.«

Erstaunt hob Denise die Augenbrauen.

»Was ist passiert?«

»Eigentlich waren wir glücklich bei dem, was wir miteinander erleben durften. Reisen, flirten, Sex ... Du weißt ja, alles das, was das Leben zu zweit lebenswert macht. Irgendwann trafen wir dann Fatima. Sie arbeitete in dem Reisebüro, in dem wir immer buchten. Ich kann dir beim besten Willen nicht beschreiben, was da genau passierte. Ehrlich. Ich hatte einfach nur ein gutes Gefühl. Es lag vielleicht auch an diesem einen Nachmittag. Durch Zufall traf ich Fatima in einem Café wieder und wir quatschten stundenlang miteinander. Du wirst sagen, das hast du auch schon hundert Mal erlebt und bist immer noch heterosexuell. Das war anders, weißt du? Einfach ein besonders intimes Gespräch. Und sie besaß dieses gewisse Etwas, diese Aura, alles, was man nicht beschreiben und doch zwei Menschen verbinden kann.«

Leonie erwartete nun eine Zwischenfrage, blickte aber nur in das entspannte Gesicht von Denise.

»Wir hatten eine Vertrautheit entwickelt, die mit Worten nicht zu beschreiben ist. Es klingt jetzt verrückt in deinen Ohren, aber ich wollte diese Frau unbedingt küssen. Dort am Tisch, vor allen Menschen wollte ich sie küssen. Kannst du dir das vorstellen? Das überfiel mich einfach so.«

Was kam, war lediglich ein leichtes Kopfschütteln bei Denise, die jedoch weiterhin konzentriert der Erzählung folgte.

»Von dem Tag an hatte ich Probleme damit, die Lippen von Philipp zu berühren. Es klingt vielleicht hart, aber es stieß mich sogar ab. Diese Begegnung mit Fatima hat mir von einem Moment auf den anderen gezeigt, dass bei mir schon immer eine Lücke vorhanden war. Verstehe mich nicht falsch. Der Sex mit Philipp oder grundsätzlich mit Männern gefiel mir. Doch als wir uns von dem Tag an häufiger trafen, spürte ich immer deutlicher, dass ich mich nach der Berührung von Fatima sehnte. Als wir uns einmal bei ihr Zuhause trafen und sie ihre Lippen auf meine legte, wusste ich, dass scheinbar alles falsch war, was ich bis dahin in Beziehungen erlebte. Ich habe mir selbst etwas vorgemacht, mich belogen. Fatima war das Wesen, das in mir echte Gefühle weckte. Alles vorher war nur ... ich weiß nicht, wie ich es nennen soll ...?«

»Simple körperliche Befriedigung«, ergänzte Denise an Leonies Stelle.

»So könnte man es nennen. Ich entschloss mich Tage danach, ihm das zu gestehen und bat ihn um Verständnis. Ich hatte mir das Trennungsgespräch äußerst schwierig vorgestellt und mir das Hirn zermartert, wie ich Philipp dieses *Coming-out* erklären sollte. Jetzt lach mich bitte nicht aus, aber er hat mich in den Arm genommen und mich damit getröstet, dass er mir gestand, eine andere Frau kennengelernt zu haben. Zuerst war ich entsetzt darüber, dass er mich betrogen hatte. Stell dir das einmal vor. Ich lasse mich mit einer anderen Frau ein und bin trotzdem eifersüchtig auf eine, die Philipp mir vorzog.«

»Das ist normal. Ihr habt schließlich beide das in euch gesetzte Vertrauen missbraucht. Wie seid ihr verblieben?«, wollte Denise wissen und lauschte, da sie ein Geräusch von oben hörte.

»Wir haben uns fast drei Flaschen Wein reingezogen und uns über diese etwas skurrile Szene köstlich amüsiert. Heute sind wir immer noch befreundet und treffen uns ab und zu.«

»Wie ging das weiter mit Fatima?«

»Das ist weniger romantisch. Sie wurde schon Monate später von ihren Eltern zurück nach Portugal geholt, wo sie eine riesige Obstfarm gemeinsam mit ihrem Onkel übernehmen sollte. Wir haben uns seitdem nie wieder gesehen – nicht einmal telefoniert. Ich blieb allein ... bis ... ja, bis ich Mia traf. Den Rest kennst du ja.«

Am Kücheneingang entstand Bewegung und der Kopf von Jonas tauchte auf. Er versteckte sich zur Hälfte hinter der Türzarge und winkte Leonie zu, damit sie ihm nach oben folgen sollte. Absolut verwundert erhob sie sich und ließ es zu, dass Jonas sie die Stufen zu seinem Zimmer hochzog. Gordon, der währenddessen in der Diele erschienen war, wechselte einen erstaunten Blick mit Denise. Beide entschlossen sich dazu, ebenfalls den Weg nach oben zu wählen. Vom Treppenabsatz aus konnten sie das Geschehen verfolgen. Leonie musste in der Tür stehen bleiben und die Hände vor die Augen halten. Jonas beobachtete sie ganz genau, ob sie nicht durch die Finger blinzelte. Als er sich sicher schien, dass Leonie nicht schummeln würde, zog er das Laken von der Staffelei und drehte sie zur Tür.

»Jetzt darfst du gucken, Leonie.«

Denise warf sich an Gordons Brust und klammerte sich fest an ihn, als sie erkannte, was der Junge vollbracht hatte. Gordons Mund öffnete sich, als er das Ebenbild seiner Kollegin auf der Leinwand erkannte. Leonie ähnelte einer Statue. Sie war einfach nicht in der Lage, eine Bewegung zu machen, starrte nur auf ihr vermeintliches Spiegelbild.

»Wie hast du ... du hattest doch gar kein Foto von mir? Ich finde einfach keine Worte dafür. Das ist ... es ist einfach genial gemalt. Jonas, komm her zu mir. Ich möchte dich jetzt einfach nur drücken.«

Mit absolut ausdrucksloser Miene kam der Junge näher und ließ zu, dass Leonies Tränen in sein Haar tropften. Gordon und Denise traten nun ebenfalls in das Zimmer und nahmen den Jungen in die Mitte. Niemand von ihnen bemerkte dieses seltene Aufleuchten in seinen Augen, als er sich an Leonie klammerte.

14

»Na, hast du dich nun endlich beruhigt? Jonas hast du endgültig für dich eingenommen, Leonie. Er hat sogar den passenden Rahmen beim Händler seines Vertrauens gekauft. Jetzt hängt das Bild neben seinem Bett. Ich denke, dass er es dir irgendwann zu einem besonderen Anlass schenken wird. Allerdings erst, wenn er eine Kopie gemalt hat.«

Mia trat unwillkürlich einen Schritt beiseite, als Gordon das Büro betrat. Die Hand, die bis dahin auf Leonies Schulter lag, verschwand hinter ihrem Rücken. Gordon tat, als hätte er es nicht bemerkt und trat näher an die beiden Kolleginnen heran.

»Was in Gottes Namen hast du mit dem Burschen angestellt? So oft seht ihr euch doch gar nicht. Du scheinst sein großes Idol zu sein. So allmählich werde ich tatsächlich eifersüchtig. Eigentlich sollten es die Eltern sein, zu denen die Kinder aufsehen. Doch du genießt bei ihm das Ansehen eines Rockstars.«

»Erzähl der lieben Leonie das noch einige Male, dann flippt die völlig aus.« Gordon zuckte ein wenig zusammen, als Kais Stimme aus der Ecke erscholl, in der er sich hinter der Tür eines Wandschrankes befand. »Den ganzen Morgen muss ich mir die Geschichte schon anhören, dass sie von einem Vierzehnjährigen angebetet wird. Mit Leonies steigendem Alter werden ihre Fans immer jünger.«

»Das stimmt nicht, Gordon. Ich habe das Wort niemals gebraucht. Das mit dem Anbeten hat der Griesgram gerade erfunden. Aber man darf doch wohl mal darüber reden – oder etwa nicht?«

Hauptkommissar Rabe drückte beide Hände auf die Ohren und verschwand hinter seiner Bürotür, die er fest zudrückte. Es dauerte jedoch nicht lange, bis Kai ihn dort aufsuchte.

»Die Kollegen von der Sitte haben vor wenigen Augenblicken angerufen und Andeutungen gemacht, dass sich im Milieu was tut. Die hatten, wie wir es ja besprochen haben, einige Razzien dort veranstaltet. Allerdings war bisher noch nichts Genaues zu erfahren. Was allerdings alle überraschte, war der Umstand, dass nicht ein Fall von illegaler Beschäftigung feststellbar war. Die meinen, dass so was bisher nur sehr selten vorkam. Eine oder zwei Damen waren immer mal dabei, wenn man in die Hinterzimmer guckte.«

»Was schließen die daraus, Kai?«

»Das könnte unsere Vermutung bestätigen, dass es hier bei uns im Haus tatsächlich eine undichte Stelle gibt. Anders ist das kaum erklärbar.«

Gordon lehnte sich weit zurück in seinem Drehstuhl und legte beide Hände hinter den Kopf, während er an die Decke blickte. Kai wusste, dass man ihn jetzt besser nicht störte. In dieser Position entwickelte er die besten Ideen. Endlich löste sich Gordon aus dieser Starre und griff nach dem Telefon.

»Hast du Zeit, Dino? Ich würde gerne schnellstmöglich die Mannschaft zusammentrommeln. Ich spreche von den Leuten, die mein vollstes Vertrauen aus früherer Zusammenarbeit besitzen. Kannst du?« Einen Moment hielt er inne und lauschte. »Gut, dann in zwanzig Minuten. Ich will sehen, ob ich auch Kriminalrat Kläver erreiche. Wir müssen handeln.« Kai hatte kommentarlos zugehört und steckte sich einen Pfefferminzdrops in den Mund.

»Was hast du vor? Geht es um den Spitzel? Ich tue mich schwer damit zu glauben, dass jemand aus unseren eigenen Reihen dazu fähig ist. Bis jetzt ist das ja auch lediglich eine Vermutung.«

»In dem Punkt bin ich ganz bei dir, Kai«, konterte Gordon. »Allerdings erinnere ich mich ungern an einen früheren Fall hier im Haus. Dem Kollegen hätte das auch keiner zugetraut. Aber wir beide wissen doch, mit welchen Mitteln die Verbrecherbanden heutzutage arbeiten. Wie steht es mit deiner Loyalität, wenn man dir versichert, dass dein Kind ein sehr kurzes Leben haben wird, falls du nicht mitspielst? Wie lange leistest du Widerstand, wenn du deine Kreditraten für das Haus nicht mehr tilgen kannst? Jetzt stehst du vor dem Verkauf, weil die Hypothekenzinsen dich nicht mehr schlafen lassen? Da kommt so ein Dreckschwein und wedelt mit den Geldbündeln vor deinen Augen herum. Bei welchem Betrag fallen deine Bedenken? Machen wir uns doch nichts vor, Kai – jeder Mensch ist korrupt. Irgendwann ist eine Schmerzgrenze erreicht, wo du jegliche Loyalität überdenkst.«

Schweigend saß Kai seinem absoluten Vorbild gegenüber und schien nachzudenken.

»Jetzt denke bloß nicht in die falsche Richtung, mein Freund. Ich will hier nicht schon prophylaktisch um Verständnis bitten, weil ich deren Kohle angenommen haben sollte. Ich finde nur, dass man bei aller Verachtung, die man demjenigen gegenüber empfinden kann, auch die Not und die Versuchung einbeziehen muss. Trotzdem müssen wir alles daran setzen, den Mann oder die Frau ausfindig zu machen. Und dafür müssen wir uns einen Weg suchen. Ich glaube, ich weiß auch schon wie.«

Kais Gesicht war für einen Moment rot angelaufen. Er fing sich jedoch sofort wieder und beugte sich Gordon entgegen.

»Hast du wirklich geglaubt, dass ich dir so was unterstellen könnte? Dir würde ich mein Leben anvertrauen – verstehst du? Jedem aus unserem Team würde ich in diesem Punkt vertrauen. Wir haben zu oft bewiesen, dass wir uns aufeinander verlassen können. Quatsch bloß nie wieder so einen ...«

Gordon war längst aufgestanden und legte seine Hand über Kais Mund.

»Mach jetzt, dass du an die Arbeit kommst. Ich benötige keinen Rütli-Eid, um das zu wissen. Ich weiß, was ich an euch habe. Raus jetzt – trommel die Leute zusammen.«

»Ich will diese Ratte, die sich mitten unter uns befindet und unser aller Arbeit jeden Tag aufs Neue gefährdet«, meinte Kriminalrat Kläver als Begrüßungsrede vortragen zu müssen. »Hauptkommissar Rabe berichtete mir schon vor einiger Zeit darüber, dass Informationen nach draußen gelangen, die unsere Arbeit ins Leere laufen lassen. Die dadurch entstehende Sinnlosigkeit des Tuns ist eine Konsequenz. Ich gebe zu, dass sich bei mir eine höllische Angst davor entwickelt, dass dieser Umstand zu einem schlimmeren Debakel führen könnte. Es steht auch das Leben jedes Einzelnen von Ihnen auf dem Spiel. Das, liebe Kollegen und Kolleginnen, sollte diese Person bedenken. So skrupellos kann doch keiner sein – nur des Geldes willen. Das wollte ich einmal loswerden. Nun übergebe ich an Rabe, der einen Plan entwickelt hat. Hoffen wir, dass er funktioniert.« Kläver sah jedem der Anwesenden ins Gesicht.»Und noch eines möchte ich loswerden. Sie alle hier sind mir vom Kollegen Rabe als absolut loyal und vertrauenswürdig geschildert worden. Mit Ihnen gemeinsam werden wir den Plan durchführen. Enttäuschen Sie mich nicht. So, jetzt genug der Vorrede ... Sie sind dran, Rabe.«

Gespannt waren alle Blicke auf Gordon gerichtet, nachdem das Klopfen auf der Tischplatte abgeebbt war. Es war spürbar, dass die Worte des Vorgesetzten Wirkung zeigten. Vertrauen war oberstes Gebot in ihren Reihen und durfte niemals infrage gestellt werden.

»Kriminalrat Kläver sprach gerade von eingeforderter Loyalität, auf der unsere Arbeit insgesamt basieren muss. Wenn ich mich nicht auf den Kollegen neben mir verlassen kann, der meinen Rücken freihält, ist jeder Einsatz ein Ritt auf der Rasierklinge. Ihr alle seid meine Augen am Hinterkopf, wenn es sich um einen gefährlichen Einsatz handelt. Verrat gefährdet das Leben jedes Einzelnen.«

Am Tisch befanden sich neben Kriminalrat Kläver Leonie Felten, Mia Richter, Kai Wiesner und Dino Wohlert nebst seinem Kollegen Walter Milan. Alle hatten ihre Zuverlässigkeit schon in anderen Fällen der Soko bewiesen. Auch Gordon sah jedem von ihnen tief in die Augen, bevor er seinen Plan vorstellte.

15

Die Drehtür des Krankenhausausgangs schloss sich geräuschlos hinter Karl-Otto Schöning. Er blinzelte immer noch verärgert über die Auskunft, die er gerade bezüglich eines weiteren Gesprächs mit Dr. Richter erhalten hatte, in die tiefstehende Sonne. Unwillig über die Störung griff er in die Seitentasche seines Mantels, um auf das Display seines Telefons zu schauen. Erst nach einem weiteren Vibrieren drückte er die Empfangstaste, weil er die Nummer von Privatdetektiv Plitza erkannt hatte.

»Wenn Sie mich anrufen, um einen weiteren Misserfolg zu melden, machen Sie sich auf einen Rauswurf gefasst. Für heute habe ich die Schnauze voll. Was gibt es also?«

»Sie sollten weniger pessimistisch reagieren, Herr Schöning. Wo Schatten ist, muss auch irgendwo Licht sein. Allein diese Tatsache lässt mich Rückschläge besser verdauen. Doch zur Sache. Ich habe mich gestern mit einem Kollegen getroffen, der sich in der Szene ein wenig auskennt. Und das hat sich gelohnt.«

»Wie schön für Sie, Plitza. Ist dabei auch was Positives für mein Anliegen herausgekommen?«

»Sehen Sie? Schon wieder diese Zweifel. Ich habe was für Sie, was wir weiter verfolgen sollten. Das bedeutet aber, dass wir über das Honorar neu verhandeln sollten. Die Sache wird mir ein wenig zu heiß.«

Schönings Finger suchte bereits den Ausschaltknopf, als er sich im letzten Moment eines Besseren besann und das Telefon wieder an das Ohr hielt. Seine Worte presste er zwischen den jetzt knirschenden Zahnreihen hindurch.

»Ich wusste, dass es mit Ihnen nicht gut gehen würde. Sie sind ein Schwein, ein windiger Erpresser. Keinen Cent werden Sie von mir bekommen, bevor ich nicht weiß, was Sie herausbekommen haben. Ich werde mein sauerverdientes Geld keinem Halsabschneider in den Rachen werfen, der mich im nächsten Moment linkt. Entscheiden Sie sich: die Neuigkeit oder ich hänge augenblicklich ein.«

Trotz der Verärgerung amüsierte sich Schöning über die Pause, die nun am anderen Ende der Leitung entstand. Schon früher war er mit dieser Technik des Gegendrucks bei harten Geschäftspartnern weitergekommen. Er wusste, dass er gewonnen hatte, als er das heftige Atmen vernahm.

»Nun gut, Schöning. Ich liefere Ihnen einen Teil meines Wissens. Den Rest müssen Sie kaufen. Ich habe diesen Dr. von Reveling gefunden. Der betreibt dieses einträgliche Geschäft schon eine Weile und hat bereits gewaltige Reichtümer damit angehäuft. Hat es bei Ihnen geklingelt? Jetzt sind Sie dran.«

»Wie viel wollen Sie dafür, Sie verfluchter Sauhund?«

»Was ist mit Ihnen? Ich dachte, Sie freuen sich darüber.«

»Wie viel?«

»Sagen wir, dass mir für fünftausend als Sonderprämie die Adresse wieder einfallen würde. Ich könnte ein Treffen organisieren, an dem ich allerdings nicht teilnehmen würde.

Sie zahlen das Geld und ich bin raus. Mir wird die Sache zu heiß, wissen Sie? Was ist nun?«

In Schönings Kopf jagten sich die Gedanken, wägten das Für und Wider ab. Er ahnte, dass er sich bei weiteren Nachforschungen in große Gefahr begeben würde, stellte jedoch auch dagegen, dass er eventuell bei Lisbeth mit guten Nachrichten punkten könnte. Es war ihr sehnlichster Wunsch, ihre Wohltäterin kennenlernen zu dürfen. Über den Mann wäre es immerhin möglich, die Spenderin herauszufinden. Dr. von Reveling hatte jedoch viel zu verlieren.

»Kommen Sie heute Abend bei mir vorbei. Und dann will ich Sie niemals wiedersehen. Haben Sie mich verstanden? Niemals.«

»Jetzt kommen Sie mal wieder runter von Ihrem hohen Ross, Schöning. Sie spielen stets die Unschuld vom Lande und wollen als großer Retter Ihrer Frau gesehen werden. Erinnern Sie sich bitte daran, dass Sie mit Ihrer Nierenaktion möglicherweise einem anderen Patienten das normale Leben vorenthalten. Aber keine Sorge, wenn ich das Geld habe, sehen Sie mich nicht wieder und können Ihre scheinheilige Fassade weiter aufrechterhalten.«

Karl-Otto Schöning kannte sich mit pompösen Immobilien aus. Genug davon hatte er selbst vor vielen Jahren an den Mann gebracht. Diese Villa aus der Gründerzeit gehörte zu den besonders teuren und deutete an, dass der Hausherr nicht darauf achten musste, den Einkaufswagen im Spezialitätengeschäft nicht zu überfüllen. Neben dem Portal, das man über acht Marmorstufen erreichen konnte, erblickte Schöning die zwei Überwachungskameras und den Messingteller, in dessen Mitte sich der Klingelknopf verbarg. Entschlossen legte er den Finger auf den Knopf. Dass schon nach drei Sekunden die breite Eingangstür zurückschwang, zeigte ihm, dass man ihn bereits erwartet hatte.

»Treten Sie doch näher, Herr Schöning. Sie sind herzlich willkommen in meinem bescheidenen Heim. Ich muss zugeben, dass es mich wundert, woher Sie diese Adresse und die Telefonnummer haben. Doch kommen Sie erst einmal herein und setzen Sie sich. Darf ich Ihnen etwas zu trinken anbieten. Sie können wählen zwischen ...«

»Danke, Herr von Reveling oder wie Sie sonst heißen mögen. Ich habe eigentlich nicht den weiten Weg hier raus auf mich genommen, um bei einem Gläschen Sekt mit Ihnen über das Wetter zu plaudern. Aber zu einem koffeinfreien Kaffee sage ich nicht nein.«

Dr. von Reveling war die Verärgerung über die harsche Unterbrechung nicht anzumerken. Mit einer angedeuteten Verbeugung trat er zurück und machte den Weg frei für den unhöflichen Gast. Er bot Schöning einen Platz in der riesigen Wohnlandschaft an und bediente den Kaffeeautomaten in der Hausbar, die elegant wirkte und eine Ecke des luxuriös ausgestatteten Wohnzimmers füllte. Schönings Besichtigung des Raumes wurde von Revelings Frage unterbrochen.

»Sie sind mir noch eine Antwort schuldig, Herr Schöning. Ganz so einfach ist die Ermittlung meiner Adresse nicht. Umso stärker würde mich interessieren, woher Sie die haben. Meine Telefonnummer findet man auch nicht im Telefonregister. Woher also?«

Von Reveling setzte die Tasse auf einen Unterteller und kam freundlich lächelnd auf Schöning zu. Als er das Gedeck vor dem Besucher abgesetzt hatte, ließ er sich in einen separat stehenden Ledersessel gleiten und schlug die Beine übereinander. Betont langsam nippte Schöning an dem Kaffee und setzte die Tasse ebenso gemächlich wieder ab.

»Sehen Sie, Dr. von Reveling. Ich wäre nicht so alt und erfolgreich, wenn ich nicht die kleinen Kniffe beherrschen würde, um über die kleinen Geheimnisse meiner Partner informiert zu sein. Nennen wir es mal Zufall, dass ich auf Ihre Adresse stieß. Ich möchte meine Quellen verständlicherweise nicht preisgeben. Ich bin hier – das müsste für den Augenblick reichen.«

Noch immer zeigte von Reveling keinerlei Emotionen und setzte die Befragung fort.

»Kommen wir nun zum eigentlichen Zweck Ihres Besuches, um den Sie am Telefon ja ein großes Geheimnis machten. Was kann ich noch für Sie tun, nachdem es Ihrer Gattin nach meinen Recherchen bestens geht. Sie dürfte schon in den nächsten Tagen die Reha beginnen. Somit sollten Sie mit meinen Leistungen zufrieden sein. Ich kann mir daher Ihr Erscheinen nicht erklären. Helfen Sie mir.«

Wieder zögerte Schöning die Antwort hinaus und sah sich ausgiebig in dem großen Raum um.

»Es scheint sich um ein lohnendes Geschäft zu handeln, wenn man es versteht, lebensverlängernde Operationen und Organe zu vermitteln.«

Von Reveling hob die Hand, deutete damit einen Einwand an, den Schöning jedoch nicht zuließ.

»Lassen Sie mich ausreden und erklären. Es ist nun kein Geheimnis mehr, dass Sie selbst die Transplantation nicht durchgeführt haben. Ich will ehrlich sein. Mir ist es nach neuesten Erkenntnissen auch lieber so. Wie heißt es so schön? Schuster, bleib bei deinen Leisten. Sie könnten nicht einmal einen Blinddarm entfernen, Herr Dr. von Reveling. Sie sind ein Scharlatan.«

Jetzt, nachdem Schöning die Katze aus dem Sack gelassen hatte, lehnte sich der Hausherr erstaunlich gelassen wieder zurück und wartete ab.

»Ich will gar nicht wissen, welche oder ob Sie überhaupt eine Ausbildung haben. Sicher ist nur, dass Sie sich im Metier Betrug hervorragend auskennen. Und es scheint sich zu lohnen, wie unschwer zu erkennen ist. Eigentlich war ich zu Ihnen gekommen, um den Namen und Aufenthaltsort der Spenderin in Erfahrung zu bringen. Das werden Sie mir sicherlich auch gleich verraten. Da bin ich mir ganz sicher.«

Wenn Schöning glaubte, seinen Gastgeber nun endlich verunsichert zu haben, hatte er sich gewaltig getäuscht. Der erhob sich und holte sich eine Limo aus dem Kühlschrank. Er setzte sich wieder in den Sessel. Sein Lächeln wirkte jetzt nicht mehr so vermittelnd wie zuvor. Es besaß etwas Gefährliches, Eisiges. Seine Augen funkelten.

»Ich höre Ihnen gerne zu, Herr Schöning. Sie sind scheinbar noch nicht ganz fertig.«

»Da haben Sie recht, Herr Doktor.« Den Titel betonte er dabei besonders. »Wie Sie in Wirklichkeit heißen und wie Sie es geschafft haben, ein solches Geschäft mit der Not anderer Menschen aufzuziehen, interessiert mich nur sekundär. Ich möchte Ihnen einen Vorschlag machen.«

In von Revelings Gesicht zeichnete sich mittlerweile Belustigung ab. Er schien zu ahnen, worauf Schöning hinauswollte. Immer wieder schweifte sein Blick kurzzeitig ab und suchte etwas im Hintergrund. Schöning hatte Oberwasser bekommen und wollte sein Anliegen jetzt unbedingt bis zum Ende vortragen.

»Ich erwähnte bereits, dass ich meine Reserven angreifen musste, da in der letzten Zeit das Unternehmen, das übrigens meine Kinder zum Schluss für mich führten, nicht mehr viel abwarf. Die Zeiten hatten sich geändert. Sie verstehen, was ich meine? Sicher tun Sie das. Kurzum – ich möchte mich an Ihrem Unternehmen beteiligen.«

Die Miene des Gastgebers hatte sich wieder entspannt, obwohl ihn die Abgebrühtheit des Besuchers schon etwas verwundert hatte.

»Was bringt Sie auf den Gedanken, dass ich Sie daran beteiligen könnte? Sie hätten keinerlei Einlagen, von denen ich profitieren könnte. Sie tauchen hier mit leeren Händen in meinem Haus auf und kommen mit einem kuriosen Vorschlag, den ich ablehnen muss. Was also sollte mich überzeugen?«

»Meine Einlage ist das Schweigen bezüglich Ihrer miesen Geschäfte. Ich will auch gar nicht lange um den heißen Brei herumreden. Ich erwarte zehn Prozent vom Umsatz. Und ich sage Ihnen sofort, dass dies nicht verhandelbar ist. Ist das Einlage genug für Sie?«

»Wie kann es nur sein, dass ich bei Ihrem kuriosen Anruf bereits wusste, warum Sie mich besuchen wollen? Das will ich Ihnen sofort erklären. Ja, ich verstehe etwas davon, Geld aufzuheben, das sozusagen auf der Straße liegt. Es ist so dermaßen leicht, Menschen zu betrügen, dass man es oft nicht glauben mag. Besonders empfänglich sind dabei diejenigen, die durch die Gier nach Reichtum und Macht zu Wohlstand kamen. Das sind Menschen, die in den meisten Fällen auf dem Rücken ihrer Mitarbeiter eine verachtenswerte Ausbeutung betreiben, sozusagen über Leichen gehen.«

»Was soll das ...?«

»Jetzt rede ich, Herr Schöning. Ich habe Sie auch ausreden lassen. Diese ehrenwerte Gesellschaft, wie sie sich selbst gerne nennt, beutet andere aus, nur um Reichtümer anzusammeln, die sie nie ausgeben können – in den meisten Fällen auch gar nicht wollen. Die Zahlen auf dem Konto machen sie blind für das Wesentliche im Leben. Eines dieser Monster waren auch Sie, Schöning. Das Leben hat Sie allerdings mit der Krankheit Ihrer Gattin gestraft. Doch Sie haben nichts daraus gelernt. Sie verdammtes Schwein glauben nun, dass Sie mich erpressen können. Dass Sie es versuchen werden, war mir klar, als Ihr Anruf kam. Hören Sie, Schöning, ich erkenne meine Schweine am Gang. Und Sie sind eines davon.«

Das krebsrote Gesicht des Besuchers beeindruckte von Reveling nicht, als er fortfuhr. Er beugte sich vor und blickte sein Gegenüber mit kalten Augen an.

»Ihr Leben und das Ihrer Frau hätte so einfach weitergeführt werden können. Sie hätten es einfach nur akzeptieren müssen, wie es zukünftig ablaufen würde. Aber nein, der große Unternehmer Schöning ist dafür viel zu clever. Er kommt wieder auf die Füße und sei es durch Erpressung. Zum Abschluss kann ich Ihnen nur sagen, dass es eine denkbar schlechte Idee war, mich aufzusuchen. Die Welt hat sich nach Ihren Eskapaden weitergedreht und es sind Leute in Ihrer beschissenen Welt aufgetaucht, die das Spiel besser beherrschen. Sie haben sich für schlau gehalten. Doch ziehen Sie aus dem Ganzen hier eine Lehre: Versuchen Sie niemals, einem versierten Kutscher das Knallen zu lehren. Das kann nicht gut gehen.«

Sekunden später rang Schöning nach Luft, als sich die Plastiktüte über seinen Kopf legte und ihm Mund und Nase abdeckte. Seine kurzen fetten Beine strampelten noch eine Weile, bis der jetzt hinter ihm stehende Dr. Kriebel endlich losließ und den Körper des Gastes zur Seite sacken ließ. Verächtlich blickten die beiden Partner auf den toten Schöning, dessen Augen noch immer das blanke Entsetzen zeigten.

16

»Kann ich helfen? Wen sucht ihr?«

Igor Popow nahm kaum Notiz von dem Türsteher, der ihm am Bareingang die Hand auf die Brust legte und aufzuhalten versuchte. Dessen Gesicht verzog sich zu einer schmerzverzerrten Grimasse, als Igor ihm die Hand mit einer knappen Bewegung verdrehte.

»Hör auf damit. Du brichst mir die Hand. Ich habe doch nur ...«

»Halts Maul und sage uns lieber, wo wir Boris Bogdanow finden. Ihm gehört doch der Schuppen, wenn ich richtig informiert wurde. Sage ihm einfach nur, dass ihn zwei Freunde aus Kaluga sprechen möchten. Wie heißt du eigentlich und was machst du in dem Schuppen?«

Noch immer rieb sich Jens Paschiwa das Handgelenk und sah hoch zu dem Kleiderschrank, der den schlankeren, aber durchtrainiert wirkenden Mann hinter sich fast verdeckte.

»Jens. Ich heiße Jens und sorge hier für Ordnung. Wenn ihr Boris sucht, kann ich euch nicht helfen. Das weiß hier keiner so genau. Seit die Bullen vor Wochen hier etliche Razzien durchführten und den Boss dabei suchten, ist der abgetaucht. Es heißt, dass er sich bei euch in Russland rumtreibt. Worum geht es denn?«

»Finde raus, wo sich Boris versteckt hält. Ich will daraus kein großes Geheimnis machen, dass wir zwei sehr ungeduldige Menschen sind. Ein langer Flug, eine lange Autofahrt und jetzt ein Türsteher, der Scheiße quatscht – ein bisschen viel für einen Tag. Verstehst du? Gibt es in der Nähe eine Bleibe, wo wir ein Zimmer mieten können?«

Jens witterte, dass es eine Gelegenheit gab, sich bei den beiden Männern beliebt machen zu können. Er stufte sie als gefährliche Killer ein, womit er absolut richtiglag.

»Zwei Straßen weiter gibt es eine Pension. Der Inhaber Raul kommt oft hier rein und kippt seinen Absacker. Der macht euch bestimmt einen guten Preis. Ich schreib euch die Nummer auf.«

Der Notizzettel verschwand in der mächtigen Faust des Russen, der sich wieder zum Ausgang wandte. Doch bevor er die Tür öffnete, kam er noch einmal zurück und griff in Jens´ Nacken.

»Hör zu, Jens. Ich vergaß, dir zu sagen, dass wir zwei in spätestens drei Tagen wieder zurückfliegen werden. Solltest du uns nicht bis morgen Abend das Versteck von Boris verraten haben, sind wir sehr enttäuscht. Mein Partner hier, man nennt ihn bei uns auch *den Kusnets*, was hier in Deutschland so viel bedeutet wie Schmied, bereitet es Freude, Leute mit dem Hammer zu befragen. Wie sagt man hier bei euch? Ich glaube, das heißt weichklopfen. Nicht angenehm, wirklich nicht. Also suchst du uns Boris und wir sind schnell wieder weg. Ponyal?«

Jens hatte schon, als sich die Hand um seinen Hals schloss, die Gesichtsfarbe gewechselt. Nun spürte er sogar den Puls sehr deutlich, der in seinen Adern hämmerte. Igor

Popow löste den festen Griff und folgte seinem Partner Wladimir Kusnezow. Zurück blieb ein Mann, dessen Selbstbewusstsein am Boden zerstört war. Mit zittrigen Beinen suchte er den Weg hinter die noch schwach besetzte Theke und griff zum Telefon.

»Boris? Ich glaube, sie sind da.«

»Glaubst du dem Penner auch nur ein Wort, Wladimir? Der Scheißer weiß ganz genau, wo sein Boss steckt. Der wirkte mir zu nervös.«

Wladimir, der sich bisher zurückgehalten hatte, reagierte auch jetzt nicht so, wie man es hätte erwarten können. Sein Mund verzog sich lediglich zu einem geringschätzigen Lächeln, das seinem Partner jedoch andeutete, dass er ebenso dachte. Seine Augen suchten unentwegt jeden Winkel des Weges ab, den sie zur Pension nahmen. Nichts hätte diesen berufsmäßigen Killer überraschen können, da er stets das gesamte Umfeld scannte, um auf jeden Angriff vorbereitet zu sein. Trotz seiner vielen Auftragsmorde konnte man ihm bis heute noch nicht ein einziges Vergehen nachweisen. Nicht einmal ein Strafticket für falsches Parken erlaubte er sich. Für die Strafverfolgungsbehörden weltweit war er ein unbeschriebenes Blatt, was ihn umso gefährlicher für seine Opfer machte. Bevor die beiden Russen die Pension betraten, strich sich Wladimir das Revers seines teuren Sakkos glatt. Beide Männer steuerten auf den Empfang zu, wo sie der Inhaber der Pension mit einem geschäftsmäßig wirkenden Lächeln empfing. Wieder war es Igor Popow, der das Wort führte und vorab das Schlüsselbrett im Rücken des Inhabers analysierte.

»Was kann ich für die Herren tun? Wünschen Sie zwei Einzel- oder ein Doppelzimmer?«

»Wir nehmen ein Doppelzimmer. Bitte achten Sie darauf, dass die Zimmer direkt daneben frei sind. Wir haben eine lange Reise hinter uns und brauchen jetzt Ruhe. Wir buchen erst einmal für drei Nächte. Geht das in Ordnung?«

»Gar kein Problem. Tragen Sie sich bitte in die Gästeliste ein. Ich benötige dann noch die Pässe. Zahlen die Herren bar oder ...?«

»Bar«, unterbrach ihn Igor und griff nach dem Kugelschreiber. »Die Pässe reichen wir nach. Die befinden sich im Gepäck, das uns nachgeschickt wird. Hätten Sie einen Stadtplan für uns?«

Ohne ein Dankeschön nahm Igor den Zimmerschlüssel und den Plan entgegen. Er wandte sich der Treppe zu, da ihr Zimmer im ersten Stockwerk lag. Wladimir hielt ihn am Arm zurück und betrachtete ausgiebig die Räumlichkeit. Es war eine Angewohnheit, die ihm schon mehrfach das Leben gerettet hatte, wenn Gegner oder die Polizei ihm auflauerten. Fluchtwege zu kennen und Ortskenntnisse zu erlangen, gehörte zu ihm wie das Atmen. Einen Plan B zu kennen, um Fallen umgehen zu können, sah er als überlebensnotwendig an. Igor kannte die Marotten des Partners und ließ ihn gewähren. Schließlich verdankte er dieser Vorsichtsmaßnahme das eigene Leben.

Raul Tschirner, der Mann hinter dem Empfang, drehte das Gästebuch, um die Einträge besser lesen zu können. Seine Ahnung, dass es sich um Fakenamen handeln könnte, bestätigten sich, als er die Eintragungen überlas. Niemals handelte es sich bei den beiden Gestalten um Siegfried Heurath und Herbert Strunk. Seine Menschenkenntnis stufte die Männer nicht nur als Kriminelle, sondern auch als Bürger der ehemaligen Sowjetunion ein. Der Akzent war unverkennbar. Er zuckte lediglich mit den Schultern und klappte die Kladde zu. Wenn sie die Zimmer bezahlten und ein großzügiges Trinkgeld daließen, sollte es ihn nicht stören, wenn sie unerkannt bleiben wollten.

17

Mühsam tastete Lisbeth Schöning nach dem Telefon und hatte Glück, dass es direkt auf dem Bett landete, als es vom Nachtschränkchen fiel. Karl-Ottos Nummer war unter einer Kurzwahl gespeichert. Nach dem dritten Versuch gab sie es auf und wählte die Festnetzverbindung. Auch dort vernahm sie nur das endlos erklingende Rufzeichen. Es war nicht seine Art, sich zu verspäten. Sie kannte in ihrem Leben keinen anderen Menschen, der so auf Pünktlichkeit achtete wie Karl-Otto. Nun war er schon zwei Stunden über der Zeit, die er zum täglichen Besuch gewählt hatte. Unruhe breitete sich in ihr aus, was deutlich auf dem Display der Herzüberwachung abzulesen war. Die Tür öffnete sich und Stationsschwester Christine erschien mit besorgter Miene.

»Was machen Sie nur, Frau Schöning? Geht es Ihnen nicht gut?«

»Mein Mann, Schwester. Er wollte schon vor zwei Stunden hier sein. Ich mache mir große Sorgen. Wenn er vorab gewusst hätte, dass er sich verspäten würde, wäre bei mir eine Nachricht angekommen. Da muss was passiert sein. Zu Hause meldet er sich nicht, ans Mobiltelefon geht er auch nicht. Oh Gott, lass ihn gesund sein. Was mache ich bloß ohne ihn?«

»Bitte beruhigen Sie sich, Frau Schöning. Wir versuchen es nachher noch mal. Es wird bestimmt etwas völlig Harmloses dahinterstecken. Sie werden sehen, er wird gleich auftauchen und wir werden alle über den Vorfall lachen. Nur Geduld. Brauchen Sie noch etwas oder kann ich Sie jetzt wieder allein lassen?«

Lisbeth winkte nur ab und blickte mit zusammengekniffenen Lidern und einer Sorgenfalte zwischen den Augen zum Fenster.

»Gehen Sie nur, Schwester. Ich warte noch etwas. Könnten Sie vorher mein Telefon netterweise zum Laden verkabeln. Der Akku ist bald leer. Vielen Dank.«

Lisbeth wartete den Augenblick ab, bis sich die Tür hinter Schwester Christine schloss und drückte fast panisch die Kurzwahltaste. Nichts. Auch im Haus bekam sie keine Verbindung zu Karl-Otto. Entschlossen wählte sie eine andere Nummer, unter der sich eine etwas gehetzt klingende Männerstimme meldete.

»Peter Schöning. Que puis-je faire pour vous?«

»Hier ist Mama. Es tut mir so leid, dass ich dich bei der Arbeit stören muss, aber ich mache mir Sorgen um Papa. Er meldet sich nicht am Telefon und ist schon fast drei Stunden überfällig. Du weißt, dass er ...«

Lisbeth stockte, als sie ein heftiges Stöhnen am anderen Ende vernahm und Peters Stimme ziemlich genervt dazwischenfunkte.

»Mama, komm wieder runter. Er wird sich schon melden. Du bist ja völlig aus dem Häuschen. Wo bist du denn gerade? Ich höre im Hintergrund immer so ein seltsames Piepsen.«

»Ich bin im Krankenhaus, Schatz. Ich bin ... ich bin in der Dialyse«, log Lisbeth, da sie mit Karl-Otto verabredet hatte, den Kindern erst nach der Genesung die gute Nachricht zu überbringen. »Papa will mich dort abholen. Du weißt doch am besten, wie überpünktlich er immer ist. Normalerweise wäre er schon mindestens zwei Stunden hier. Ich habe ein komisches Gefühl.«

»Ja, Mama, du hast recht. Ich müsste wissen, wie überpünktlich und von Perfektion besessen er ist. Nicht ohne Grund bin ich mit Gabriele nach Südfrankreich ausgewandert. Genieß einfach die Zeit, in der er dir nicht vorschreibt, wie du atmen sollst und was du zu tun hast. Hier kann ich mit meiner Schwester ein Leben ohne Zwänge führen. Bestell ihm schöne Grüße von uns, wenn er gleich durch die Tür tritt und dein Leben wieder übernimmt. Oder besser – lass es, grüß ihn nicht von uns. Es wäre zu verlogen und er würde es eh nicht glauben.«

Lisbeths Augen füllten sich mit Tränen, als sie vor sich das Bild ihrer beiden Kinder sah. Sie wusste nur zu gut, wie der Streit zwischen Karl-Otto und Peter ausgeufert war, bevor sich die Kinder mit ihrem Pflichterbteil ins Ausland aufgemacht hatten. Es war wie eine Flucht. Sie blieb zurück bei einem Mann, der in erster Linie sich liebte und seine Frau als schmückendes Beiwerk vor Geschäftsfreunden ansah. Jeder hatte sie davor gewarnt, diesen Egomanen zu heiraten. Sie hatte sich von seinen guten Manieren blenden lassen. Nun war nur noch sie ihm geblieben, nachdem die Firma verkauft worden war und er zuvor große Verluste an der Börse eingefahren hatte. Auf seine besondere Art liebte er sie – das wusste sie.

»Ich kann es dir nicht verdenken, Peter, dass du ihn hasst. Er hat vieles falsch mit euch gemacht, was ich sehr bedaure. Ihr fehlt mir sehr. Doch es ist schließlich euer Vater, um den ich mir jetzt Sorgen mache. Wenn ihm etwas passiert ist, stehe ich hier ganz allein.«

Am anderen Ende entstand eine Pause, sodass Lisbeth schon glaubte, dass die Verbindung gekappt worden war. Schließlich vernahm sie ein leises Flüstern und danach Gebrieles sanfte Stimme.

»Mama? Ich bin es, Gabriele. Ich habe mitgehört und bin sehr traurig darüber, dass es so kam. Obwohl ich so wie Peter daran glaube, dass Papa gleich zu dir ins Zimmer kommen wird, will ich dir eines versichern. Niemals werden wir dich allein lassen. Niemals. Du wirst immer einen Platz in unserem Haus finden. Hast du denn wirklich geglaubt, dass wir unsere Mutter vergessen? Wenn es wirklich einmal so kommen sollte, dass Papa vor dir geht, holen wir dich. Du glaubst gar nicht, wie schön es hier ist. Ein Zimmer für dich ist immer da – glaube mir das.«

Diesmal waren es Tränen des Glücks, die Lisbeths Augen füllten. Fest drückte sie einen Kuss auf die Sprechmuschel und drückte das Telefon wieder an das Ohr.

»Ja, Liebste, das glaube ich dir. Ich werde brav sein und weiter warten. Ich sage euch morgen Bescheid, wie der heutige Tag zu Ende ging. Ich liebe euch.«

Ohne die Antwort ihrer Tochter abzuwarten, beendete Lisbeth das Gespräch und genoss die Bilder ihrer Kinder, die sie immer noch vor Augen hatte. Zum wiederholten Mal erlebte sie in Gedanken diesen schrecklichen Abend, als sie alle beim Essen zusammensaßen und versucht hatten, Karl-

Ottos sechzigsten Geburtstag zu feiern. Der Streit zwischen ihm und den Kindern hatte ihr als Mutter fast das Herz zerrissen.

Als sich die Tür des Krankenzimmers öffnete und Schwester Christine in Begleitung von Dr. Richter eintrat, überfiel Lisbeth augenblicklich ein ungutes Gefühl. Es verstärkte sich noch, als sie zwei Männer auf dem Flur stehen sah, die darauf warteten, eingelassen zu werden. Dr. Richter ergriff Lisbeths Hand und legte die andere darüber.

»Frau Schöning. Die beiden Herren von der Polizei möchten mit Ihnen sprechen. Sie müssen jetzt sehr stark sein. Darf ich sie hereinlassen?«

Wie ein Kaninchen auf seinen Fressfeind starrte Lisbeth auf Gordon Rabe und Kai Wiesner.

18

»Sie müssen sich irren, Herr Hauptkommissar. Mein Mann war bei klarem Verstand, als er gestern hier neben mir am Bett saß. Es gibt keinen Grund, warum er sich das Leben nehmen sollte. Er machte sich zwar immer Sorgen wegen meiner Krankheit, was sich jedoch als unbegründet herausgestellt hat. Ich fühle mich gut und bin auf dem Weg der Besserung. Fragen Sie Dr. Richter.«

Lisbeth Schöning hatte sich zwischenzeitlich beruhigt, nachdem sie auf die Todesnachricht hysterisch reagiert hatte. Dr. Richter hatte ihr vorsorglich ein Beruhigungsmittel mit der Transfusion verabreicht. Ihre Stimme wirkte zwar noch schwach, aber nicht mehr so stockend wie direkt nach der Nachricht.

»Ohne bedeutsamen Grund, Frau Schöning, tut sich das kein Mensch an. Gab es Probleme finanzieller Art, die ihn zu diesem Schritt zwangen? Gab es kürzlich einen Todesfall in der Familie, der ihn belastete?«

Kai versuchte sehr behutsam, Gründe für eine Selbsttötung zu finden. Obwohl niemand von ihnen wirklich daran glaubte, mussten sie zumindest versuchen, Motive für diese Tat zu finden. Frau Schöning tupfte sich die letzten Tränen vom Gesicht und schüttelte den Kopf.

»Es geht uns gut. Wir sind schuldenfrei, so viel wie ich weiß. Allerdings muss ich sagen, dass mein Mann im Punkt Finanzen mir nur wenig Einblick gewährte. Zugegeben, ich wollte darüber auch nichts wissen. Das ist nichts für mich, und er verschonte mich mit diesen Dingen. Dafür erhielt ich Aufmerksamkeit von ihm – er liebte mich wirklich. Ohne ihn hätte ich diese Nierengeschichte niemals überstanden.«

Gordon, der sich bisher noch zurückgehalten hatte und aus dem Fenster in den Park blickte, drehte sich dem Bett zu. »Es freut uns, dass es Ihnen wieder besser geht, Frau Schöning. Ich hoffe, dass es nichts Dramatisches war, was Sie ans Krankenbett fesselte.«

Dr. Richter, der sich mehr im Hintergrund aufgehalten hatte, trat einen Schritt vor und ergriff Lisbeths Hand.

»Wir konnten Frau Schöning nach einer akuten Nieren-problematik schnell helfen. Sie befindet sich augenblicklich auf dem Weg der Besserung. Bitte verstehen Sie, wenn wir zu Einzelheiten des Krankheitsbildes keine Auskünfte geben dürfen. Ich möchte Sie bitten, meine Herren, der Patientin jetzt Ruhe zu gönnen. Das war schon etwas heftig, was sie verarbeiten musste. Sie benötigt nun dringend Schlaf. Also bitte, wenn es keine dringenden Fragen mehr gibt.«

Richters ausgestreckter Arm zeigte zur Tür, die von Schwester Christine weit geöffnet wurde.

»Wir dürfen sicherlich noch einmal wiederkommen, sollten weitere Fragen aufkommen. Noch einmal unser tiefempfundenes Beileid.«

Gordon schob den verdutzt dreinblickenden Kai zur Tür und marschierte entschlossen zum Aufzug. Dort hielt ihn Kai zurück und sprach aus, was ihm auf der Zunge brannte.

»Darf ich dich mal fragen, was das gerade sollte? Bisher konnte dich ein Arzt noch nie kommentarlos aus einem Krankenzimmer komplementieren. Wirst du alt und nachgiebig? Der Kerl wollte nicht, dass wir mehr über Lisbeth Schönings Erkrankung erfahren. Das war doch klar wie Kloßbrühe. Die haben was zu verbergen, Gordon.«

»Mit der Behauptung, dass ich langsam alt werde, könntest du richtigliegen. Doch stempel mich bitte nicht als Idioten ab. Natürlich will dieser Arzt etwas vor uns verbergen. Ich möchte alles über die Privat-Klinik und über diesen Dr. Richter wissen. Womit verdienen die in der Hauptsache ihr Geld? Ich meine unten gelesen zu haben, dass es hier eine Abteilung für Transplantationen gibt. Wer operiert dort? Was können wir über den Dr. Richter rausfinden? Eigentum, Hobbys, Familienstand, Freundin? Benutzt der drei- oder vierlagiges Klopapier? Das Übliche.«

»Glaubst du gerade dasselbe wie ich?«

Kai holte Gordon wieder ein, der die Fahrstuhltür daran hinderte, sich wieder zu schließen.

»Wenn du an eine Nierentransplantation denkst – dann ja. Grundsätzlich hat uns Frau Schöning nur bestätigt, was wir eigentlich schon wussten. Karl-Otto Schöning hat keinen Suizid begangen.«

»Schön, dass ihr kommt. Habe meinen Bericht schon fertig auf dem Tisch liegen. War ja auch nicht schwer. Habt ihr was rauskriegen können bei der Ehefrau?«

»Ja und nein, würde ich sagen«, bemühte sich Gordon zu einer Antwort gegenüber seinem Freund Klaus Lieken. »Die Familie soll angeblich ohne Geldsorgen leben – so zumindest die Aussage von Frau Schöning. Allerdings ist diese Behauptung mit Vorsicht zu genießen, da sie wohl nur ein schmückendes Beiwerk des großen Familienoberhauptes darstellte, ansonsten aber im Haushalt ohne Wetten lief. Der Mann hat sie zwar geliebt, aber im Ungewissen belassen. Wir sind dabei, das gesamte Umfeld der Familie abzuklopfen.«

»Weiß sie mittlerweile, dass wir über Mord sprechen?«

Klaus Lieken blickte von einem zum anderen und gab sich die Antwort schließlich selber.

»Also nein. Dann lasst uns beginnen.« Lieken näherte sich dem Tisch, auf dem Schöning aufgebahrt lag. »Ist das nicht immer wieder schön zu beobachten, dass auch der gewiefteste Mörder einen kleinen Fehler macht? Der muss sich doch darüber im Klaren gewesen sein, dass sich kein Mensch die Tüte über den Schädel zieht und sich die Mühe macht, sich die im Nacken zuzubinden. Wie bescheuert muss ich als Opfer sein, um mir noch diese Arbeit zu machen? Zumal handelt es sich um einen Mann. Hat einer von euch schon mal versucht, auf dem Rücken eine Schleife zu binden? Das kriegt eine Frau zehnmal besser hin.«

Drei grinsende Männer standen um einen Toten herum und hatten das Bild einer Frau vor Augen, die sich den BH auf dem Rücken verschloss. Kai und Gordon wussten sofort, wovon Dr. Lieken sprach.

»Du darfst auch nicht vergessen, Klaus, dass Schöning nichts, aber auch gar nichts hinterlassen hat, was auf einen Suizid hinweist. Er wäre der erste Fall, den ich bearbeite, wo das Opfer nicht wenigstens ein paar Zeilen zurückließ. Der Mann wurde definitiv getötet.«

Fast theatralisch schlug Lieken das Laken zurück und gab den Blick frei auf den bereits wieder vernähten Körper des Toten.

»Was fällt den Herren auf? Bitte schaut euch die Haut genau an. Ich gebe einen kleinen Hinweis. Der Tod muss schon vor mindestens achtzehn Stunden eingetreten sein. Jetzt seid ihr dran.«

Kai bückte sich, um auch die Unterseite betrachten zu können. Plötzlich erhellte sich sein Gesicht. Doch Gordon kam ihm zuvor.

»Die Totenflecken. Der Tote hat sie über den ganzen Körper verteilt, obwohl wir ihn im Sessel sitzend vorfanden. Die Reinigungshilfe fand ihn heute Morgen. Also müssten sich die Flecken in den unteren Extremitäten befinden. Das kann nur bedeuten, ...«

»... dass der Körper nach Eintritt des Todes noch bewegt wurde«, ergänzte Kai und fuhr fort. »Der starb nicht im Haus. Er wurde nur dort deponiert.«

Lieken strahlte.

»Die Kandidaten erhalten zehn Punkte und gewinnen damit die Waschmaschine mit UKW-Empfang. Bravo. Und jetzt weiter. Wie ich von euch bereits hörte, gibt es keine Einbruchspuren. Die oder der Täter müssen also Schlüssel benutzt haben. Habt ihr die irgendwo gefunden? Wenn nicht, wird sie der Täter immer noch besitzen, was die These für Mord noch verstärken dürfte.«

Kai stützte seine Hände auf den Rand des Stahltisches und sinnierte weiter.

»Auffällig ist auf jeden Fall, dass die Wohnung unberührt wirkte, was heißen soll, dass es kein Raubmord war. Warum also tötet jemand einen ehemaligen Unternehmer, ohne ihn auszurauben? Da gab es bestimmt einige Wertsachen. Für uns heißt es jetzt, herauszufinden, ob sich Schöning Feinde gemacht hat. Wer könnte Interesse daran gehabt haben, dass der Mann stirbt. Erben? Wer profitiert am meisten vom Erbe, sofern es etwas gibt, was sich lohnt?«

Gordon war dem Vortrag des Freundes gefolgt und führte die Überlegungen fort.

»Die sollen im Präsidium herausfinden, wie es um die Finanzen des Opfers steht. Ich möchte alle Erben wissen, aber auch, ob es bei denen mögliche Schuldenberge und damit Motive geben könnte. Was mir jedoch nebenbei noch wichtig erscheint, ist etwas ganz anderes.«

Sowohl Kai als auch Dr. Lieken warteten auf eine weitere Erklärung und starrten Gordon an.

»Klaus, Frage an dich. Mir geht der Besuch in der Klinik nicht mehr aus dem Schädel. Ich werde den Verdacht nicht los, dass bei Lisbeth Schöning eine Nierentransplantation durchgeführt wurde, die man jedoch unter den Tisch kehren möchte. Irgendwas stinkt an der Sache. Und ich will wissen was. Ich möchte zu gerne herausfinden, welche HLA-Antigene bei dieser Patientin festgestellt wurden. Es dürfte kaum Zweifel daran bestehen, dass sie in der Warteliste von Eurotransplant zu finden sein wird. Sollte sie wirklich eine neue Niere bekommen haben, besteht der Verdacht ...«

»Verdammt, das wäre ein Hammer«, unterbrach Lieken.

»Dann verstehe ich auch, warum der Arzt das verschweigen möchte. Er selbst könnte, nein, er müsste davon wissen, dass die Liste manipuliert wurde. Das ist illegal und kann ihm die Approbation als Arzt kosten. Sollte ihm nachzuweisen sein, dass das Organ durch Mord in seine Hände geriet, droht ihm sogar lebenslänglich.«

»Nein«, wandte Kai ein. »Das können wir aber schnell herausfinden. Wir verlangen einen Nachweis von der Klinik, woher die Niere stammt. Ist es eine Lebendspende, lag die Spenderin höchstwahrscheinlich direkt mit im OP. Ich kümmer mich darum. Wahrscheinlich benötigen wir dabei aber eine höchstrichterliche Verfügung.«

Lieken hatte nun ebenfalls Feuer gefangen und zeigte seine Begeisterung, indem er auf vorhergehende Befunde hinwies.

»Die HLA-Antigene von den beiden getöteten Frauen, denen die Organe entnommen wurden, liegen ja schon vor. Sollte ein Abgleich einen Treffer bringen, habt ihr einen der größten Skandale der Medizinwelt ausgelöst. Das dürfte jegliches Vertrauen in die gerechte Verteilung der Organe zerstören. Ich lass mich überraschen. Hoffentlich haben die Ganoven nicht auch noch die Daten manipuliert. Dann sind die fein raus und ihr habt nichts in der Hand.«

19

Die Hintertür schloss sich geräuschlos hinter Jens Paschiwa, als er in den frühen Morgenstunden die Bar verließ. Eine umsatzschwache Nacht fand ihr Ende und ließ den Türsteher und gleichzeitig selbsternannten Barleiter, wie er sich gerne vorstellte, mit einer halbgefüllten Kassette zum Auto marschieren. Seine Schultern zog er fröstelnd zusammen, um sich gegen Kälte und dem feinen Nieselregen zu schützen. Den Schatten an seiner Seite erblickte er viel zu spät. Dessen Stimme durchschnitt die Stille des anbrechenden Morgens.

»Ich wusste es – nur der frühe Vogel fängt den Wurm.«

Als Jens den festen Griff in seinem Nacken spürte, kam er sich wirklich wie ein solcher vor. Er konnte es sich kaum erklären, dass augenblicklich seine Beine Schwäche signalisierten und anfingen zu zittern. Das Atmen bereitete ihm Schwierigkeiten, weil der Kloß im Hals immer größer zu werden schien.

»Was ... was wollt ihr von mir?«

Längst hatte Jens auch den zweiten Mann erkannt, der sich mit tief in den Manteltaschen vergrabenen Händen von der anderen Seite näherte. Seinem Gesicht war keinerlei Regung anzusehen, es blieb absolut ausdruckslos. Auch jetzt, als Jens ihm zum zweiten Mal begegnete, kam kein

Laut aus seinem Mund. Dafür drang die tiefe Stimme des Riesen neben ihm dicht an sein Ohr. Jede Silbe des Russen formte sich zu einer unüberhörbaren Drohung und bohrte sich in Jens' Verstand.

»Deine Zeit läuft ab, mein Freund. Ich fasse einmal kurz zusammen. Vor einigen Stunden haben wir dich höflich gebeten, herauszufinden, wo sich Boris versteckt. Er mag seine Gründe haben, sich vor den Bullen zu verbergen, doch das sollte er nicht gegenüber seinen Brüdern tun.«

»Ich habe ...«

»Du hältst jetzt erst einmal dein Maul, solange ich mit dir rede. Also, weiter. Mein Freund und ich haben die ganze Nacht darüber diskutiert, warum er das tut. Wir wissen es nicht. Und da haben wir uns überlegt, ob es jemanden geben könnte, der uns das erklärt. Was glaubst du, auf wen wir da kamen? Schon oft haben Männer versucht, wichtige Informationen vor uns zu verbergen. Sie haben kurze Zeit später eingesehen, dass es eine beschissene Idee war. Du, mein lieber Jens, bist aber ein cleveres Kerlchen. Du weißt, wann es an der Zeit ist, sein Inneres zu offenbaren. Ist es nicht so? Bevor du jetzt plauderst, will ich dir verraten, dass Wladimir, solltest du dich weigern, dein Inneres aus dir herausholen wird. Und das darfst du wörtlich nehmen. Wir hören.«

Jens versuchte, sich aus dem harten Griff seines Gegners herauszuwinden, wofür er sich jedoch nur eine Ohrfeige ein-handelte. Igor besaß nicht das Gemüt seines Partners und reagierte ungeduldig auf den Befreiungsversuch.

»Ist das da dein Wagen? Warum muss das immer ein Mercedes sein? Glaubt ihr eigentlich, dass diese Autos eure kleinen Schwänze kaschieren? Dann ab mit dir ans Steuer, wir sagen dir während der Fahrt, wohin wir möchten. Los, beweg deinen Arsch!«

Der Wagen hielt schon eine Weile auf der Straße Asbachtal, ohne dass jemand ausstieg. Igor und Wladimir beobachteten die dicht bewaldete Umgebung, ohne auch nur eine Silbe zu reden. In Jens wühlte die Angst vor dem, was ihn erwarten könnte. Schon während der Fahrt wog er ab, was ihn härter treffen würde: der Verrat an Boris oder das Verschweigen des Aufenthaltsortes. Schon bevor ihn Igor aus dem Wagen zerrte, verfestigte sich der Gedanke, dass es besser war, dichtzuhalten. Schon zu oft hatte man ihm Geschichten darüber erzählt, wie gut sich Boris auf Folter verstand.

Der Würgereiz entstand bei Jens zum ersten Mal, als ihn Igor gegen den Wagenaufbau drückte und sein Gesicht ganz nah an das des Gefangenen brachte. Diese Mischung aus Knoblauch, Kohl und altem Tabak drehte ihm den Magen um. Gefährlich leise drangen die Worte durch den dominanten Mundgeruch.

»Schön habt ihr es hier. Dieser Naturpark erinnert mich an die Wälder zu Hause. Dieser Frieden, diese Ruhe – hier möchte man ewig leben. Nicht wahr? Doch dieser Wunsch wird uns Sterblichen leider verwehrt. Gott wird sich in seiner unendlichen Weisheit was dabei gedacht haben. Das Dasein in der Ewigkeit bleibt nur ihm und dem Satan vorbehalten. Verstehst du? Nur diesen beiden. Alle anderen müssen warten, wissen nicht, wann es sie ereilt. Ich sollte besser sagen: FAST alle anderen, denn manchen ist das Schicksal vorbestimmt. Du bist einer der Auserwählten, der dieses Datum selbst bestimmen kann. Dir wird sogar die Wahl gelassen, wie du ins Jenseits fahren möchtest.«

»Leute, ich weiß wirklich nicht...«

Jens zuckte zusammen, als Igors Stimme plötzlich in ein Schreien wechselte.

»Du sollst mich verdammt noch mal nicht unterbrechen. Das habe ich dir schon einmal gesagt. Wo war ich gerade, Wladimir?«

Während der Angesprochene den Qualm der Zigarette in den Himmel blies, half er seinem Partner auf die Sprünge.

»Du hast versucht, dem Kleinen zu verdeutlichen, dass er noch eine allerletzte Chance darauf hat, den morgigen Sonnenaufgang zu erleben. Mach weiter, ich habe nicht den ganzen Tag Lust, hier rumzustehen. Ich will mein Frühstück.«

»Gut, dann machen wir hier Schluss mit der Einleitung.«

Igors wilder Blick jagte Jens eine Heidenangst ein. Er spürte wieder die Faust des Riesen, die ihn an den Haaren zum Kofferraum zerrte. Aus den Augenwinkeln bemerkte er die knappe Handbewegung, mit der Wladimir in die Seitentasche seines weiten Mantels griff und einen beeindruckenden Eispickel herauszog, den Jens bisher nur aus Dokumentationen über Bergbesteigungen kannte. Die Besonderheit bestand einzig darin, dass eine Seite spitz, die andere abgeflacht wie ein Hammer war. In Bruchteilen von Sekunden sammelten sich Unmengen an Schweißperlen auf seiner Stirn, die in seine Augen tropften und dort brannten. Kaum öffnete sich der Kofferraumdeckel, krachte Igors Faust gegen Jens' Brustkorb und ließ ihn rücklings in den Innenraum stürzen. Nur noch die Beine unterhalb der Knie lugten heraus. Geschickt presste Igor die Füße des Gefangenen zwischen seine Schenkel und hinderte so Jens daran, deren Position zu verändern. Es waren nur Sekunden, die Wladimir benötigte, um dem Türsteher ein Panzerband über den Mund zu kleben. Mit ausdrucksloser Miene sah er auf sein Opfer hinab und versetzte seine grausame Waffe in Schwingungen. Mit aus den Höhlen herausquellenden Augen verfolgte Jens jede Bewegung des Russen.

»Wo ist Boris?«

Igors Frage glich dem Grollen eines Unwetters. Dennoch verhallte sie ungehört, da Jens bereits gedanklich abgeschaltet hatte. Er spürte im Voraus den Schmerz des Hammers, der Augenblicke später auf die linke Kniescheibe donnerte und vom hässlichen Knirschen der Knochen begleitet wurde. Nur ein undeutlicher Laut drang aus dem Mund des Gepeinigten. Wieder durchschnitt Igors Frage die plötzlich eintretende Stille.

»Wo ist Boris? Du glaubst gar nicht, wie viele Knochen du an beiden Unterschenkeln besitzt. Jeden Einzelnen davon werden wir dir zerkleinern. Also, wirst du es sagen, oder bist du schmerzresistent?«

Wladimir wartete das Kopfschütteln des Opfers nicht ab und drehte den Eispickel ganz geschickt, bevor er die Spitze tief in das Schienbein trieb. Mit einem unwilligen Knurren zerrte er die Waffe wieder heraus und wollte erneut ausholen. Jens fuchtelte wie ein Wilder mit den Armen herum, was Wladimir innehalten ließ.

»Ist es dir jetzt doch eingefallen. Eigentlich schade. Ich hatte gerade Gefallen an der Sache gefunden. Ich würde dir allerdings raten, uns die absolute Wahrheit zu sagen. Lügst du, wird dir das hier wie ein Kindergeburtstag vorkommen. Dann wirst du mich anflehen, sterben zu dürfen. Schieß los. Ich habe Hunger.«

Igor beugte sich vor, um Jens von dem Panzerband zu befreien. Kaum löste sich das Klebeband von den Lippen, stieß das Opfer einen beeindruckenden Schmerzensschrei aus, den Igor mit einem gezielten Faustschlag unterbrach. Um Jens wieder ins Hier und Jetzt holen zu können, goss ihm Igor Benzin über das Gesicht, das er in einem Reservekanister fand. Prustend schlug Jens um sich und wollte erneut losschreien. Die mächtige Hand des Russen legte sich über den Mund.

»Wenn ich loslasse und du schreist wieder, schlage ich dir die Nase bis ins Großhirn. Hast du verstanden? Ich lasse jetzt los und das Einzige, was ich zu hören bekomme, ist eine Adresse. Nichts sonst, du Loser.«

Mit schwacher Stimme kam die Adresse aus dem Mund des Gepeinigten.

»Ich hoffe, du hast Wladimirs Warnung verstanden. Ist die Adresse falsch, kommen wir wieder und dann Gnade dir Gott. Wir lassen dich hier zurück und befreien dich, wenn wir unseren Job gemacht haben. Dann wird Boris hoffentlich dabei sein und dir erklären können, dass dein Schweigen ein unnötiger Fehler war.«

Heftiges Kopfnicken begleitete das Bemühen von Jens, sich aus dem Kofferraum zu erheben. Kaum kam er in die Senkrechte, bohrte sich die gewaltige Spitze der Hacke in seine Schädeldecke. Ungläubig starrte er ins Leere.

20

Das Fluchen schallte durch das gesamte Anwesen und erreichte sogar die beiden Männer, die sich mindestens zwanzig Meter entfernt neben einem kleinen Gartenpavillon aufhielten und das weitläufige Gelände sichern sollten. Jens Paschiwa war schon einen Tag überfällig und telefonisch nicht erreichbar. Jedem war klar, was das bedeuten konnte und die Furcht vor einem Rachefeldzug der oberen Riege aus Moskau befeuerte. Außerdem bestand die Möglichkeit, dass sich der ehemalige Türsteher und jetzige Barverantwortliche mit der Kohle abgesetzt hatte, die aus dem Umsatz der letzten Wochen gestern abgeliefert werden sollte. Niemand von ihnen wollte sich jetzt in der Nähe von Boris aufhalten. In dieser Stimmung konnte alles passieren.

»Scheiße, der hat ja vielleicht einen dicken Hals. Was hat sich Jens bloß dabei gedacht? Der kann sich jetzt nur wünschen, dass er bereits tot ist. Wenn Boris ihn in die Finger kriegt, macht sich für Jens die Hölle auf.«

Fjodors Gesicht war sogar in der Lage, Mitleid zu zeigen, obwohl er schon häufiger selbst bei Folterungen tätig gewesen war. Iwan, der ihn beobachtete und ebenfalls kein Kind von Traurigkeit war, nickte bestätigend. Allerdings quälten ihn andere Gedanken.

»Du solltest aber nicht vergessen, warum wir hier bei dem Sauwetter im Garten rumlungern, Fjodor. Ich werde das Gefühl nicht los, dass der Besuch aus der Heimat schon sein erstes Opfer holte. Die werden Boris den Alleingang nicht durchgehen lassen. Vielleicht denkst du ja anders darüber, aber ich lass mir nicht den Arsch wegschießen, nur weil Boris sein Ego verletzt sieht. Er hätte sich einfach wieder über die Grenze zurückziehen sollen und gut ist. Nein, er spielt hier den coolen Rächer und riskiert, dass man ihm die Rübe von Hals reißt. Das ist nicht mehr mein Ding.«

»So ganz Unrecht hast du damit nicht, Iwan. Der Boss füllt sich die Taschen und wir sollen jetzt die Birne hinhalten, wenn die Bosse ihn zur Rechenschaft ziehen. Sehe ich einen von den Killern, werde ich schön die Pfoten heben und hoffen, dass sie sich verziehen. Ich wollte sowieso zurück nach Moskau. Mit der angesparten Knete mach ich mir zuhause 'ne eigene Bar auf.«

Während Iwan und Fjodor über ihre nähere Zukunft sinnierten und den geordneten Rückzug planten, tobte Boris durch das Haus und sah dem Glastisch hinterher, den er Augenblicke zuvor in den Pool geschleudert hatte. Das schrille Klingeln des Telefons holte ihn wieder zurück in die Realität.

»Verdammte Scheiße, will keiner von euch Arschlöchern drangehen? Muss ich hier alles alleine machen? Wofür bezahle ich euch eigentlich?«

Erst als das Telefon verstummte, kam ihm zu Bewusstsein, dass seine Bewacher in die Außenbereiche des Hauses beordert hatte und ihm hier niemand zur Verfügung stand. Er wollte sich schon abwenden, als das Telefon wieder läutete. Die Fäuste geballt marschierte er wieder zurück und riss den Hörer aus der Schale, ohne auf die Teilnehmernummer geachtet zu haben.

»Ja – was gibt es?«

Es vergingen mehrere Sekunden, bis ein verhaltenes Lachen zu hören war, das Boris fast ausrasten ließ.

»Wenn das ein Scherz sein soll, habt ihr Scheißblagen euch den Falschen ausgesucht. Ich sehe eure Nummer auf dem Display und werde euch die Eier abreißen. Verpisst euch aus der Leitung und versucht das nie wieder.«

»Ruhig, Boris, ganz ruhig. So kennt man dich ja gar nicht. Wo bleibt deine Coolness, deine Besonnenheit? Es ist unklug, sich so gehen zu lassen. Geht es dir nicht gut? Hast du Sorgen?«

Fast wäre ihm das Telefon aus der Hand geglitten, als er die auf Russisch gesprochenen Fragen den richtigen Leuten zuordnete. Ein Mann, der schon etliche Menschenleben auf dem Gewissen und hunderte Menschen wie Tiere transportiert hatte, begann zu zittern. Es war ihm unmöglich, dieses verletzende Gefühl der Schwäche zu unterdrücken. Er suchte nach Halt an einem Türpfosten und ließ sich langsam auf die Couch gleiten.

»Bist du noch dran, Boris? Sollte ich dich verwirrt haben, tut mir das unendlich leid. Das lag nicht in meiner Absicht. Wie stehst du auch da, wenn dich einer deiner Männer in dieser Verfassung sieht. Lass uns plaudern. Ich soll dir übrigens die besten Grüße bestellen. Du wirst dir denken können von wem. Oder etwa nicht? Die oberste Heeresführung, sagen wir es mal so, möchte sich mit dir unterhalten. So in alter Verbundenheit. Verstehst du?«

Es passierte selten, aber Boris fehlten die Worte. Er schob die Terrassentür auf und suchte verzweifelt nach seinen Leuten, ohne sie zu finden.

»Was ist los, mein Freund? Ist dir warm geworden, dass du frische Luft brauchst? Du siehst gar nicht glücklich aus, obwohl wir dir Grüße aus der Heimat übermittelt haben. Das Hemd solltest du dir übrigens eine Nummer größer kaufen – es spannt in der Hüfte.«

Augenblicklich brach Boris der Schweiß aus allen Poren und seine Augen suchten die nähere Umgebung ab.

»Wenn du uns suchst, mein Freund, musst du dich nur umdrehen. Du bist ja fein ausgestattet in deiner Luxusbude. Wenn wir dagegen unsere kleine Datscha sehen, die wir uns vom Mund absparen mussten – Donnerwetter.«

Nachdem Boris den ersten Schock überwunden hatte, drehte er sich so langsam um, wie es seine erste Schockstarre zuließ. Er bemühte sich, gelassen zu wirken, als er auf die beiden Gestalten zuging, die sich längst einen Drink an der Hausbar eingeschenkt hatten. Nur von der Beschreibung, die in der Szene kursierte, machte er unter den beiden Männern den aus, den man am meisten fürchtete. Der Ruf eilte *Kusnets* voraus. Nur wenige kannten seinen richtigen Namen, wozu sich Boris allerdings zählen durfte.

»Wie seid ihr hier reingekommen? Wo sind meine Männer? Habt ihr sie ...?«

»Wofür hältst du uns«, fragte Igor, während er Wladimir Kusnezow zuprostete. »Wir sind doch keine kaltblütigen Killer. Deine Leute treiben sich auf dem Gelände herum und halten nach Eindringlingen Ausschau, die unerwünscht sind. Du wirst uns doch wohl nicht dazuzählen wollen. Oder?

Freunde sollte man mit einem freundlichen Hallo begrüßen. Besitzt du eigentlich keinen Anstand?«

Verzweifelt versuchte Boris, sich auf die Situation, diese unverhohlene Bedrohungslage einzustellen, was ihm jedoch nur bedingt gelang. Den Besuchern war seine Unsicherheit nicht entgangen.

»Lass uns nun zur Sache kommen, Boris. Wir haben diese weite Reise schließlich nicht gemacht, nur um deinen hervorragenden Wodka zu probieren. Darf ich dir übrigens meinen Freund Wladimir vorstellen, der zugegeben etwas schweigsam ist. Aber er hat ein paar versteckte Qualitäten. Doch das wirst du sicherlich nicht austesten wollen. Uns beiden wurde ein Auftrag erteilt, der eigentlich schon durch einen Anruf hätte erledigt werden können. Doch der feine Herr Bogdanow meinte, abtauchen zu müssen, nachdem er eine Riesenkarre in den Sand gesetzt hat. Selbst seinen besten Freunden und seinen Auftraggebern blieb er die Adresse schuldig. Wie du siehst, haben wir dich trotzdem gefunden.« Wieder nahm Igor einen Schluck vom Wodka und richtete anschließend seine kalten Augen auf Boris. »Und jetzt, mein Freund, erzähl uns, wie deine Pläne sind. Uns ist da was zu Ohren gekommen, was den Bossen gar nicht gefällt.«

Nun war die Katze endlich aus dem Sack. Boris suchte verzweifelt nach Erklärungen, die glaubhaft klingen würden. Noch immer hatte Wladimir nicht einen Ton von sich gegeben, hatte das Sprechen seinem Partner überlassen. Seine ausdruckslos dreinblickenden Augen hatten schon viele tapfere Männer getäuscht, bevor sie die wirkliche Kunst des *Kusnets* schmerzhaft erleben mussten. Wie der das in der Realität bewerkstelligte, konnte niemand erzählen, da es bis auf Igor keine Zeugen gab. Die Angst kroch wie ein Virus durch Boris' Körper und lähmte seinen Geist. Seine Stärke bestand darin, schwächere Gegner niederzumachen und dort seinen tiefsitzenden Sadismus auszuleben. Hier waren die Karten anders verteilt. Das wusste Boris genau und er suchte nach einer Lösung.

»Wenn ihr die Schuldigen für dieses verfluchte Dilemma sucht, seid ihr bei mir an der falschen Adresse. Bedankt euch bei den Bullen und den Weibern, die uns ans Messer geliefert haben.«

Die beiden Killer wechselten nur einen Blick und warteten darauf, dass Boris seinen Bericht fortsetzte. Doch nichts kam. Im Gegenteil – der hatte sich auf die Couch gesetzt und die Beine lässig übereinandergeschlagen. Nach außen demonstrierte er Selbstbewusstsein. Doch selbst Ungeübte bemerkten in seinen unruhigen Pupillen, wie sehr ihn die Anspannung quälte. Die verstärkte sich noch, als sich Igor vom Hocker erhob und auf die Terrassentür hinter Boris zuschlenderte. Wladimir dagegen wirkte immer noch unbeteiligt. Der Saum seines langen Mantels hing lässig bis auf den gefliesten Boden.

Die Unruhe verstärkte sich bei Boris, als sich Igor von der Terrasse meldete und ihn dorthin bat. Gleichzeitig mit ihm erhob sich auch Wladimir und folgte ihm in angemessenem Abstand. Igor hatte die Hände auf das Edelstahlgeländer gestützt und betrachtete scheinbar interessiert den parkähnlichen Garten, während sich der *Kusnets* neben der Terrassentür platziert hatte. Genau diese Sandwich-Position bereitete Boris große Sorgen. Seine Wut über sich selbst, dass er sich in diese prekäre Situation hatte hineinmanövrieren lassen, raubte ihm fast den Atem. Seine Magnum ruhte unerreichbar weit weg in der obersten Schublade seines Sekretärs. Er war den beiden Killern wehrlos ausgeliefert und konnte nur darauf hoffen, dass endlich seine Männer auftauchten.

»Findest du nicht auch, Wladimir, dass sich unser Freund hier die Sache ein wenig zu einfach macht?« Igor wandte sich jetzt wieder dem Gastgeber zu und registrierte lediglich das leichte Kopfnicken seines Partners, der sich jetzt von der Glastür abstieß und sich erschreckend langsam näherte. In gleicher Geschwindigkeit trat Boris zurück, wurde jedoch durch das Terrassengeländer aufgehalten. Beide Hände hielt er schützend vor dem Körper und hoffte darauf, dass Wladimir Abstand hielt. Der stoppte tatsächlich einen Meter vor dem Hausherrn und zum ersten Mal veränderte sich sein Gesichtsausdruck. Plötzlich verwirrte ein Lächeln den zitternden Boris, der hilfesuchend auf Igor blickte. Der jedoch wirkte völlig teilnahmslos und verschränkte die Arme vor der breiten Brust.

»Was soll die Scheiße hier? Ich will mit euren Auftraggebern telefonieren. Ich habe mit dem ganzen Mist nichts zu tun. Ich habe meinen Job gemacht, wie es verabredet war. Bedankt euch bei Kostja Plowni. Dem sind die Drecksweiber abgehauen. Ich habe die Kohle auf das abgesprochene Konto überwiesen. Warum soll ich jetzt die Kacke ausbaden? Wir können gerne zusammen nach Kaluga fahren. Die Bosse werden das bestätigen. Ihr habt den Falschen.«

»Hört, hört. Unser Freund hier ist völlig unschuldig. Dann verrate uns mal, wer diese seltsamen Nachrichten an die

Bullen schickt und alle ruschelig macht. Du bist natürlich unschuldig. Ist es nicht so?«

Zum ersten Mal seit ihrem gemeinsamen Besuch öffnete Wladimir den Mund und beteiligte sich an der Diskussion. Boris griff nach dem Strohhalm, den er als Rettungsanker ansah.

»Ach, deshalb seid ihr hier. Warum habt ihr das nicht sofort gesagt? Sucht nach Kostja und ihr habt den Richtigen. Ich werde doch wohl nicht so bescheuert sein und die Bullen zusätzlich aufscheuchen. Der wird die Briefe geschrieben haben. Der hat doch auch den größten Schaden gehabt. Ich hätte doch keinen Grund, die zu bedrohen. Meine Kohle stimmte. Ich kann euch sagen, wo ihr den findet.«

»Das musst du nicht, Boris. Bei Kostja waren wir schon«, stellte Igor klar. »Der war es aber nicht.«

»Woher wollt ihr das so genau wissen?«

»Sieh das mal so, mein Lieber. Als wir Kostja befragten, befand er sich in einer Position, die ihm kaum eine Lüge gestattete. Ich will hoffen, dass du dir das ungefähr vorstellen kannst. In dieser, sagen wir mal, unbequemen Lage kenne ich keinen, der noch lügen würde.«

Die zurückgewonnene Selbstsicherheit verflog bei Boris rasend schnell und wurde von lähmender Angst ersetzt.

»Dann hat er euch doch belogen. Ich werde ihn zwingen ... gebt mir ein Telefon.«

Ein gemein wirkendes Grinsen breitete sich auf den Gesichtern der Killer aus.

»Das würde nicht viel bringen, Boris. Er wird dir nicht mehr zuhören können. Du bist der Letzte, den wir aus deiner Seilschaft befragen können. Siehst du, so schließt sich der

Kreis. Um die Wahrheit finden zu können, bedienen wir uns einer uralten Taktik – dem Ausschlussverfahren.« Die Worte verließen Wladimirs Mund und schnitten wie Schwertstreiche in Boris' Verstand. In Sekundenschnelle rechnete er sich seine Chancen aus, unbeschadet aus dieser Lage herauszukommen.

Wo bleiben nur diese verfluchten Kerle, die ich zu meinem Schutz bezahle?

»Woran denkst du, Boris? Ist es die Frage, wo deine Männer bleiben? Vergiss es. Die konnten wir sehr schnell davon überzeugen, dass sie einem Loser dienen. Die suchen sich schon einen neuen Job. Wir sind ungestört, niemand wird dich hören, wenn du uns gestehst, dass du es warst, der auf die Idee kam, Rache zu üben. Hast du denn wirklich geglaubt, dass man sich das stillschweigend ansieht?«

Noch während Boris auf die Lippen Igors starrte, der soeben sein Todesurteil formulierte, nahm er aus den Augenwinkeln wahr, dass Wladimir den Mantel weiter öffnete und einen Gegenstand herausbeförderte. Seine Augen drohten aus den Höhlen zu treten, als er erkannte, worum es sich dabei handelte.

21

»Wie man sich als Ehegatte doch irren kann. Da wird Frau Schöning aber staunen, wenn sie erfährt, wie es um das Vermögen der Familie steht. Kannst du mal schauen, Gordon?«

Leonie rückte etwas vom Bildschirm ab, als sich Gordon die Liste besah, die alle relevanten Daten über die letzten Bewegungen auf Schönings Konto zeigte.

»Sieh mal einer an. Da wurde in den letzten Wochen quasi das Tafelsilber der Familie verhökert. Der Mann hat sämtliche Wertpapiere veräußert, um flüssig zu werden. Und vor neunzehn Tagen hat er sogar 165.000 Euro in bar abgehoben. Das Konto steht derzeit quasi bei null. Was hat der Mann mit der Kohle gemacht? Wir müssen das Haus nochmal komplett durchsuchen. Möglicherweise hat er das Geld irgendwo im Haus versteckt und jemand hat es ohne große Suchaktion gefunden. Oder er hat damit etwas finanziert, wovon seine Frau nichts weiß. Ich nehme der Frau ab, dass sie ahnungslos ist. Schöning war im Grunde ein schrecklicher Egomane. Das lässt sich in seiner gesamten Vita nachweisen. Trotzdem scheint er alles für seine Frau getan zu haben.«

Leonie nickte zustimmend und ergänzte Gordons Gedanken mit einer Vermutung.

»Wenn ich das richtig mitbekam, liegt Lisbeth Schöning in einer Privatklinik. In den Kontenlisten findet sich aber keine sich wiederholende Überweisung an eine Krankenversicherung. Das sagt mir, dass er die Rechnung aus eigener Tasche zahlt. Ich wage mir nicht vorzustellen, was eine OP dort kostet. Möglich, dass er dafür das Geld abgehoben hat.«

Gordon trat zwei Schritte zurück und lehnte sich auf die Schreibtischkante von Mias Arbeitsplatz.

»Moment mal, Leonie. Wenn du die Rechnung einer Klinik bezahlen willst, machst du das, indem du denen ein paar Geldscheinbündel auf den Tisch wirfst? Das überweist man doch auf deren Konto. Oder etwa nicht? Ich werde mich mal in deren Verwaltung schlaumachen. Selbst wenn die eine Vorauszahlung erwartet haben, geht das kaum mit Bargeld. Da stimmt was nicht. Wo ist übrigens Mia? Die könnte das mal dort abfragen.«

»Entschuldigung, das habe ich dir noch gar nicht erzählt. Sie ist mit Kai nach Werden, zumindest dort in die Ecke gefahren. Einem Waldbesitzer, der nach dem Rechten sehen wollte, ist ein verlassener Mercedes aufgefallen, den jemand am Wegesrand abgestellt hat. Wir haben das Nummernschild gecheckt und fanden heraus, dass das Fahrzeug auf einen Jens Paschiwa zugelassen wurde. Und jetzt kommt`s. Der Kerl steht auf der Lohnliste von einem alten Bekannten.«

»Mach es nicht so spannend, Leonie. Wer soll das sein?«

»Erinnerst du dich noch daran, dass die Mädel aus dem Container von einem Boris Bogdanow sprachen? Der soll den gesamten Transport damals geregelt, aber auch die Verteilung der Frauen organisiert haben. Dem gehört die Bar, wo dieser Jens arbeitet. Noch vor zwei Tagen haben wir den befragt, wo sich sein Boss aufhält. Er tat ahnungslos. Er behauptete lediglich, dass er das Geld aus den Einnahmen auf ein Konto einzahlen sollte. Wir bemühen uns gerade, Auskünfte über den Inhaber zu bekommen. Die Bank befindet sich allerdings in Zürich. Noch Fragen?«

Wieder verschwanden Gordons Hände in seinen Hosentaschen, was bei ihm ein Zeichen dafür war, dass er intensiv nachdachte. Mit drei Schritten erreichte er das Fenster zur Zweigertstraße, um endgültig seine Nachdenkposition einzunehmen. Leonie wusste, dass man ihn jetzt besser nicht störte. Gleich würde ihr Chef mit der Lösung kommen.

»Hat man mit Jens Paschiwa schon sprechen können?«

Gordon drehte sich nicht einmal um, als er die Frage an Leonie richtete.

»Das wird kaum noch möglich sein. Du hast mich ja nicht ausreden lassen. Sein Gehirn wollte ihm wohl jemand ohne große Umwege aus dem Schädel holen. Der Beamte, mit dem ich telefoniert habe, meinte, dass man ihm die Schädeldecke aufgespaltet hat. Man fand ihn nur wenige Meter entfernt hinter einem Gebüsch. Die Kollegen von der Spurensicherung sind schon dort und meinten, dass man die Fußspuren von zwei Personen ausmachen konnte. Alles andere steht noch aus. Bin mal gespannt, was Kai und Mia herausfinden können.«

Gordon hatte sich längst der Kollegin zugewandt und hielt seine Meinung nicht zurück.

»Wann wolltest du mir denn davon berichten? Musste ich erst nach dem Opfer fragen, um aufgeklärt zu werden. Leonie, das hättest du mir sofort mitteilen müssen – schon durch einen Anruf. Ich wäre dann sofort hingefahren. Verdammt, das kann wichtig sein und zur Aufklärung beitragen, wer die Briefe schrieb. Immerhin gehört dieser Bogdanow zum Kreis der Verdächtigen, aber auch jeder aus seiner Mannschaft. Verflucht, das hättest du mir sagen müssen.«

Leonie verdrängte das Verlangen, sich gegen den Rüffel des Chefs aufzulehnen, da sie schnell erkannte, welche Tragweite dieser Mord für den aktuellen Fall haben konnte.

»Es tut mir leid, Gordon. Ich war zu beschäftigt mit den Nachforschungen zum Fall Schöning. Du hast recht. Ich hätte dich anrufen müssen. Was machen wir jetzt? Fährst du trotzdem hin?«

Die Antwort wurde beiden erspart, als Kai galant der Kollegin Mia die Tür öffnete. Nur einen Moment blieben beide stehen und sahen von einem zum anderen.

»Stören wir bei einer Diskussion? Ihr seht so ernst aus. Was ist passiert?«

Kai marschierte schnurstracks auf seinen Schreibtisch zu und warf sein Notizbuch auf die Ablage. Er hatte auch keine Antwort auf seine Bemerkung erwartet. Ein Blick auf das Display sagte ihm, dass kein Anruf während seiner Abwesenheit angekommen war. Während er seine Tüte öffnete, in der alle Anwesenden Backwerk vermuten durften, schlug er seine Notizen auf und begann mit seinem Bericht.

»Bei dem Toten handelt es sich um ...«

»... Jens Paschiwa. Das wissen wir schon. Auch, dass er bei Boris Bogdanow angestellt war. Wer hat ihn umgebracht?«

Ein unfreundlicher Blick streifte die Kollegin Leonie. Doch bevor er eine patzige Bemerkung machen konnte, unterbrach ihn Gordon.

»Hat man ihn dort umgebracht, oder war das nur der Fundort?«

»Nicht direkt, Gordon. Der Mann wurde in seinem eigenen Kofferraum getötet. Jemand, wobei die Kollegen zwei schwere Personen vermuten, hat ihn wohl gefoltert. Wir fanden ein Stück Panzerband, mit dem man ihn zum Schweigen gebracht hat. Der hätte wohl ansonsten heftig geschrien, denn man hat ihm die Kniescheibe zertrümmert. Wir fanden auch ein riesiges Loch im Schienbeinknochen. Da liegt ein gewaltiger Trümmerbruch vor. Aber er muss wohl gequatscht haben, denn der Klebestreifen vom Mund lag auf der Kofferraumabdeckung.«

»Wir vermuten«, schaltete sich jetzt Mia in den Bericht ein, »dass der Täter ihm dann den Schädel einschlug. Ein Dankesbeweis, auf den er sicher gerne verzichtet hätte. Teile des Hirns fanden wir im Kofferraum, aber auch am Fundort. Man hat ihm wohl noch zum Abschied vor den Kopf getreten. Kein schöner Tod. Übrigens verzichtete der Täter darauf, ihm die Papiere abzunehmen. Der wollte, dass man ihn findet und auch sofort identifiziert.«

Leonies Augen waren während der ganzen Zeit auf Gordon gerichtet, in dessen Kopf die Gedanken zu rasen schienen. Endlich fand sie den Mut, ihre Frage an ihn zu richten.

»Könnte das der Mann gewesen sein, auf den du insgeheim wartest? Glaubst du, dass er vielleicht die beiden Briefe ...?«

Sehr schnell kam die ernüchternde Antwort von ihm.

»Nein, Leute, das glaube ich nicht. Warum sollte er dann Russisch schreiben? Gut, er könnte dadurch von sich abzulenken versuchen. Aber mal ehrlich. Warum sollte er das überhaupt tun? Der war doch nur ein kleines Licht, spielte in unserem letzten Fall gar keine Rolle. Ich glaube eher daran, dass jemand über diesen Paschiwa an den wahren Verursacher herankommen wollte. Wer kommt denn dann wohl in Frage? Die beiden Männer wollten über den kleinen Pisser an Boris rankommen. Und ich vermute, dass es ihnen gelungen ist. Sonst hätten sie ihn noch am Leben gelassen.«

»Klingt plausibel«, bemerkte Kai lakonisch und biss genüsslich in die Puddingschnecke. Mit vollem Mund ergänzte er noch:»Dann dürften wir wohl in Kürze einen weiteren Einsatz haben. Und ich bin davon überzeugt, dass das eintreten wird, was Gordon schon vor Tagen prophezeite. Man wird uns deutlich darauf hinweisen, dass sich das Thema der persönlichen Bedrohung von allein erledigt hat. Was natürlich bedeutet, dass die Russen den Fall selbst gelöst haben.«

Mia rutschte schon eine ganze Weile auf ihrem Stuhl herum, platzte jetzt jedoch mit ihren Gedanken heraus.

»Verdammt, das macht mir Angst. Ich stelle mir gerade vor, dass zwei Berufskiller durch unsere schöne Stadt flanieren und mal eben so nebenbei mindestens zwei Menschen brutal umbringen. Wie könnt ihr dabei so ruhig sein? Da gehst du mal zum Einkaufen oder gönnst dir ein paar neue Schuhe und direkt neben dir macht ein Kerl dasselbe, der schon Dutzende von Menschen auf dem Gewissen hat. Wir müssen diese Bestien finden.«

Beifall heischend sah sich Mia im Kreis ihrer Kollegen um, erntete jedoch teilweise fast bedauernde Blicke. Leonie stand auf und legte einen Arm um Mias Schulter.

»Jeder von uns hier versteht deine Sorge. Doch sieh die Sache mal pragmatischer. Im Grunde genommen machen diese beiden Killer eine Arbeit, die uns eigene erspart. Die bringen keine harmlosen Bürger um, sondern wie in diesem Fall, Männer, die arme Frauen in die Prostitution zwingen. Auf deren Todesliste stehen in der Regel eigene Leute, die Fehlentscheidungen trafen, Verrat begingen oder für die Bosse gefährlich wurden – alles Kriminelle. Ich weiß, dass es sich aus unserem Mund seltsam anhört, wenn wir solchen Standpunkt vertreten. Aber über eines müssen wir uns klar sein. Diese Männer, und ich nehme an, dass es sich um solche handelt, kannst du nur sehr schwer verhaften. Die hinterlassen keine brauchbaren Spuren, was du noch feststellen wirst. Die kommen, machen ihren Job und verschwinden wieder in der Unendlichkeit. Wir sprechen über Profis, Mia.«

»Und deshalb lassen wir sie einfach ...?«

»Nein, Mia«, schaltete sich Gordon ein, »das haben Sie falsch verstanden. Diese Menschen beherrschen ihren Job perfekt, weshalb man sie auch so gut wie nie zu fassen bekommt. Und genau deshalb werden sie von der oberen Riege der Mafia auch gebucht. Keine Verbindung zum Auftraggeber ist bei denen nachweisbar. Es sind Phantome.«

Noch lange saßen alle vier zusammen und diskutierten die weitere Vorgehensweise, zumal der besprochene Plan gegen den mutmaßlichen Verräter in den eigenen Reihen neu überdacht werden musste. Schließlich schien sich eine vermutete Verbindung zum russischen Unterboss vor Ort, Boris Bogdanow, erledigt zu haben.

22

»Holen wir uns den Arzt doch ins Präsidium, Gordon. Der wird schon auspacken, wenn wir ihn unter Druck setzen.«

Kai wirkte zuversichtlich, als er die Nachricht in Händen hielt, dass die Daten der Antigene bei Frau Schöning perfekt übereinstimmten mit denen der zweiten Toten.

»Du machst es dir zu einfach, Kai. Wenn wir Dr. Richter angehen wollen, der sicher mit zwei Anwälten antanzen wird, müssen wir hieb- und stichfeste Beweise in Händen halten. Gut, wir haben diese Daten, die aber immer noch keine Beweise dafür liefern, dass sich der saubere Herr Richter was zuschulden kommen ließ. Wir müssen nachweisen können, dass er von der möglichen Manipulation wusste. Eine Verbindung zu kriminellen Elementen können wir nicht darstellen. Der wird sich abgesichert haben, falls er tatsächlich in Machenschaften verwickelt sein sollte. Gehen wir mit falschen, also unbewiesenen Tatsachen an die Öffentlichkeit, kann das zu einem Skandal führen, von dem sich unsere Abteilung niemals wieder erholen würde. Die werden uns Verleumdungsklagen an den Hals hängen, bis wir Blut spucken. Wir brauchen Zeugen, Mitwisser, die aus deren eigenen Reihen stammen. Ein Kronzeuge könnte den Stein ins Rollen bringen. Rollt der einmal, hält ihn niemand mehr auf. Der Ruf des Arztes ist für immer beschädigt. Und das kann dem Staat teuer zu stehen kommen.«

Kai hatte sehr gut zugehört und starrte auf das Formular, das ihm bewies, dass Frau Schöning definitiv die Niere eines Mordopfers in sich trug. Eine sicherlich belastende Tatsache, sollte sie jemals davon erfahren.

»Wir müssen jetzt den Tod von Karl-Otto Schöning in einem völlig anderen Zusammenhang sehen. Es wäre immerhin möglich, dass er in diesen Deal verwickelt war und zum Schweigen gebracht wurde. Bei den Summen, die bei illegalen Transplantationen fließen, dürfte ein Mord schon dadurch motiviert sein, dass eine Entdeckung verhindert werden soll. Ich werde versuchen, im Kreis der Angestellten im Krankenhaus was in Erfahrung zu bringen. Natürlich unauffällig.«

Gordon wiegte den Kopf und schien von dem Gedanken nicht allzu begeistert.

»Kai, du weißt sehr genau, dass ich bei Ermittlungen nicht unbedingt zu denen gehöre, die sich zu einhundert Prozent an das Gesetzbuch halten. Doch besteht bei dieser Recherche die Gefahr, dass es im inneren Kreis der Ärzteschaft bekannt würde, weil sich eine befragte Krankenschwester an ihren Chef wendet. Nicht nur, dass damit die Lawine ins Rollen käme. Es besteht die Gefahr, dass die Schuldigen gewarnt würden und ihre Spuren verwischen. Lass uns doch erst einmal überprüfen, woraus sich mögliche Vermögen des Herrn Doktor zusammensetzen. Finanziert er sich einen Rolls Royce? Lebt er über seine Verhältnisse und wenn ja, woher hat er die Mittel? Wir versuchen, sichere Fakten zu sammeln und die Hintermänner festzunageln. Okay?«

»Du hast ja recht, Gordon. Ich habe verstanden. Kann ich denn wenigstens Kontakt aufnehmen zu den Kindern?«

»Verdammt, Kai«, erwiderte Gordon, nachdem er heftig zusammenzuckte, »das haben wir ja komplett vergessen. Ruf die beiden an. Die Adresse und die Telefonnummer findest du in Schönings Unterlagen. Bin mal gespannt, wie die den Tod ihres Vaters aufnehmen und ob sie ahnen, wofür er das Geld verwendet haben könnte. Möglich, dass er seine Kinder ausbezahlt hat. Wir werden sehen.«

Während Kai die Unterlagen Schönings nach der Telefonnummer durchsah, suchte Gordon sein Büro auf und betrachtete das Foto, auf dem die schrecklich zugerichtete Leiche von Jens Paschiwa zu erkennen war. Für ihn war sonnenklar, dass dieser Mann vor seinem Tod gelitten haben muss. Schon beim Anblick des zertrümmerten Beins des Opfers empfand Gordon Schmerzen. Nun hieß es abzuwarten, bis man auch Boris Bogdanow fand – sozusagen auf dem Silbertablett serviert bekam. Die Problematik bestand darin, dass die Russenmafia, sollte man ihm den Schuldigen präsentieren, auch Erwartungen an die Behörde verband. Sie gingen davon aus, dass man die Ermittlungen zwar nicht einstellen, aber zumindest zurückfahren würde. Eine Vorstellung, mit der Gordon nur schlecht leben könnte. Solange er diesen Job ausfüllt, würde er die Suche nach diesen Menschhändlern niemals aufgeben. Gleichzeitig würde er in steter Angst um Jonas und Denise leben. Ein Grund mehr, sich beruflich neu zu orientieren.

Die Nachricht, dass der Unternehmer Karl-Otto Schöning in seinem eigenen Haus ermordet aufgefunden wurde, füllte zumindest den Lokalteil der örtlichen Tageszeitung und wurde in der Stadt zum wichtigen Thema. Daneben existierte nur noch der Eklat aus der letzten Folge der Sendung *Bauer sucht Frau*, in der Charlotte ihren Bauer Heinz unter schlimmsten Beschimpfungen verlassen hatte. Niemanden im Präsidium wunderte es, dass etliche Hinweise von aufmerksamen Bürgern und Nachbarn eintrafen, die glaubten, Zusammenhänge mit früheren Ereignissen zu kennen. Erst als sich ein Besucher anmeldete, der dem Gordon-Team nicht ganz unbekannt war, entstand Interesse.

»Setzen Sie sich, Herr Plitza. Wir können, so glaube ich, auf eine nähere Vorstellung verzichten, da wir uns ja aus älteren Fällen kennen.«

Gordon gefiel das überhebliche Grinsen dieses schmierigen Typen ganz und gar nicht, der mit übereinandergeschlagenen Beinen vor seinem Schreibtisch saß. Doch hin und wieder gab er auch brauchbare Hinweise, was ihm wiederum kleine Bevorzugungen seitens der Polizei einbrachte.

»Was genau haben Sie denn zum Fall Schöning beizutragen? Am Telefon erzählten Sie davon, dass Sie ab und zu für den Mann arbeiteten. Was darf ich darunter verstehen?«

»Nichts Großartiges, Herr Rabe. Als Schöning noch seine Firma leitete, wollte er immer genau wissen, mit wem er es bei seinen Geschäftspartnern zu tun hatte. Für den Mann war es immer wichtig, etwas in der Hinterhand zu haben, womit er in Verhandlungen Druck ausüben konnte. Er wollte wissen, wie die Familienverhältnisse waren, gab es Liebschaften, krumme Geschäfte – einfach alles, was er gegen denjenigen verwenden konnte. Er zahlte gut und pünktlich, was für mich an erster Stelle stand. Was er mit den Daten tat, sollte mir scheißegal sein.«

»Gut, Herr Plitza, das ist bei mir angekommen. Ich denke, dass sie beide keine große Freundschaft verband. Doch nun zum aktuellen Fall. Gab es in der letzten Zeit eine Zusammenarbeit, die rein ermittlungstechnisch für uns von Bedeutung sein könnte?«

»Ich kann das nicht mit Bestimmtheit sagen, aber immerhin könnte es ja sein. Er beauftragte mich, für ihn eine Adresse herauszufinden, die ihm sehr wichtig zu sein schien. Die muss wohl in einem Zusammenhang zu sehen sein, was die Erkrankung seiner Frau betraf. Genaueres hat er mir dazu nicht mitgeteilt.«

Gordon besaß so viel Menschenkenntnis, dass er Halbwahrheiten sehr schnell erkennen konnte. Er wusste aber auch, dass Privatdetektive Details zu ihren Aufträgen für sich behielten. Er versuchte gar nicht erst, Einzelheiten dazu abzufragen.

»Und was konnten Sie liefern? Waren Sie erfolgreich?«

»Ich bitte Sie, Herr Hauptkommissar. Sie kennen mich doch. Keine halben Sachen – das ist mein Prinzip, nach dem ich arbeite. Schöning bekam, was er erwartete und auch bezahlte.«

Allmählich baute sich in Gordon Ärger auf, weil dieser raffinierte Schnüffler seine Informationen nur in Salami-Taktik preisgab. Jeden Moment musste die Forderung nach einer Gegenleistung auftauchen. Überrascht wurde Gordon, als der Mann unaufgefordert weitersprach.

»Ich werde Ihnen die Adresse geben, Rabe. Aber mehr dazu kann ich Ihnen nicht erzählen, da ich Schöning zwei

Tage vor seinem Tod die weitere Zusammenarbeit aufgekündigt habe. Er bezahlte mich, ich gab ihm die Informationen, und das war`s dann auch. Ich will auch nicht behaupten, dass dieser Auftrag was mit seinem Tod zu tun hat, verdächtig ist es dennoch. Doch das soll nicht meine Sorge sein. Den Ball haben Sie dann.«

»Sind Sie dann auch so nett und schreiben mir Name und Adresse desjenigen auf, den Sie für Schöning ermittelt haben? Wir kümmern uns darum und werden Ihren Namen, wenn es eben geht, heraushalten.«

Plitza griff nach dem Zettel, den im Gordon rüberschob. Bevor er schrieb, wendete er sich nochmal an Gordon.

»Sie sollten wissen, dass mein Auftrag lautete, den Aufenthaltsort zweier Personen herauszufinden. Es handelte sich um einen Dr. Rainer von Reveling und einem Doktor Fred Kriebel. Wenn Sie ins Register der Meldeämter hineinschauen, werden Sie schnell feststellen, dass es solche Namen zumindest von Ärzten nicht gibt. Gott sei Dank habe ich in gewissen Kreisen meine Quellen und konnte herausfinden, dass diese Männer nur unter diesem Pseudonym an die Öffentlichkeit gingen, privat aber anders heißen. Wundern Sie sich deshalb nicht, wenn Sie auf dem Zettel nur einen anderen Namen vorfinden werden.«

»In welcher Szene arbeiten diese beiden Herren denn?«

Gordon stellte diese Frage ohne Hoffnung, darauf eine Antwort zu erhalten. So war es dann auch. Ohne darauf zu reagieren, notierte Plitza seine Angaben und erhob sich.

»Ich habe etwas gut bei Ihnen, Herr Hauptkommissar. Irgendwann sollten Sie sich daran erinnern. Ihnen und dem Team noch einen schönen Tag.«

Noch lange ruhte Gordons Blick auf der Tür, die sich hinter Plitza geschlossen hatte. Immer mehr verdichtete sich bei ihm der Verdacht, dass vor ihm die Adresse eines wichtigen Drahtziehers der Organhändlerbande lag. Dass sich zwei Menschen als Ärzte ausgaben, eigentlich jedoch keinen akademischen Titel trugen, war mehr als verdächtig. Entschlossen steckte er den Zettel in die Hosentasche und griff nach seiner Jeansjacke.

23

»Gut, dass ich dich treffe, Kai. Ich will eine Adresse überprüfen, die ich soeben von einem Informanten bekam. Hast
du Zeit?«

Kaum war Kai aus dem Aufzug getreten, drückte ihn
Gordon wieder hinein.

»Holla, wo geht es denn hin? Ich kann den Bericht über
die Bar-Razzia auch noch später schreiben. Hängt das mit
den Russen zusammen oder mit der Organsache?«

Auf dem Weg zum Auto klärte Gordon den Kollegen über
den Besuch von Privatdetektiv Plitza auf. Als sie nach einer
relativen kurzen Fahrt vor dem Grundstück ankamen,
blieben die beiden einen Moment im Wagen sitzen und
staunten nicht schlecht, als sie das Anwesen betrachteten.

»Bist du dir sicher, dass wir hier richtig sind? Das sieht ja
aus wie das Schloss Bellevue. Da hat aber jemand eine
Menge Kohle gebunkert, wenn er ein solches Anwesen
unterhalten kann. Lass uns mal auf das Klingelschild
schauen. Direkt über dem Knopf ist eine Kamera. Wir sind
im Fernsehen, Gordon. Schön lächeln.«

Ohne die Frage nach ihrem Namen abzuwarten, hielt
Gordon seinen Dienstausweis vor die kleine Knopfkamera.
Nach wenigen Sekunden öffnete sich die breite Eingangstür

automatisch. Als die Ermittler den Eingangsbereich betreten hatten, hörten sie Schritte, die sich aus einem langen Flur näherten. Vor ihnen erschien ein bereits an den Schläfen ergrauter sportlich-schlanker Mann im Bademantel, der noch damit beschäftigt war, diesen zuzubinden. Sein feuchtes Haar ließ die Vermutung zu, dass er gerade aus dem Bad kam.

»Die Herren werden entschuldigen, wenn ich im Bademantel erscheine, aber wir haben gerade ein paar Runden im Pool hinter uns gebracht. Der Sport ist mir an jedem Tag wichtig. Was führt Sie in mein bescheidenes Heim? Ich hoffe, dass es nichts Ernstes ist und ich Ihnen helfen kann. Kommen Sie doch durch zum Poolbereich, damit Sie auch meinen Partner kennenlernen können. Darf es eine Erfrischung sein? Wasser, Kaffee oder etwas anderes?«

Schon aus lauter Neugierde folgten Kai und Gordon dem Hausherrn und staunten nicht schlecht, als sie im Untergeschoss einen Innenpool vorfanden, der sich unter einer Trennscheibe weiter in den Außenbereich fortsetzte. Von einer Liege erhob sich ein ebenfalls auffallend gutaussehender Mann und kam ihnen mit ausgestreckter Hand entgegen.

»Darf ich die Herren miteinander bekanntmachen? Das ist mein Partner Leon Schuchard. Ihre Namen habe ich auf die Schnelle auf dem Dienstausweis nicht erkennen können.«

Nachdem sich Kai und Gordon nochmals vorgestellt hatten, nahmen sie auf den angebotenen Liegen vor einem Beistelltisch Platz. Leon Schuchard zog den Bademantel enger um den durchtrainierten Körper. Beiden Beamten fiel auf, dass er darunter absolut unbekleidet war.

»Ich könnte Ihnen noch einen Kaffee einschenken, da wir heute relativ spät mit dem Frühstück fertig waren. Darf ich?«

Gordon schüttelte den Kopf und kam zur Sache.

»Nur damit wir Klarheit haben. Ich spreche jetzt mit Siegbert Kinkel? Den Namen Ihres Partners kennen wir ja nun bereits. Wir ermitteln in einem Fall, bei dem uns Ihre Namen genannt wurden. Es wird dabei angedeutet, dass Sie uns möglicherweise behilflich sein könnten, was den momentanen Aufenthaltsort eines gewissen Karl-Otto Schöning betrifft. Nach Aussage eines Zeugen hielt sich der Genannte am Samstagvormittag hier in diesem Haus auf. Können Sie uns das bestätigen?«

Das kurzzeitige Aufblitzen in den Augen von Siegbert Kinkel war den beiden Polizisten nicht entgangen. Schnell hatte er sich jedoch wieder gefangen und richtete den Blick auf Leon Schuchard.

»Nun überraschen Sie uns aber, das muss ich zugeben. Kannst du dich an einen solchen Namen oder sogar an den Besuch des Herrn bei uns erinnern?«

Schuchard hatte die Kaffeetasse, die er bereits zum Mund geführt hatte, wieder abgesetzt und schüttelte den Kopf.

»War Samstag nicht der Morgen, an dem du diesen ekligen Kater hattest? Ja, natürlich«, ergänzte er und setzte die Tasse wieder an den Mund. »Ich habe dir noch in der Apotheke neue Tabletten besorgt. An einen Besuch kann ich mich nicht erinnern. Den hätten wir auch gar nicht reingelassen. Wir fühlten uns beide nach der langen Partynacht bei Erika total fertig. Was hätte diesen Herrn denn zu uns treiben sollen? Der ist uns absolut unbekannt.«

148

Gordon zog ein Foto aus der Seitentasche, auf dem Schöning noch lebend zu sehen war. Nachdem es sich beide Männer angesehen hatten, schüttelten sie die Köpfe und reichten es zurück.

»Das tut uns leid, aber das Gesicht ist uns fremd«, bestätigte Kinkel und wandte sich an Gordon. »Ich sah auf Ihrem Dienstausweis, dass Sie zum Morddezernat gehören. Ist dem Herrn etwas zugestoßen? Ist er vielleicht ...?«

Gordon umging die Antwort, indem er mit einer Gegenfrage antwortete.

»Beim Eintreffen konnten wir feststellen, dass sowohl am Eingangsportal als auch im gesamten Vorgarten Kameras installiert sind. Ich gehe davon aus, dass Sie die Aufnahmen archivieren. Würden Sie uns gestatten, dass wir mal einen Blick auf den letzten Samstag werfen? Danach wird sich jede weitere Frage erübrigen, denke ich.«

Wieder dieses kurze Aufblitzen in Kinkels Augen, bevor er erstaunlich schnell seine Fassung wiederfand.

»Gerne würden wir Ihnen helfen Herr Hauptkommissar, doch es gehört bei uns zur Pflicht, die Aufnahmen nach vierundzwanzig Stunden automatisch wieder löschen zu lassen. Sie wissen doch – der Datenschutz. Mir gefällt allerdings nicht, und daraus will ich keinen Hehl machen, dass Sie unsere Aussage zum Samstag scheinbar anzweifeln. Damit unterstellen Sie gleichzeitig, dass wir bewusst die Unwahrheit sagen und zu einem Kreis von Verdächtigen gezählt werden. Ich denke, dass es besser ist, wenn Sie sich zwecks weiterer Ermittlungen an unsere Anwälte wenden. Hier scheint es sich um eine Straftat, also um ein Gewaltdelikt zu handeln. Sie werden verstehen, wenn wir keine weiteren

Aussagen ohne Rechtsbeistand machen möchten. Machen Sie bitte für weitere Fragen einen Termin.«

»Eine Frage haben wir jedoch noch, die Sie unabhängig vom Fall Schöning beantworten könnten.«

Beide Beamte konzentrierten sich nun besonders auf körperliche Reaktionen, bevor Kai die Frage abschoss.

»Sagen Ihnen die Namen Dr. von Reveling und Dr. Kriebel etwas?«

Erwartungsgemäß veränderte sich spontan die Körperspannung und es kam bei beiden Personen zu einer Weitung der Pupillen. Viel zu lange suchten die beiden nach einer Antwort, bis sich Kinkel dann doch zusammenriss und beim Aufstehen antwortete.

»Ich kann mir Ihre Frage im Augenblick zwar noch nicht erklären, will aber auch im Namen meines Partners diese verneinen. Ich denke, dass Sie von Ihrem ominösen Informanten falsch unterrichtet worden sind. Darf ich die Herren nun bitten, uns nicht weiter zu belästigen. Als solches möchte ich Ihren Besuch mittlerweile bewerten. Ich bringe Sie gerne zur Tür.«

»Am liebsten hätte ich diesem arroganten Drecksack den Hals umgedreht. Die beiden lügen doch schon, wenn sie sich einen guten Morgen wünschen. Hast du das Zucken bemerkt, als wir nach von Reveling fragten? Da lass ich mich nicht von abbringen, die haben Dreck am Stecken.«

Längst saßen Kai und Gordon wieder im Wagen und ließen das soeben geführte Gespräch Revue passieren. Gordon griff zum Telefon und wartete einen Moment, bis sich endlich die Kollegin meldete.

»Leonie, hör zu. Bitte besorge uns beim Staatsanwalt einen Beschluss, dass wir die Konten von Siegert Kinkel und Leon Schuchard einsehen dürfen. Die Adressen findest du auf meinem Schreibtisch. Es besteht der begründete Verdacht, dass die beiden Herren in unsaubere Geschäfte verwickelt sind. Findet alles über die zwei heraus. Ich will wissen, welchem Umstand sie ihr Vermögen zu verdanken haben. Wir sind auf dem Weg.«

24

Kaum hatten Kai und Gordon den Parkplatz des Präsidiums erreicht, als Gordon das Vibrieren seines Telefons in der Westentasche spürte.

»Herr Hauptkommissar, hier ist die Zentrale. Ich habe einen Anrufer in der Leitung, der darauf besteht, nur mit Ihnen persönlich reden zu dürfen. Wollen Sie den annehmen oder soll ich ihn abwimmeln und auf das Kommissariat bestellen? Scheint kein Deutscher zu sein. Eher aus den osteuropäischen Ländern.«

Gordons Interesse war geweckt und er stellte auf Lauthören, damit Kai alles mitbekam.

»Stellen Sie durch und versuchen Sie, den Standort herauszufinden.«

Nach drei befreienden Atemzügen drückte er die Taste.

»Hauptkommissar Rabe. Mit wem spreche ich?«

Was die beiden Beamten zu hören bekamen, glich mehr einem Knurren, als dass man es als die Stimme eines normalen Mannes hätte bezeichnen können.

»Der Name tut nichts zur Sache. Ich hörte davon, dass man Ihre Familie mit Briefen belästigt, die auf das mögliche Ableben derer abzielt. Das gefällt einer bestimmten Personengruppe nicht. Sie werden jetzt sagen, was interessiert fremde Menschen, welche Post ich erhalte und woher wissen die überhaupt davon. Auch das spielt keine Rolle, obwohl man es in der Presse lesen konnte. Doch es muss Ihnen reichen, dass die durch Sie ergriffenen Maßnahmen nicht im Sinne unserer Auftraggeber sein können. Wir hätten einen Vorschlag zu machen. Doch das eröffne ich Ihnen erst beim nächsten Anruf. Dass Sie versuchen, den Anruf zurückzuverfolgen, wird zwecklos sein, da wir über diverse Server weltweit gehen. Dennoch werden wir sicherheitshalber in wenigen Minuten wieder anrufen.«

»Scheiße, die Saubande ist aber auch mit allen Wassern gewaschen. Warten wir«, bemerkte Kai und ließ die Seitenscheibe herunterfahren. Zwei Minuten später klingelte es wieder.

»Sie stören die Geschäfte unserer Auftraggeber, sodass sich die Gäste belästigt fühlen und teilweise wegbleiben. Obwohl alles in den Restaurationen meiner Kunden mit rechten Dingen zugeht, ist das ein erheblicher Störfaktor. Wir schlagen Ihnen ein Gentleman-Agreement vor, indem wir dafür sorgen, dass Sie und Ihre Familie wieder in Frieden leben können. Sie werden als Gegenleistung die Kontrollen der Barbetriebe, sagen wir mal, wieder im normalen gewohnten Maße durchführen. Der Verursacher wird Sie dann nicht mehr belästigen. Das versprechen wir Ihnen.«

Obwohl Gordon genau diese Nachricht erwartet hatte und sich eigentlich erleichtert zeigen musste, durchlief ihn ein kalter Schauer. In den Worten des Anrufers schwang unverhohlen die Nachricht mit, dass es möglicherweise Tote geben könnte.

»Wer sagt mir, dass Sie Ihr Versprechen halten können? Vielleicht möchten Sie ja nur, dass ich den Schutz meiner Familie aufgebe und dann mit den Konsequenzen leben muss. Das ist mir zu vage.«

Es hörte sich an wie ein Gewittergrollen, als der Anrufer lachte.

»Hauptkommissar Rabe, was hat der Beruf bloß aus Ihnen gemacht? Trauen Sie denn keinem Menschen mehr? Aber um Ihre Frage nach der Garantie zu beantworten: Sie können tatsächlich nur hoffen. Was im Leben ist denn noch sicher? Aber um Ihnen zu zeigen, dass ich es ernst meine, will ich darauf hinweisen, dass bereits der Erste im Umfeld des Schuldigen seine verdiente Strafe erhielt. Ich nenne nur die Adresse Asbachtal. Na, klingelt etwas bei Ihnen? Sehen Sie, es dürfte nun klar sein, dass wir es ernst meinen. Haben wir einen Deal?«

»Haben Sie den Mann ...?«

»Ich möchte lediglich Ihre Zusage, dass die Vereinbarung gilt. Niemandem wird etwas geschehen. Der Briefeschreiber wird sich gegenüber seinem Brötchengeber verantworten. Sagen Sie nur ja und alles wird gut.«

Gordon spürte den harten Schubser von Kai gegen seinen Arm, der ihn damit ermuntern wollte, den Deal zu beschließen. Noch immer wartete Gordon ab, ließ sämtliches Für und Wider durch seinen Kopf gehen.

»Ich stimme zu. Eines werde ich Ihnen jedoch mit auf den Weg geben. Sollte meiner Familie auch nur ein Haar gekrümmt werden, schiebe ich das eurer Gruppierung zu und werde dann eine Aktion starten, die euch allen das Leben für immer schwer machen wird. Dann könnt ihr die Läden dicht

machen. Und alle Kollegen in den Präsidien werden mit-
ziehen. Darauf könnt ihr eure Bosse vorbereiten. Dann
haben wir Krieg.«

»Beruhigen Sie sich, Rabe. Keinem kann damit gedient
sein, wenn wir uns gegenseitig das Leben schwer machen.
Ich werde die Nachricht weitergeben und hoffe, dass damit
alles wie früher wird. Beregi sebya – oder wie es bei euch
heißt: Machen Sie es gut.«

»Na Gott sei Dank, dann hat sich ja dein innigster Wunsch
erfüllt und dein Plan ist aufgegangen.« Leonie war
anzusehen, dass sie sichtlich erleichtert über den Ausgang
dieses Falles war. »Ich würde die Bewachung aber noch ein
paar Tage fortsetzen lassen. Da bleibt immer noch ein
Restrisiko.«

»Wenn es danach geht, darf ich den Schutz niemals auf-
heben. Es steht nur ein beschissenes Wort eines Killers im
Raum, auf das ich jetzt das Leben meiner Familie setze.«

Kai fiel es nicht leicht, als er den sicherlich berechtigten
Einwand vorbrachte.

»Wenn es danach geht, müssten wir unsere Angehörigen
vierundzwanzig Stunden, Tag für Tag in einen Panik-Room
einsperren. Das Leben ist nun mal lebensgefährlich, erst
recht, wenn du ein Bulle bist. Entspann dich und lebe in der
Hoffnung, dass die Bande zu ihrem Wort steht. Die werden
den Drecksack bestimmt dafür zur Rechenschaft ziehen.
Tauschen möchte ich mit dem nicht.«

»Ist ja gut, Leute. Ich habe verstanden. Könnten wir uns
jetzt wieder auf den Fall Schöning stürzen? Was haben wir
an neuen Erkenntnissen?«

»Na endlich«, meinte Leonie bemerken zu müssen, und öffnete eine Kladde, in der sie schon längere Zeit geblättert hatte. »Ich habe mal den Computer bemüht und versucht, was über die Herren Schuchard und Kinkel herauszufinden. Gemessen an dem pompösen Anwesen, das Gordon uns beschrieben hat, ist das erschreckend wenig. Vorstrafen keine. Kinkel wurde einmal mit einem Bußgeld und einem Fahrverbot belegt wegen zu schnellen Fahrens. Er ist als Eigentümer für die Villa eingetragen, wobei es mir schleierhaft ist, wie er diese Immobilie, die er vor Jahren von seinen Eltern erbte, unterhalten kann. Als die beiden bei einem mysteriösen Bergunfall umkamen, hinterließen sie ihrem Sohn dieses Haus und ein Vermögen von lediglich 180.000 Euro. Das war vor sechs Jahren. Eine Einkommensquelle ist seitdem nicht nachweisbar, obwohl er nach einem abgebrochenen Medizinstudium sicherlich Möglichkeiten dazu besaß.«

»Ich verstehe das richtig, dass Kinkel seitdem ausschließlich von diesem Erbteil lebt? Das hält doch nicht über diese lange Zeit.«

Kai kratzte sich an seinem kahlen Schädel und fuhr fort.

»Allein die Nebenkosten hätten das Vermögen auffressen müssen. Was ist mit diesem Schuchard? Lungert der auch nur rum?«

»Wie recht du hast, Kai. Der Typ hat zumindest sein Studium zu Ende geführt, war aber nach seiner Zeit im Krankenhaus niemals in seinem Beruf als Mediziner tätig. Es wird lediglich eine Beratertätigkeit in verschiedenen Pharmabetrieben erwähnt. Die Honorare waren zwar üppig, würden aber die Kosten für den Lebensstil nicht decken.

Beide fahren übrigens sündhaft teure Sportwagen, die über Leasingverträge laufen. Die Finanzierung bleibt im Nebel. Die Herren müssen also von anderer Stelle Zuwendungen erhalten oder krumme Geschäfte betreiben.«

Alle Blicke richteten sich auf die Fotos der Villa, die Gordon nach ihrem Besuch dort angefertigt hatte. Daneben hatte Leonie Porträtbilder der beiden Männer geheftet, die zwei Gesichter zeigten, die so manche Frau zum Zungenschnalzen bringen konnten. Mia konnte sich einen Kommentar nicht verkneifen.

»Die wirken wie zwei Typen, die man im Katalog eines Escortservice finden könnte. Für mein Gefühl schon zu glatt und abstoßend gutaussehend.«

Den Blick, den ihr Leonie zuwarf, wollte in diesem Moment keiner der anwesenden Männer interpretieren. Hier paarten sich pure Überraschung und Zweifel an der Ehrlichkeit. Gordon war bemüht, erst gar keine Diskussion über diese Aussage aufkommen zu lassen.

»Ich sagte ja schon, dass diese beiden Kerle eine Aura umgibt, die bei mir die Alarmglocken klingeln ließ. So viel Geld kann niemand mit Nichtstun verdienen, es sei denn, er hat sein Geld gut angelegt. Das war aber scheinbar nicht vorhanden. Wie sieht es mit Kontobewegungen aus, Leonie?«

»Das ist verrückt. Du findest kaum einen Zahlungseingang und nur wenige Abbuchungsnachweise, die sich allerdings auf Stromlieferant und diverse Versicherungen beschränken. Ab und zu taucht eine Anweisung an den Gärtner und den Poolservice auf. Nicht einmal eine Kartenzahlung beim SB-Markt. Bei denen läuft scheinbar alles über Barzahlungen. Ungewöhnlich. Das bedeutet aber gleichzeitig, dass die beiden auch für ominöse Leistungen ausschließlich Bargeld erhalten. Über Konten im Ausland war nichts zu erfahren. Da blocken die Banken bekanntermaßen.«

»Wenn ihr mich fragt«, meldete sich Kai, »sollten wir diesen beiden sauberen Herren mal auf den Pelz rücken. Mit meiner Meinung schließe ich mich der von Gordon an. Bei denen stimmt was nicht. Was haltet ihr davon, wenn wir Dr. Richter aus der Klinik mal mit den Namen der Typen konfrontieren? Ich werde das Gefühl nicht los, dass es da eine Verbindung gibt. Bauchgefühl, würde Gordon jetzt sagen.«

Mia schnippte mit den Fingern und suchte die Aufmerksamkeit wie eine Schülerin.

»Das hätte ich beinahe vergessen. Die Spurensicherung hat sich Schönings Wagen genauer angesehen und was Interessantes gefunden. Die Nobelkarre besitzt natürlich ein Navi. Die Jungs sind den Speicher mal durchgegangen und was glaubt ihr, was die dort gefunden haben?«

Kai glaubte wieder, den Kasper raushängen lassen zu müssen. Er legte den Finger auf die Lippen und starrte nachdenkend an die Decke. Dann platzte es aus ihm heraus.

»Schöning war bei denen in der Straße. Richtig?«

»Du kannst dich ruhig darüber lustig machen, Kai. Ich halte das für sehr bedeutsam. Eigentlich hättest du als alter Hase selbst darauf kommen können.«

Gordon wandte sich wieder an Mia und hielt ihr den erhobenen Daumen entgegen.

»Klasse, Frau Richter. Die Frotzelei von der Schafsnase neben mir dürfen Sie nicht überbewerten. Eigentlich findet er Sie ganz toll und spricht in den höchsten Tönen über Sie. Er kann nun einmal nicht über seinen riesigen Schatten springen. Diese Tatsache mit dem Navi halte ich für sehr bedeutend und rückt das Verhalten der beiden Männer in ein anderes Licht. Sie haben uns definitiv nicht die Wahrheit gesagt. Wir sollten dranbleiben und mit dem Krankenhausarzt sprechen.«

25

»Bringt ihn rein!«

Dunja Blinow öffnete die Schiebetür, die das beeindruckend große Wohnzimmer vom Salon abtrennte. In dem hautengen weißen Lederanzug konnte sie ihre tadellose Figur perfekt zur Geltung bringen. Das kupferfarbene Haar schwang über ihren Rücken und berührte fast ihren knackigen Hintern, den sie beim Laufen aufreizend in Szene setzte. Ihrer Erscheinung war unschwer anzumerken, dass sie noch vor wenigen Jahren über die großen Laufstege der Welt geschritten ist und Männer- wie Frauenherzen höherschlagen ließ. Jurij Blinow hatte sie dort entdeckt und war ihr auf Anhieb verfallen. Damals überhäufte er sie mit teuren Geschenken, bis sie endlich seinem Werben nachgab und ihm nach Kaluga, einem Ort südwestlich der Moskauer Metropole, folgte. Freundinnen, die sie in Paris zurückließ, warnten sie davor, den übergewichtigen Mann mit dem unglaublichen Vermögen und seltsamen Nachnamen zu heiraten. Irgendwann war es ihr egal, dass Blinow aus dem Russischen übersetzt Pfannkuchen bedeutete. Hier in Russland wagte es niemand, darauf Bezug zu nehmen. Jurij hatte seinen Platz am langen ovalen Tisch eingenommen, an dem er normalerweise seine Besprechungen abhielt. Während sich Jurij einen Schwenker mit einem sündhaft teuren Cognac füllte und unter der knubbeligen Nase kreisen ließ, schob Igor Popow seinen Gefangenen Boris Bogdanow durch den Eingang und verbeugte sich vor dem Mann, dem ein ganzes Imperium von Drogen- und Menschhändlern huldigte. Offiziell machte dieser Oligarch in Im- und Export von Lebensmitteln. Sein Haar war feuchtglänzend und streng nach hinten gekämmt, wo es in einem Pferdeschwanz endete. Sein breites Gesicht, auf das der Begriff Pfannkuchen schon eher zutraf, war absolut ausdruckslos. Seine hinter dicken Lidern versteckten Schweinsaugen ruhten auf dem Gast, der nun ebenfalls seinen Respekt durch ein Senken des Kopfes deutlich machte. Hinter den beiden Männern tauchte schließlich noch Wladimir Kusnezow auf, dem keinerlei menschliche Regung anzumerken war. Er verzichtete sogar auf eine Begrüßung seines Brötchengebers, was ihm einen missbilligenden Blick von Dunja einbrachte.

»Komm doch näher, Boris. Wir haben uns schon lange nicht mehr gesehen. Du wirkst müde. Geht es dir nicht gut? Das täte mir leid. Aber das wird bestimmt auf den Flug und die weite Reise zurückzuführen sein.«

Jurij winkte den Gast mit einer Bewegung seiner fleischigen Hand zu sich und zog einen Stuhl heran, auf dem er Boris Platz anbot. Seine wulstigen Lippen zeigten die Andeutung eines Lächelns. Ohne Boris zu fragen, goss er ihm ebenfalls einen Cognac in den bereitstehenden Schwenker und schob ihn wortlos über den Tisch.

»Ihr zwei«, rief er den beiden Killern zu, »könnt euch an der Bar etwas Gutes aussuchen. Dunja, bist du so lieb und verwöhnst unsere Gäste?«

Jurij ignorierte die bösen Blicke seiner Frau, die schließlich doch mit schwingenden Hüften den Weg zur Hausbar suchte und sich lustlos daran machte, den Besuchern etwas Trinkbares zu servieren. Igor beobachtete weiterhin den Gast aus Deutschland, während Wladimir unverhohlen in den weiten Ausschnitt der Hausherrin schielte.

»Und nun zu dir, mein Freund.« Jurij drückte seinen breiten Rücken in die gepolsterte Rückenlehne seines mächtigen Stuhls und suchte in der vor ihm stehenden Zigarrenkiste nach einem bestimmten Exemplar. Er zog die Zigarre unter der Nase her und knipste das Ende gekonnt ab. In aller Seelenruhe brannte er das dicke Ende an und befeuchtete das Mundstück mit den wulstigen Lippen. Als der Rauch bereits wieder den Mund verließ, wandte er sich endlich wieder dem abwartenden Boris zu. »Mir sind Dinge zu Ohren gekommen, die uns allen hier nicht gefallen können. Wenn ich das so formuliere, meine ich nicht die Verkaufserlöse aus den Frauen. Es hat mich auch nicht sonderlich gestört, dass es zu vereinzelten Todesfällen kam. Wir alle wissen, dass wir immer den Schwund einrechnen müssen. Nein, es ist der Umstand, dass die deutschen Behörden deinen Partnern im Nacken sitzen und bereits viel Porzellan zertreten haben. Nun möchte ich von dir als Verantwortlichen für das Geschäft im Ruhrgebiet wissen, wie es dazu kommen konnte.«

Boris wagte es nicht, den Cognacschwenker anzufassen, bis Jurij ihm zuprostete. Die Gedanken jagten durch seinen Kopf, als er das edle Getränk in einem Zug hinunterkippte. Dass er dafür einen missbilligenden Blick erntete, bemerkte er nicht einmal. Für ihn zählte nur die Tatsache, dass er die

Gelegenheit bekam, alle Schuld von sich zu weisen. Als die beiden Auftragskiller bei ihm auftauchten, hatte er mit dieser Möglichkeit nicht mehr gerechnet. Er hatte sich schon mit zerschlagenen Knochen als Leiche in einer Kloake schwimmen sehen.

»Nun, was ist? Du kannst frei sprechen, mein Freund. Alle hier sind gespannt darauf, wie du das Dilemma beurteilst.«

Jurij blies ihm eine dichte Wolke Zigarrenqualm ins Gesicht und trommelte mit der freien Hand auf die Tischplatte.

»Boss, ich habe es selbst nicht glauben können, dass sich die Männer in den Bars dermaßen von den Weibern vorführen ließen. Als ich die Ware auslieferte, schien noch alles okay. Die Tote haben wir sofort entsorgt, sodass alles glatt hätte ablaufen können. Dir wird ja der Name Kostja Plowni noch etwas sagen, der die Bar im Essener Norden und die Verteilung in die Clubs leitete. Der hat die Sauerei angerichtet. Bei ihm arbeiteten die beiden Nutten, die mit den Bullen zusammengearbeitet haben. Als alles den Bach runterging und auch noch der Barverantwortliche Michail von dem Miststück erstochen wurde, bin ich erst einmal abgetaucht. Ich konnte ja nicht wissen, wie viel die Weiber an die Bullen verraten haben. Jetzt hieß es, Gras über die Sache wachsen zu lassen, um später alles neu aufzubauen.«

Wieder traf Boris eine dichte Wolke der Zigarre. Als er wieder halbwegs gut sehen konnte, bemerkte er nur noch das Winken, womit Jurij einer Person ein Näherkommen befahl. Als Boris die Stimme erkannte, wirbelte er herum und blickte direkt in die kalten Augen von Kostja, der ihn mit hasserfülltem Blick musterte. Keine zwei Schritte von Boris entfernt, stand er mit in den Taschen vergrabenen Händen.

»Ich muss gestehen, dass ich jetzt leicht verwirrt bin. Zwei gestandene Männer, die mein vollstes Vertrauen besaßen, und zwei Versionen, die sich in einem Punkt gravierend unterscheiden. Jeweils der andere trägt die gesamte Schuld.«

Zum ersten Mal zeigte jetzt Jurij Verärgerung. Sein wertvolles Cognacglas zerplatzte, als er es heftig auf der Tischplatte aufsetzte. Dunja und Igor Popow sahen neugierig herüber. Nur Wladimir schien das Ganze wenig zu interessieren. Er fuhr weiter mit dem Finger durch die kleine Wasserlache auf der Theke.

»Chef, ich habe mit dem Straßengeschäft nichts zu tun«, verteidigte sich Boris, nachdem er den Schreck überwunden hatte. »Niemand hätte unseren Betriebsweg nachvollziehen können. Bis heute blicken die Bullen nicht durch. Unsere Mittelsmänner halten dicht. Man hätte die Mistweiber härter rannehmen müssen, damit die erst gar nicht auf die Idee kommen können, sich aufzulehnen. Kostjas Aufgabe war ...«

»Halt die Schnauze, Boris, bevor ich kurzen Prozess mit euch mache. Ihr benehmt euch wie Viertklässler, die man beim Schwätzen erwischt hat. Ihr habt beide große Scheiße gebaut. Basta.«

Das Gesicht von Jurij hatte eine ungesunde Farbe angenommen. Er hatte zwischenzeitlich seinen massigen Körper vom Stuhl erhoben und stand nun direkt vor Boris. Ihre Gesichter trennten nur noch Zentimeter.

»Wer von euch Idioten hat diese Briefe geschrieben, die ich in der Zeitung wiederfand? Wer? Sagt es mir. Ich will es euch mal so erklären. Auf ein paar Nutten mehr oder weniger kommt es mir nicht an. Das lässt sich leicht wieder auffüllen. Aber wie kann jemand in diesem Geschäft auf die verrückte Idee kommen, den leitenden Polizisten und seine Familie zu bedrohen? Das ist bescheuert. Versteht ihr mich? Einfach hirnverbrannt! Das weiß jeder Kleinganove, dass man kein Öl in brennendes Feuer schüttet. Das Ganze hätte sich mit der Zeit von selbst beruhigt. Die können sich nicht auf Dauer um ein paar Nutten kümmern, die behaupten, zur Arbeit gezwungen worden zu sein. Das wussten die schon, bevor sich die zwei Tussis bei denen meldeten.«

»Aber Chef, ich ...«, wandte Boris ein.

»Schnauze, du elender Versager. Jetzt rede ich.« Jurij lief wie ein wildes Tier durch den Raum und stieß Kostja beiseite, der ebenfalls einen Einwand auf der Zunge hatte. »Einer von euch muss diesen Schwachsinn verzapft haben. Das dürfte wohl jedem hier klar sein. Wer von euch also hat diese beschissene Lawine ins Rollen gebracht? Ich gebe euch zehn Minuten. Dann wird Wladimir die Fragen stellen. Hört ihr mir überhaupt zu, ihr verdammten Stümper? Zehn Minuten also.«

»Was soll das heißen, es gibt kein klares Ergebnis? Die beiden müssen doch was ausgeplaudert haben. Bisher haben deine Befragungen doch immer ein Ergebnis geliefert.«

Wladimir wich nicht einen Zentimeter zurück, als Jurij auf ihn zukam und die Arme in die Seiten stemmte.

»Wir könnten davon ausgehen, dass keiner von beiden diese beschissenen Briefe geschrieben hat. Allerdings kann sie auch das Wissen gehindert haben, dass sie nach einem

Geständnis sowieso in die Hölle fahren werden. Du kannst es ja selber versuchen, Boss, wenn die wieder halbwegs bei Verstand sind. Momentan glaube ich nicht, dass sie auch nur ein einziges Wort verstehen würden. Ich muss sagen, dass die Jungs sehr gut durchgehalten haben. Jetzt entscheide du, was wir mit ihnen machen.«

»Das kann einfach nicht sein, Wladimir. Was denkst du, Igor?«

Der Angesprochene trat einen Schritt nach vorne und hob die breiten Schultern.

»Wie Wladimir schon sagte, konnten wir das Geständnis nicht aus ihnen herausholen. Es muss noch eine weitere Ratte geben, die sich auf einen privaten Rachefeldzug begeben hat. Ich frage mich nur, welches Interesse derjenige daran haben könnte. Wir sollten uns die Lohnlisten durchsehen und forschen, wer von den Jungs Interesse daran haben könnte, dem Bullen und gleichzeitig auch uns schaden zu wollen. Mir würde jetzt kein Grund einfallen, da keiner außer dir, Boss, einen finanziellen Verlust dabei hatte. Sollen wir nochmal rüber?«

Jurij wanderte bereits wieder durch den riesigen Raum und überlegte, welche Maßnahme die beste wäre. Sein Blick glitt schließlich über den Park, den er größtenteils von seinem Terrassenfenster bewundern konnte. Ohne sich umzudrehen, verkündete er seine Entscheidung.

»Ihr fahrt zurück. Seht zu, dass mein Angebot schnellstmöglich in der Szene bekannt wird. Demjenigen, der mir diesen Briefschreiber ausfindig macht, zahle ich eine Belohnung von 50.000 Euro. Ich will den Drecksack lebend und um Gnade winselnd vor mir haben. Bringt ihn mir hierher.

Und setzt euch mit diesem Bullen in Verbindung. Überzeugt ihn davon, dass wir alles tun werden, um einen Krieg zu vermeiden. Er muss genauso wie ich wissen, dass es dabei nur Verlierer geben kann. Seiner Familie darf nichts geschehen, versteht ihr? Sollte da was passieren, kann diese Sache völlig außer Kontrolle geraten.«

Alle Köpfe der anwesenden Männer wandten sich Dunja zu, die bisher schweigend an der Bar gesessen und still mitgehört hatte.

»Hat einer von euch schon darüber nachgedacht, dass es eine gezielte Aktion einer anderen Organisation gewesen sein könnte? Jeder weiß, wie viel Geld im Ruhrgebiet fließt und wie lukrativ das Gebiet dort unten ist. Müssen wir uns zurückziehen, hinterlassen wir ein Vakuum, das man schnell wieder mit eigenen Leuten füllen könnte. Wenn ich die Macht übernehmen wollte, würde mir eine solche Strategie möglicherweise einfallen. Die Zeit würde dann für mich arbeiten und ich könnte sämtliche Strukturen und Mannschaften übernehmen. Wir dürfen uns nicht einbilden, dass die Loyalität dieser Würmer bis zum Tod reicht. Die arbeiten immer nach der Prämisse: Der König ist tot – es lebe der König!«

Eine beeindruckende Stille hatte den Raum erfüllt, während sämtliche Augen auf Jurij gerichtet waren. Er kam langsam auf Dunja zu und blieb kurz vor ihr stehen.

»Du bist eine Teufelin. Als ich dich das erste Mal sah, wusste ich sofort, dass in dir der Satan wohnt. Das wird es gewesen sein, was mich zu dir hinzog. Ich bin stolz auf meine Königin. Du könntest sogar recht haben mit deiner Vermutung. In den letzten Monaten wurde mir schon häufig davon berichtet, dass die Albaner unsere Frauen abwerben wollten. Gab es da nicht noch vor Wochen diese Schießerei in Duisburg? Alle glaubten, dass die Ndrangheta dahinterstecken würde. Wir wissen aber, dass es diese dreckigen Kosovo-Albaner waren. Igor und Wladimir – ihr fahrt sofort wieder runter und stellt die Lauscher hoch. Ich werde mich mit den Bossen der anderen Clans zusammensetzen und überlegen, was wir unternehmen sollten. Dunja hat recht. Das würde sich ein einzelner Mann nicht wagen.«

»Was machen wir mit Kostja und Boris, Boss?«

»Bringt die in die Klinik zu unserem Arzt. Der soll die wieder zusammenflicken. Danach werden die in Moskau weiterarbeiten. Für den weiteren Einsatz in Deutschland sind die verbrannt. Man wird nach ihnen suchen.«

26

»Man darf auch mal Glück haben, Leonie.«

Mia Richter hielt das Schreiben hoch und wedelte damit in der Luft herum. Ihre Augen strahlten. Damit hatte sie auch die Aufmerksamkeit von Kai und Gordon geweckt, die sich ihr näherten.

»Die Veröffentlichung in der Presse hat sich doch gelohnt, nachdem das angekokelte Gesicht der Frau halbwegs hergerichtet worden war. Ein Mann aus Iserlohn behauptet, dass es sich um seine vermisste Schwester handeln würde. Was haltet ihr davon, wenn wir den Mann von den dortigen Kollegen befragen lassen? Oder sollen wir das selbst übernehmen?«

»Das wäre doch was für euch beide.« Gordon nahm Leonie ins Visier und erklärte seinen Vorschlag. »Die Kollegen sind nicht so tief im Thema. Du fährst mit der Kollegin runter und versuchst, die Hintergründe für das Verschwinden der Frau zu erkunden. Ich denke, dass uns die Informationen im Fall Schöning gewaltig vorwärtsbringen könnten, so der Anrufer richtig liegt. Immerhin erfahren wir so, wer Lisbeth Schöning als Spenderin Pate stand. Los geht's. Worauf wartet ihr noch. Ihr verabredet schnellstmöglich ein Date mit dem Herrn.«

Auf Anhieb fanden Mia und Leonie den gesuchten Gisbert Hambach aus den vielen Menschen heraus, die sich an den Tischen im Café des Einkaufcenters aufhielten. Er hatte sich als leicht erkennbar beschrieben, was sich jetzt auch bestätigte. Seine lila gefärbten Haare leuchteten aus der Masse der Besucher heraus. Einen Moment blieben die Freundinnen stehen und genossen den Anblick dieses ungewöhnlichen Mannes, der viel Geld investiert hatte, um alle Tätowierungen und Ringe in Ohr, Lippen und Nase bezahlen zu können. Sie gaben sich gar nicht die Mühe, ihre Belustigung zu verbergen, als sie den Tisch ansteuerten und dem schlanken Mann die Hand entgegenhielten.

»Sie haben recht, Herr Hambach, Sie kann man nicht verwechseln. Ich persönlich finde das Outfit cool.«

Leonie setzte sich und stellte sich und Mia vor.

»Bevor wir ins Detail gehen, möchten wir sicher sein, dass es sich auch um Ihre Schwester handelt. Wir haben eine bessere Aufnahme mitgebracht, die Sie sich bitte noch mal ansehen wollen. Sie sprachen am Telefon davon, dass Sie uns eine Aufnahme von Iris zeigen wollen. Dürfen wir einmal sehen?«

Einer Innentasche aus den Tiefen seines Ledermantels entnahm Gisbert einen Umschlag, aus dem er wiederum ein Foto zog und auf den Tisch legte. Sein Finger wies auf eine bestimmte Stelle.

»Iris besaß ein auffälliges Muttermal am Halsansatz, das sogar eine Herzform aufwies. Das dürfte einmalig sein.«

Mia nickte bestätigend, denn genau danach hätten sie sowieso gefragt. Dr. Lieken hatte diesen erstaunlich gut erhaltenen Hautbereich recht gut darstellen können. Sie wussten nun, dass sie auf der richtigen Spur waren. Sie hakte nach.

»Seit wann wird Ihre Schwester vermisst? Und warum haben Sie das nicht der Polizei gemeldet? Man macht sich doch schließlich Sorgen.«

»Sorgen habe ich mir ja auch anfangs gemacht, wenn sie tagelang nicht auffindbar war. Iris liebte das freie Leben, wollte immer unabhängig sein. Dazu gehörte, dass sie sich plötzlich ein paar Sachen in den Rucksack packte und einfach losfuhr. Italien, Paris oder auch mal nach Indien für drei Monate. Irgendwann meldete sie sich wieder und lachte uns aus, wenn wir von unseren Sorgen erzählten. Sie war ... sie war einfach anders. Und dafür liebte ich sie, beneidete sie sogar um ihren Mut. Jetzt hat sie jedoch dafür bezahlt.«

»Und genau deshalb sind wir hier, Herr Hambach. Wir wollen einem Verdacht nachgehen, den wir von Anfang an hatten. Es ist kein Geheimnis, dass Ihre Schwester getötet wurde. Wir sprechen also von heimtückischem Mord, mit dem sogar ein weiteres Verbrechen vertuscht werden sollte. Möglicherweise können Sie uns dabei helfen, diese Täter dingfest zu machen.«

»Diese Täter? Sie sprechen gerade von mehreren Tätern. Wurde sie nicht entführt und missbraucht?«

Mia und Leonie wechselten einen Blick, woraufhin Leonie Klarheit schaffte.

»Das kann ich so nicht bestätigen, wie Sie es einordnen würden. Sie wurde auf eine besondere Art missbraucht. Lassen Sie mich das erklären. Doch vorher habe ich noch eine Frage an Sie. Besitzen Sie Kenntnis darüber, dass sich Iris als Organspenderin eintragen ließ?«

Gisbert Hambach dachte nicht lange nach. Es brach förmlich aus ihm heraus.

»Das war eine ihrer besonderen Macken, über die wir uns häufig gestritten haben. Sie war sogar bereit zu spenden, während sie lebte. Ich bin der Meinung, dass man es unbedingt tun sollte, wenn man verstorben ist. Es lässt sich Leben retten, indem ich meine Organe hergebe. Doch sie trieb es auf die Spitze und wollte eine Niere schon lebend abgeben. Über meine Frage, was sie tun würde, wenn ihre zweite Niere versagen würde, hat sie stets gelacht. Sie lief durch die Welt, als hätte sie mehrere Leben. Aber warum fragen Sie?«

»Wir können aus bestimmten Gründen noch nichts Näheres dazu preisgeben, gehen aber einem Verdacht nach, dass Ihre Schwester genau aus diesem Grund ihr Leben verlor. Sie werden der Erste sein, den wir unterrichten, falls sich das bestätigt. Gibt es eigentlich noch weitere Angehörige? Vater, Mutter, andere Geschwister?«

Im gleichen Moment, als Leonie die Frage stellte, bereute sie es schon. Gisbert Hambachs Kopf sank auf die Brust und in seinen Augen erschien ein Anflug von Trauer.

»Unsere Eltern kamen bei einem Unfall ums Leben, als Vater auf dem Weg zur Dialysestation war. Mutter musste dreimal in der Woche dorthin, da beide Nieren so gut wie keine Funktion mehr wahrnahmen. Direkt nach der Beerdigung ging es dann los mit Iris. Sie machte sich fortlaufend Vorwürfe, weil sie ihre Niere nicht schon zuvor abgegeben hatte. Sie meinte, dass sie ihre Mutter umgebracht hätte. Irrsinn.«

Mia war es, die den Faden aufnahm und die scheinbar richtige Frage stellte.

»Gab es Ihres Wissens Menschen im Umfeld von Iris, die sie in Bezug auf ihre Spendenbereitschaft bestärkten?«

»Nein, eigentlich nicht. Selbst ihre engsten Freunde rieten ihr davon ab, da sie ähnliche Gefahren sahen wie ich.«

»Eigentlich? Höre ich da raus, dass es auch andere Stimmen gab?«

Mia ließ nicht locker und hatte diesen Unterton gut analysiert.

»Nun ja. Über irgendeine Organisation, über die Iris aber nie sprach, lernte sie jemanden kennen, der ihre Ambitionen guthieß und ihr versprach, sich einmal umzuhören. Sie ließ sich sogar untersuchen. Typisieren nannte sie das, so glaube ich. Irgendwann, als ich sie besuchte, lernte ich den Kerl auch kennen und habe mich mit ihm gestritten. Iris warf uns beide an dem Abend aus der Wohnung. Danach habe ich diesen Typen, aber auch Iris nie wieder gesehen.«

Gisbert erschrak, als Leonie ihm zwei Fotos vorlegte.

»Der da ... das ist der Scheißkerl. Dieses Gesicht werde ich nie vergessen. Schleimig und aalglatt war er.«

»Erinnern Sie sich an den Namen?«, wollte Mia wissen.

»Nein, das krieg ich nicht mehr gebacken. Es war ein Arzt, so wie er sich immer anreden ließ. Ach ja. Auf seinen besonderen Adelstitel legte er großen Wert.«

»Könnte es ein Dr. von Reveling gewesen sein?«

Mia versuchte es einfach mal und erhielt einen Treffer.

»Genau. Von Reveling – das war der Name. Das war nie im Leben ein Facharzt. Er besaß sicherlich Grundkenntnisse aus der Medizin, aber als ich ihn auf die Transplantations-problematik ansprach, wich er immer geschickt aus und ver-hedderte sich sogar. Am liebsten hätte ich den ...«

»Entschuldigen Sie, wenn wir Sie an dieser Stelle um eine Bestätigung bitten. Können Sie mit absoluter Sicherheit sagen, dass es sich im Fall Ihrer Schwester um genau diesen Mann handelte? Wären Sie bereit, dieses vor Gericht unter Eid zu bestätigen?«

Immer wieder tippte Mias Finger auf das Foto von Siegbert Kinkel. In ihren Augen leuchtete ein Feuer, das Leonie bisher noch nie bei ihr gesehen hatte. Erleichtert lehnte sie sich zurück, als sie das heftige Nicken Hambachs bemerkte.

»War der es, der Iris ...«, wollte Gisbert zaghaft wissen.

»Bitte geben Sie uns etwas Zeit, um das zu recherchieren. Noch ist dieser Mann vor dem Gesetz ein unbescholtener Bürger. Aber Sie glauben gar nicht, wie sehr Sie uns und vor allem Ihrer Schwester gerade geholfen haben. Wir müssen nun los, Herr Hambach. Mit Sicherheit werden wir oder andere Kollegen sich bei Ihnen melden. Wir brauchen Ihre schriftliche Aussage. Wir versprechen Ihnen, dass wir den oder die Schuldigen finden werden. Danke dafür, dass Sie sich gemeldet haben.«

»So engagiert habe ich dich ja noch nie erlebt, Mia. Du warst großartig.«

Im Fahrzeug legte Leonie ihre Hand auf Mias, die schon das Zündschloss anvisierte. Als sich ihre Lippen für einen kurzen Moment fanden, hinterließ diese liebevolle Geste ein glückliches Lächeln auf Mias Gesicht.

27

Die Fröhlichkeit, mit der Mia und Leonie das Büro betraten, erstarb augenblicklich, als sie die Hektik spürten, die sich in den Räumen verbreitet hatte. Selbst Gordon, der immer ein nettes Wort zur Begrüßung auf den Lippen trug, flog fast an ihnen vorbei und verschwand im Flur.

»Was ist denn hier passiert? Kai ... Dino ... was ist mit dem Chef?«

Leonie hielt Kai am Ärmel zurück, der ebenfalls verschwinden wollte.

»Das willst du eigentlich nicht wissen, Leonie. Wir haben gerade wieder einen von diesen Briefen erhalten. Gordon ist auf dem Weg nach Hause. Hoffentlich kommt er nicht zu spät.«

»Verdammt, quatsch nicht in Rätseln. Was stand da drin? Rede mit uns, bevor ich dir eine runterhaue.«

»Sieh selbst, Leonie. Das Schreiben liegt noch auf seinem Tisch. Ich muss hinterher, damit Gordon beim Fahren nicht sich selbst und andere gefährdet. Ich rufe euch später an.«

Kais Schritte verhallten auf dem Flur, als er Gordon folgte. Leonie bewegte sich zögernd auf Gordons Schreibtisch zu. Immer wieder griff sie nach ihrer rechten Hand, die ihr nicht mehr gehorchen wollte und in ein beständiges

Zittern übergegangen war. Mia riss ihr das Schreiben aus der Hand und las stockend den Text vor.

Wer sich auf einen Deal mit Gangstern einlässt, hat nicht nur sein Leben verwirkt, sondern auch das seiner Familie. Du warst auf dem richtigen Weg, als du gegen diese Mörder vorgegangen bist. Deine Entscheidung war falsch. Nun werde ich dir das nehmen, was du mehr liebst als deinen Diensteid.

»Das ... das ist nicht von dem, der die anderen Briefe schrieb. Warum ist das nicht in russischer Sprache geschrieben? Haben wir es mit einem zweiten Wahnsinnigen, einem Trittbrettfahrer, zu tun? Oh Gott, beschütze Jonas und Denise. Dem Jungen darf nichts passieren.«

Leonie war kaum fähig, einen kompletten Satz zu sprechen. Mia legte ihren Arm um die Freundin und wehrte Dino ab, der sich ebenfalls um sie kümmern wollte.

»Ist schon gut, Dino. Ich kümmer mich um Leonie. Helft bitte Gordon und beschützt das unschuldige Kind. Wir halten hier die Stellung.«

Gordons BMW schleuderte auf dem nassen Untergrund, als er ihn vor seinem Haus zum Stehen brachte. Er verfehlte nur um Haaresbreite den Einsatzwagen der Polizei, der bereits kurz vor ihm dort eingetroffen war. Ein Beamter hielt noch immer den Finger auf der Klingel, als Gordon ihn wegstieß und den Schlüssel ins Schloss steckte. Warum auch immer er die Waffe aus dem Schulterholster zog, konnte er später nicht erklären. Es war wohl eine rein mechanische Reaktion, die sie alle tausendfach geübt hatten, wenn sie einen Tatort betraten. Plötzlich überfiel ihn eine ungewöhnliche Ruhe, mit der er die eigene Diele betrat. Die Waffe in der Vorhalte sicherte er nach allen Seiten, während Kai sich auf die oberen Bereiche konzentrierte, die er teilweise vom Flur aus einsehen konnte. In diesem Moment waren sie ein eingespieltes Team, das ein Haus betrat, in welchem man einen bewaffneten Gegner vermuten konnte. Sie wussten, dass der hintere Bereich bereits von den Kollegen der Schutzpolizei gesichert wurde. Eine Flucht war für einen möglichen Eindringling damit unmöglich. Raum für Raum tasteten sich die beiden Männer vor und verabredeten stumm, nun die oberen Räume zu durchsuchen. Das Knarren der Holzstufen durchschnitt die Stille des Hauses. Gordon krallte beide Hände um die Waffe, die wie Feuer brannte. Er versuchte, sie ruhig zu halten, was jedoch nur phasenweise gelang. Die Tür zu Jonas' Zimmer stand einen Spalt offen und ließ zu, einen Blick hineinzuwerfen. Kai drängte seinen Freund zur Seite und sprang hinein. Die Zimmertür knallte gegen die Wand und ließ mehrere Figuren aus einem Setzkasten herausfallen. Auch dieses Zimmer war leer. Als Kai nach Gordon suchte, war dieser bereits auf dem Flur verschwunden. Er fand ihn vor dem Ehebett kniend vor.

»Wo seid ihr? Ich verstehe das nicht. Warum habt ihr ausgerechnet die beiden geholt? Sie haben doch nichts mit alledem zu tun. Nehmt mich dafür, ihr verdammten Bestien.«

»Gordon, beruhige dich und sieh dir das an. Bitte, komm hoch. Die haben dir eine weitere Nachricht hinterlassen.«

Kai schüttelte Gordon heftig an der Schulter und holte ihn wieder zurück aus seinem Zusammenbruch. Früh genug, bevor ihn die Kollegen sahen, die nun ebenfalls auf dem oberen Flur auftauchten.

»Sucht in den umliegenden Räumen nach Kampfspuren. Es könnte sein, dass Frau Rabe und der Sohn Jonas entführt wurden. Das Haus sichern und die Spurensicherung anfordern.«

Kais Anordnungen waren knapp und präzise. Die Männer, warfen einen bedauernden Blick auf den Mann, der noch immer vor dem Bett kniete und die Waffe mit beiden Händen umklammert hielt. Auch sie hatten Familie und konnten gut nachvollziehen, wie sich Hauptkommissar Rabe derzeit fühlen musste. Kai setzte sich neben Gordon und griff vorsichtig nach dessen Waffe, die er ihm langsam aus den Fingern wand.

»Soll ich dir vorlesen, Gordon? Also, die Entführer schreiben ...«

»Gib her! Ich kann selber lesen.«

Erst beim zweiten Zufassen erwischte Gordon den Zettel, den ihm Kai entgegenhielt. Mit dem Ärmel wischte er über die Augen, vor denen sich ein Tränenfilm gebildet hatte. Wut, Enttäuschung und Angst hatten diesen gebildet, ohne dass es der erfahrene Polizist verhindern konnte. Immer wieder las er die wenigen Zeilen, ohne deren Bedeutung wirklich zu verinnerlichen.

Du warst schnell, zugegeben. Aber nicht schnell genug. Den beiden geht es gut – noch. Es liegt an dir, dass es auch so bleibt. Sie haben Proviant für etwa eine Woche. Dann wird es eng für sie. Du kannst sie retten. Bring mir Boris Bogdanow und du wirst sie lebend wiedersehen. Doch denke daran: Du hast nur eine beschissene Woche.

»Was ist das? Haben wir es plötzlich mit jemand anderem zu tun? Der hier schreibt seine Drohungen nicht in Russisch.

Muss man das verstehen? Wie soll ich diesen Boris finden, Kai?«

»Lass uns das in aller Ruhe bereden, Gordon. Irgendjemand ist scharf auf diesen Boris Bogdanow. Er selbst sieht sich nicht in der Lage, ihn zu finden. Nun versucht er in seiner Verzweiflung, dich für seine Zwecke zu instrumentalisieren. Er besitzt dazu die besten Druckmittel: Denise und Jonas. Uns sollte erst in zweiter Linie interessieren, warum er zu diesen Mitteln greift. Sicher ist nur, dass er es ernst meint. Wie verzweifelt muss jemand sein, der die Familie eines Polizisten entführt? Er muss doch damit rechnen, dass der gesamte Polizeiapparat ihn in den Fokus nimmt.«

»So weit war ich auch schon, Kai. Diese Analyse liefert uns keine schnelle Lösung. Ich habe eine Woche, bevor sie verdursten und verhungern.«

»Unterbrich mich bitte nicht, Gordon. Weiter also. Dieser Entführer riskiert alles, um diesem Boris habhaft zu werden. Das ist der Trumpf, den wir im Moment in der Hand haben. Wir müssen ihn geschickt ausspielen. Du erinnerst dich, dass man uns klarmachte, über diesen Türsteher Jens Paschiwa an den Briefeschreiber herangekommen zu sein. Meine Vermutung ist, dass man dabei an Boris Bogdanow dachte. Sie werden ihn zwischenzeitlich geholt und auf ihre besondere Art ausgequetscht haben. Was passiert, wenn sie merken, dass er die Briefe gar nicht geschrieben hat? Ich vermute nämlich, dass uns unser Freund hier auf eine falsche Spur lenken wollte.«

»Du meinst tatsächlich, dass die Tour mit dem Russisch eine Finte war und wir nur diesen Scheißrussen aus dem

Verkehr ziehen sollten? Das würde doch bedeuten, dass wir dem einen Beweis dafür liefern müssten, dass das Schwein bereits so gut wie tot ist. Die eigenen Leute aus Russland werden das für uns oder besser gesagt für ihn erledigen.«

Kai hatte sich zwischenzeitlich erhoben und bewegte sich vor dem Bett auf und ab.

»Würde uns das der Entführer auch glauben? Würdest du das tun, wärst du an seiner Stelle? Nein. Ich wenigstens würde einen klaren Beweis einfordern. Gordon, wir haben eine Woche, um dem Dreckskerl den Wunsch zu erfüllen. Hör für einen Moment damit auf, wie ein Bulle zu denken, und sei zu hundert Prozent Familienvater. Holen wir uns diesen Boris und liefern ihn aus. Quid pro quo, würde es Hannibal Lecter wohl nennen. Wir müssen einen weiteren Deal mit der Russenmafia aushandeln. Jetzt, wo wir wissen, dass sie uns den Briefeschreiber nicht liefern konnten, sind wir auch nicht mehr an den verfluchten Handel gebunden. Boris muss an uns ausgeliefert werden. Verstehst du, was ich meine?«

Kai wich einen Schritt zurück, konnte trotzdem nicht verhindern, dass sich Gordons Hände in sein Revers klammerten.

»Bist du verrückt, Kai. Willst du mich zum Mörder machen? Weißt du nicht, was es bedeuten würde? Der wird diesen Boris umbringen wollen. Er wird sicher einen triftigen Grund haben. Aber wir dürfen uns nicht zu seinem Handlanger machen lassen. Ich mache mich der Beteiligung an einem Mord schuldig, zumindest der Mitwisserschaft. Das kann ich nicht tun. Es gibt einen anderen Weg, Kai. Es muss einen geben.«

Kai hatte den ersten Schreck überwunden, als ihm sein Freund an die Kehle sprang. Er zeigte ein ausdrucksloses Gesicht, als er Gordon trocken antwortete.

»Natürlich gibt es den zweiten Weg. Opfer deine Familie für deine bescheuerten Prinzipien, anstatt dem Entführer den Kopf dieses miesen Schweines zu übergeben. Es wird die Zeit des ewigen Friedens folgen, wenn man Denise und Jonas irgendwann in einem dreckigen Keller oder einer Gartenlaube findet. Mumifiziert, da sie ausgetrocknet sind. Dafür wird sich dieser Saukerl Boris Bogdanow bester Gesundheit erfreuen. Ein Mann, der vielleicht hunderte Frauen in Containern durch die Welt schippert und in die Prostitution treibt. Vergessen wir, dass er möglicherweise Dutzende Morde zu verantworten hat. Du schläfst zwar keine Nacht mehr, da dich Alpträume und Selbstvorwürfe quälen, aber dein Gewissen ... ja, dein Gewissen ist rein. Kein Problem für dich – es gibt ja den Teufel Alkohol, dem du dich wieder widmen kannst.«

Der Griff um Kais Revers verstärkte sich und er wurde heftig durchgeschüttelt.

»Hör auf damit ... ich will das nicht hören!«

»Das glaube ich dir unbesehen, Gordon. Es würde dich aber für den Rest deines Lebens verfolgen und schließlich vernichten. Du wirst nicht verhindern können, dass du dich mit der dunklen Macht einlassen musst. Du hast bereits den ersten Schritt getan, als du diesen verdammten Deal mit denen eingingst. Der zweite Schritt rettet deine Familie. Wenn du mich fragst ...?«

»Ich frage dich aber nicht. Verstehst du mich? Ich bin und bleibe Polizist.«

»Wow, das ist ein Argument. Das sticht. Wir sind durch unseren Eid gebunden und haben uns damit festgelegt, notfalls unsere Familien für die Befolgung des Gesetzes zu opfern. Das Leben von Denise und Jonas setzt du verfluchter Sturkopf gerade gleich mit dem dieses Massenmörders. Nobel. Willst du den Posten des Polizeipräsidenten damit erkaufen? Ich würde für dich stimmen, denn ich kenne niemanden, der das Gesetz so vehement vertritt wie du. Darf ich jetzt gehen? Wo finde ich die Toiletten? Ich muss mich übergeben.«

Mit einem kräftigen Ruck befreite sich Kai von Gordons Händen, der sie mit einer müde wirkenden Bewegung am Körper herabhängen ließ. Als Kai schon fast die Treppe erreicht hatte, hielt ihn die Frage des Freundes auf.

»Was soll ich tun, Kai? Hilf mir bitte.«

28

Verwunderung machte sich in der Essener Bevölkerung breit, als sich Dutzende von Zivilpolizisten durch die Stadt bewegten und das Bild einer attraktiven Frau im mittleren Alter und das eines Jungen zeigten. Selbst in den Medien forschte man nach dem Verbleib der beiden Personen. Jedem Hinweis ging man nach, endete jedoch stets in einer Sackgasse. Die Soko versuchte immer wieder, Kontakt zu den Hintermännern im fernen Russland aufzubauen. Umso mehr verwunderte das eingehende Telefonat, das mit einer unterdrückten Nummer geführt wurde. Verlangt wurde Gordon persönlich. Sämtliche Ohren waren gespitzt und das Aufnahmegerät lief bereits.

»Erinnern Sie sich an mich, Hauptkommissar? Sicher tun Sie das. Vorab erinnere ich Sie daran, dass dieser Anruf über etliche Server im Ausland läuft und Sie es auch innerhalb von Stunden nicht schaffen werden, ihn rückzuverfolgen. Ich möchte mit Ihnen über unseren Deal plaudern.«

»Mit wem spreche ich? Wie darf ich Sie anreden?«

»Guter Versuch, Herr Rabe. Nennen Sie mich einfach Iwan. Das kann man sich leicht merken. Zurück zum Grund meines Anrufs. Wir alle haben uns scheinbar täuschen lassen, als man uns weismachen wollte, einer unserer Leute wollte sich an Ihrer Familie rächen. Ich muss zugeben, dass es eine clevere Idee war, die fast zum Ziel geführt hätte. Es stellte sich jedoch als fataler Fehler heraus. Keiner unserer Männer trägt die Schuld an diesen Drohbriefen. Ich hoffe, dass wir trotzdem damit rechnen dürfen, dass der Deal weiter steht. Wir sind bereit, Ihnen bei der Klärung zu helfen. Jemand, dessen Name in diesem Zusammenhang keine Rolle spielt, ist bereit, eine Belohnung von 50.000 Euro für den auszusetzen, der Ihnen den Schuldigen nennt. Wir vermuten, dass es sich um Ihre Familie handelt, die entführt wurde und nach der Sie derzeit suchen.«

»Wissen Sie, wer dahintersteht? Scheiß auf das Geld, das von einem Ihrer Bosse ausgelobt wird. Ich will nur meine Frau und mein Kind zurück.«

»Glauben Sie wirklich, dass wir eine Belohnung aussetzen würden, wenn wir das wüssten? Dann würden Sie Ihre Lieben schon längst wieder in den Armen halten können. Wir suchen Harmonie, Herr Hauptkommissar. Ich weiß, dass sich das in Ihren Ohren komisch anhören muss. Aber lassen Sie uns gemeinsam nach diesem Schwein suchen. Egal, wer ihn findet, er soll dafür büßen. Es steht Ihnen also frei, diese Belohnung auszusetzen. Ausreichend Geld schafft es immer wieder, mögliche Schweigegelübde und Ängste auszuhebeln. Nehmen Sie unsere Hilfe an – schon Ihrer Familie zuliebe.«

Ohne dass der Anrufer es ahnen konnte, manövrierte er Gordon in eine Situation, in der er sich offiziell gar nicht bewegen durfte. Kai erkannte die Problematik sofort und notierte eine Nummer auf ein Papier, was er Gordon zuschob. Nach einem kurzen Moment des Unverständnisses verstand er, was Kai damit bezwecken wollte. Seine Reaktion kam prompt.

»Das, was Sie uns vorschlagen, klingt verführerisch, ist allerdings kaum verhandelbar. Sie scheinen zu vergessen, dass Sie mit einer Polizeibehörde telefonieren, deren Arbeit gewissen Gesetzmäßigkeiten unterliegt. Lassen Sie mich über Ihr Angebot nachdenken. Ein Vorschlag von mir. Ich berate mich mit meiner Mannschaft und werde Ihnen die Entscheidung mitteilen. Rufen Sie mich heute Abend unter der Nummer an, die ich Ihnen jetzt nenne. Möglicherweise können Sie uns sogar auf einem anderen Weg helfen. Ist das für Sie okay, Iwan?«

Es dauerte eine Weile, in der alle Zuhörer den Eindruck hatten, dass sich Iwan im Hintergrund mit jemandem beriet. Schließlich erfüllte sein tiefer Bass wieder den Raum.

»Das werde ich tun. Sie sollten auf Fangschaltungen aus den vorgenannten Gründen verzichten. Wir sind keine Anfänger. Ich hoffe, dass Ihre Entscheidung gut überlegt ist. Nur ungern würde ich davon hören, dass der Entführer sein Ziel erreicht und Ihre Familie sterben musste. Vielleicht berichten Sie mir dann auch über das Entführungsmotiv.«

Kaum war der letzte Ton verklungen, schallte nur noch das Freizeichen durch das Büro und die Diskussion setzte ein. Gordon klopfte auf den Tisch und forderte neben der Ruhe auch, dass man sich an den Besprechungstisch begeben sollte.

»Hört mir zu, bitte. Es wird einige unter euch überraschen, was gerade geschah. Das soll heißen, dass man an meiner Entschlusskraft zweifeln könnte. Das verstehe ich gut und möchte mich deshalb vor den Menschen erklären, denen ich vertraue. Es sind Dinge geschehen, mit denen keiner von uns konfrontiert werden wollte. Dennoch ist das Schlimmste eingetreten, was mir passieren konnte. Meine Familie wurde in Geiselhaft genommen von einem Menschen, der seine Interessen über das Leben von Denise und Jonas stellt. Niemand von uns kennt bisher sein Motiv. Aus diesem Grund besitzt der Täter auch nur meinen tiefsten Hass. Ich weiß, dass besonders wir diese Gefühle verdrängen und das Problem absolut pragmatisch angehen müssen. Das, liebe Freunde, ist graue Theorie.«

Kurz kam Applaus von Mia, die sich jedoch wieder in den Griff bekam.

»Ich habe mich daher für einem Schritt entschieden, den ich eigentlich erst für später aufgehoben hatte. Den richtigen Zeitpunkt dafür gibt es eigentlich nur selten. Noch heute werde ich meinen Abschied einreichen, um nicht gegen das verstoßen zu müssen, was uns allen heilig sein sollte. Ich spreche von dem Eid, den wir auf das Gesetz geleistet haben. Die aktuellen Vorfälle würden es mir schwer machen, nach Recht und Gesetz zu handeln. Ich könnte auch nicht verantworten wollen, dass ihr alle hier in eine Situation geraten könntet, in der ihr mir die Gefolgschaft verweigern müsstet. Nein, das darf so weit nicht kommen. Kai ist in meinen Augen der momentan Richtige, der diese beiden Fälle zu einem guten Ende führen könnte. Ich werde ihn als meinen Nachfolger zumindest vorschlagen. Ob man dem Wunsch entsprechen wird, kann ich nicht beurteilen.«

Gordon gönnte allen Anwesenden eine Pause, um die Neuigkeit verdauen zu können. Die eintretende Stille zerrte an den Nerven aller, bis Leonie loslegte.

»Dass dieser Moment irgendwann kommen würde, war uns allen klar. Aber später – nicht jetzt, wo wir dich unbedingt brauchen. Das soll nicht heißen, dass wir Kai die Führung der Abteilung nicht zutrauen. Nein, das ist es nicht. Jeder von uns würde verstehen, wenn du Entscheidungen triffst, die nicht gesetzeskonform sind. Jede davon würde zumindest meine Zustimmung finden, da ich weiß, dass du niemals etwas tun würdest, was einem anderen Menschen schaden könnte. Ausschließen würde ich jedoch – und das ist meine Einstellung – die Typen, die selbst nicht das Leben anderer als wertvollstes Gut einschätzen. Was will ich eigentlich damit sagen? Das soll heißen, dass ich, falls du diesen Weg gehst, ebenfalls den Dienst quittiere und an deiner Seite für Denise und einen guten Freund kämpfen werde. Egal, was sich auch immer daraus entwickelt. So, ich haben fertig.«

Ob es Verlegenheitsröte oder der Aufregung geschuldet war, konnte keiner sagen, als Gordons Gesicht Farbe annahm. Das Klopfen auf dem Tisch bezeugte mehr als deutlich, dass Leonie nicht nur das zum Ausdruck gebracht hatte, was sie empfand. Die kollektive Bereitschaft, einen Weg zu gehen, der ihnen allen den Job kosten konnte, war zu erkennen.

»Leute, das könnt ihr nicht ...«

»Halt doch ein einziges Mal die Klappe, wenn die Mehrheit entschieden hat.« Leonie sah sich im Kreis um und erntete stillen Zuspruch. »Einen Alleingang lassen wir nicht zu. Basta. Wir gehen alle unter oder keiner von uns. Was hast du also vor? Das mit der Telefonnummer kam doch nicht ohne Grund. Du wirst schon jetzt entschieden haben, wie du vorgehen willst. Dann lass uns an deinem genialen Plan teilhaben. Ich denke, dass es auch Kai darstellen könnte, da er bereits Mitwisser ist. Wir hören.«

Trotzig verschränkte Leonie die Arme vor der Brust und wartete auf erste Reaktionen. Die kam auch, als sie in Mias Gesicht sah, die ihre Partnerin bewundernd ansah. Jetzt war es Leonie, die eine leichte Gesichtsröte nicht verhindern konnte. Alle Männer grinsten verstehend. Gordon rettete sie aus dieser Lage, indem er wieder das Wort ergriff.

»Ihr könnt euch nicht vorstellen, wie sehr mich eure Entscheidung ehrt. Jeder von euch sollte sich aber auch der Konsequenzen bewusst sein, wenn das alles ans Tageslicht kommt. Ich werde heute Abend versuchen, die Forderung des Entführers zu erfüllen, indem ich die Auslieferung dieses Boris Bogdanow bei den Russen verlange. Ihr alle könnt euch vorstellen, dass wir damit ein großes Risiko eingehen werden. Niemand kann garantieren, dass dem Saukerl nichts geschieht. Ich bin mir nicht einmal sicher, dass dieses Schwein überhaupt noch atmet. Doch werde ich die Freilassung meiner Familie ganz obenan stellen. Gleichzeitig müssen wir zusehen, den Entführer dingfest zu machen, bevor er sich an dem Russen auslassen kann. Wir werden weiterhin versuchen, Leben zu schützen, mag es noch so wertlos erscheinen. Wie das alles vonstattengeht, müssen wir besprechen, wenn wir wissen, ob wir diesen Verbrecher Bogdanow wirklich bekommen. Geht ihr auch diesen Weg mit mir?«

Auch Gordon erhob sich, als sich alle von ihren Stühlen erhoben und ihn schweigend ansahen. Sein Gesicht drückte tiefe Dankbarkeit aus.

29

Mia und Leonie verharrten einen Moment noch vor der Tür vom Krankenzimmer, bevor sie entschlossen eintraten und überrascht auf die beiden sahen, die neben Lisbeth Schönings Bett saßen. Der Mann hielt Lisbeths Hand und streichelte sie, während die etwa gleichaltrige Frau die Fernbedienung ablegte, mit der sie das Kopfteil des Bettes hochgestellt hatte. Für beide Ermittlerinnen war auf Anhieb klar, mit wem sie es zu tun hatten. Die Ähnlichkeit der beiden Frauen war frappierend, wogegen der Mann mehr mit der Figur und dem Gesicht des verstorbenen Vaters leben musste.

»Entschuldigen Sie, wenn wir gerade ungünstig erscheinen, aber irgendwie passt Ihre Gegenwart dann doch. Wir können uns das Telefonat sparen, das wir uns für heute Nachmittag auf Termin gelegt haben. Sorry, wie unhöflich von uns. Wir haben uns noch gar nicht vorgestellt. Mein Name ist Kommissarin Felten und das ist meine Kollegin Richter. Ich denke, dass wir es mit Gabriele und Peter Schöning zu tun haben. Unser Beileid übrigens zum Verlust Ihres Vaters. Sie wissen sicherlich ...«

»Mutter hat uns alles erzählt«, unterbrach Peter Schöning und kam mit ausgestreckter Hand um das Bett herum. »Eine tragische Geschichte, die wir uns bisher nicht erklären können. Und Sie sind sich absolut sicher, dass Vater ... dass er ermordet wurde?«

»Das ist absolut richtig, Herr Schöning. Wir haben mittlerweile herausfinden können, mit wem er in den Tagen vor seinem Tod Kontakt hatte. Wir würden Sie beide, aber auch Ihre Mutter fragen, ob Ihnen die folgenden Namen etwas sagen. Denken Sie gut nach, bevor Sie antworten. Manchmal werden solche Namen nur nebenher erwähnt und man weist ihnen keinerlei Bedeutung zu. Es handelt sich um Rainer von Reveling oder Fred Kriebel.«

Gabriele und Peter Schöning schüttelten den Kopf. Peter Schöning versuchte, die Hintergründe zu erklären.

»Wissen Sie, in den letzten Jahren hatten wir mit Vater wenig Kontakt. Ich mache keinen Hehl daraus, dass wir uns nicht sonderlich nahestanden. Auch Gabriele, die eigentlich die Verständnisvollere von uns beiden ist, kam mit dem Sturkopf nicht klar.«

»Peter, bitte. Sprich nicht so über deinen verstorbenen Vater. Er war sicherlich manchmal etwas burschikos, meinte es jedoch nicht so.«

Lisbeth Schöning zerrte an Peters Arm, als der widersprechen wollte. Dafür tat es Gabriele.

»Mutter, wir wissen, dass du ihm alles hast durchgehen lassen. Zu dir war er auch anders. Er liebte dich wirklich. Aber sonst bekam jeder in seinem Umfeld seine miese Art zu spüren, falls er ihm widersprach. Er war brutal und ungerecht zu allen, die auf irgendeine Weise auf ihn angewiesen waren. Möge er jetzt seinen Frieden finden, den er uns immer vorenthalten hat. Das muss einmal gesagt werden.

190

Was sollen uns diese Namen übrigens sagen? Müssten wir die kennen?«

Längst hatten Mia und Leonie bemerkt, dass Lisbeth bei der Nennung der Namen zusammengezuckt war, hielten sich jedoch noch zurück.

»Sagen Ihnen vielleicht die Namen Schuchard und Kinkel etwas? Die Frage geht insbesondere an Sie, Frau Schöning. Hat Ihr Mann vielleicht mit den Leuten telefoniert, oder waren die mal in Ihrem Haus? Das ist äußerst wichtig, denn es könnte uns sehr helfen bei der Aufklärung. Das wollen Sie doch auch, Frau Schöning – oder?«

»Natürlich will Mutter das«, schaltete sich Peter ein und ergriff wieder ihre Hand. »Sage uns das bitte, wenn du etwas weißt. Die Täter müssen für den Tod unseres Vaters zur Rechenschaft gezogen werden, egal wie wir zu ihm standen.«

»Frau Schöning, wer steckt hinter dem Namen von Reveling? Sie können uns die Wahrheit sagen. Wir beschützen Sie.«

Prompt richteten sich die Blicke der Kinder auf die beiden Kommissarinnen.

»Was soll das bedeuten? Muss unsere Mutter um ihr Leben fürchten, wenn sie eine diesbezügliche Aussage macht? Was ist hier eigentlich los? Reden Sie, verdammt!«

»Beruhige dich, Peter.« Lisbeth Schöning hatte die Stimme erhoben und blickte zum ersten Mal ihren Sohn mahnend an. »Ich habe einmal gelauscht, als euer Vater mit diesem Mann telefonierte. Es ging um ein Geschäft. Allerdings nannte er ihn immer Dr. von Reveling. Das muss wohl ein Arzt gewesen sein. Ich konnte nicht glauben, dass Vater, obwohl wir quasi pleite waren, von sechsstelligen Summen sprach, die er bereit wäre, für eine Gegenleistung zu zahlen. Ich habe nicht gewagt, Vater danach zu fragen. Kurz darauf überraschte er mich dann mit der Nachricht, dass man eine Spenderin gefunden habe.«

»Das klingt interessant, Frau Schöning«, bemerkte Mia, die sich bis jetzt zurückgehalten hatte. »Verriet Ihnen Ihr Mann denn auch, wer die Spenderin war? Das interessiert einen doch, zumindest ginge mir das so, wenn ich an Ihrer Stelle gewesen wäre.«

»Um Gottes willen, das habe ich einmal gewagt zu fragen. Da wurde mein Mann richtig böse. Ich habe aber nicht locker gelassen – zumindest bis zu seinem Tod. Er versprach mir noch beim letzten Besuch, dass er es für mich herausfinden würde und ich der Frau dann persönlich danken könne. Tja, da wird jetzt wohl nichts mehr draus.«

Wieder war es Peter Schöning, der Genaueres wissen wollte.

»Müssen wir uns Sorgen machen um unsere Mutter? Trägt dieser von Reveling die Schuld am Tod von Vater? Warum läuft der noch frei herum, wenn Sie einen begründeten Verdacht gegen ihn haben? Oder sitzt der schon im Gefängnis und Sie sammeln Beweise? Verdammt, wir haben ein Recht darauf, das zu erfahren!«

»Nein, Herr Schöning, das haben Sie nicht. Erst wenn die Schuld bewiesen ist, werden wir mit dem Namen des mutmaßlichen Täters herausrücken. Bis dahin gilt immer noch die Unschuldsvermutung. Aber wie Sie sehen, arbeiten wir daran. Wir sind ziemlich sicher, dass wir den oder die Schuldigen bald festsetzen können. Dazu muss die Beweiskette allerdings lückenlos geschlossen sein. Schade, Frau Schöning, dass Sie diesen von Reveling niemals persönlich kennenlernten. Das hätte uns sehr geholfen. Doch können wir nun zumindest eine Verbindung zwischen den beiden nachweisen.«

»Und was sollten uns die anderen Namen sagen?«, wollte Gabriele wissen, die der Diskussion aufmerksam gefolgt war.

»Nun, wir verraten damit keine Geheimnisse, wenn wir Ihnen sagen, dass diese erwähnten Männer unter diesen wechselnden Namen auftauchten. Wir gehen davon aus, dass die akademischen Titel und die dazugehörigen Namen frei erfunden wurden, jedoch einem bestimmten Zweck dienten.«

»Und der wäre?«, wollte nun Peter wissen.

»Sie lassen wohl niemals locker, Herr Schöning, oder? Das dürfen wir Ihnen noch nicht verraten.«

Mia musste sogar lachen, als sie Schöning junior ein weiteres Mal belehrte.

»Das dürften Sie wohl dem Erbe seines Vaters zuschreiben. Der gab auch niemals auf. Wenn der sich was in den Kopf gesetzt hatte, ging er über ... oh, Verzeihung Mama. Ich wollte nicht ...«

»Ist schon gut, Gabriele. Du hast ja recht. Jetzt ist es friedlich um ihn geworden und er kann über seine kleinen Sünden nachdenken. Wenn Sie, meine Damen, keine Fragen mehr haben, möchte ich jetzt wieder mit meinen Kindern sprechen. Ich hoffe, dass wir Sie weiterbringen konnten.«

Lisbeths freundlicher Ausladung folgend verließen Mia und Leonie das Zimmer und suchten den Flur nach Dr.

Richter ab. Stationsschwester Christine lief ihnen mehr zufällig über den Weg.

»Ach, Schwester, könnten Sie uns sagen, wo wir Dr. Richter finden können? Da wären noch ein paar Fragen.«

»Das trifft sich gut. Wir haben uns überlegt, ob wir Sie nicht sowieso anrufen sollten. Das hat sich ja nun erübrigt. Hier machen sich alle auf der Station große Sorgen. Dr. Richter gehört schon seit vielen Jahren zu den zuverlässigsten Ärzten. Noch nie hat er ohne Nachricht gefehlt. Doch seit gestern Mittag versuchen wir ihn zu erreichen. Die Visite mussten wir heute schon ohne ihn machen. Er geht nicht ans Telefon und sein Kollege, Dr. Holtmann, war an seiner Wohnung. Er öffnet einfach nicht. Könnten Sie ...?«

»Haben Sie seine Adresse zur Hand?«

Leonie hatte längst einen vielsagenden Blick mit Mia gewechselt und den Schreibblock gezückt.

30

Kai betrachtete den Nacken des Opfers und grinste. Fast müde erhob er sich wieder und stellte trocken fest, was Leonie auch schon registriert hatte.

»Das kann man fast als Déjà-vu bezeichnen. Wieder einmal ein Künstler, der sich selbst die Plastiktüte im Nacken zubindet. Dr. Richter lebte zwar allein in der Wohnung, wird aber doch wohl Familie haben, denke ich. Kommt das eigentlich völlig aus der Mode, dass sich Menschen bei einem Suizid die Mühe machen, einen Abschiedsbrief zu schreiben? Die Handschrift kennen wir doch – oder etwa nicht? Ich möchte wetten, dass die Herren Schuchard und Kinkel ein perfektes Alibi für den gestrigen Tag vorweisen können.«

Leonie ließ diese Bemerkung des Kollegen vorerst unkommentiert und suchte weiter in den Regalen nach Hinweisen. Medizinische Literatur füllte die Regale des Klinikarztes. Urlaubsfotos, die einen lebenslustigen Mann inmitten herumalbernder Kollegen zeigten, säumten die vorderen Teile der Bücherborde. Leonie wies mit dem Finger auf einen Mann, der durch das Meerwasser tobte.

»Sieht so ein Mensch aus, der sich in der Blüte seines recht erfolgreichen Lebens so was Schreckliches antut?

Allerdings können wir in diesem Fall sagen, dass die Person hier vor Ort verstarb. Die Totenflecken deuten deutlich darauf hin, dass der Körper nicht mehr bewegt wurde. Dr. Richter sitzt auf seinem Sessel, als wollte er fernsehen. Hätte mich nicht gewundert, wenn das Gerät noch eingeschaltet gewesen wäre.«

»So wie die Kollegen bestätigen«, fuhr Kai fort, »gibt es keinerlei Einbruchspuren. Dr. Richter muss seinem Mörder geöffnet haben. Hast du übrigens die Hämatome an den Armen bemerkt? Vieles deutet darauf hin, dass möglicherweise ein zweiter Mann das Opfer festhielt, während ein anderer ihm die Tüte über den Kopf stülpte. Er wird mit den Füßen den Wohnzimmertisch weggestoßen haben, was die seltsame Position und die umgestürzte Vase erklären würde. Außerdem finden sich in der Küche drei Wassergläser. Die Kollegen der KTU untersuchen die auf Fingerabdrücke und DNA-Spuren. Allerdings vermute ich, dass die Täter Handschuhe trugen. Warten wir mal ab, was die Spurenuntersuchung ergibt.«

»Kannst du mal herkommen, Kai? Ich habe mir mal die Anrufliste vom Festnetztelefon angesehen. Da tauchen in den letzten Tagen verschiedene Nummern auf, wobei mir eine mit Essener Vorwahl noch ins Auge sticht, die gestern sogar dreimal versucht hat, Dr. Richter zu erreichen. Moment, ich lasse die Nachricht vom Band ablaufen.«

Hallo, Herr Doktor. Hier ist Schwester Christine. Wir haben Sie um neun Uhr erwartet. Sollten Sie krank sein, lassen Sie es mich bitte wissen.

Die Nachricht war auch später in abgewandelter Form wieder zu hören.

»Das wäre also geklärt, Kai. Aber eine andere Nummer aus Essen hat ihn zweimal angerufen, wobei beim ersten Mal keine Verbindung zustande kam. Es wurde aber auch keine Nachricht hinterlassen. Könntest du mal mit unterdrückter Nummer dort anrufen?«

Kai wählte Raute 31 und noch mal Raute, bevor er die angegebene Nummer eingab. Nichts tat sich am anderen Ende. Schließlich wählte er die Nummer des Büros an.

»Hi Mia. Bist du so gut und versuchst herauszufinden, wer sich hinter den folgenden drei Rufnummern verbirgt? Die fanden wir in der Anrufliste des Arztes. Wir sind in etwa einer Stunde wieder zurück und hoffen auf gute Ergebnisse.«

»Bei einer Nummer kann ich euch schon jetzt helfen«, beeilte sich Mia, Kai zu unterrichten, bevor er das Gespräch unterbrach. »Ich gebe gerade sämtliche Daten unserer Verdächtigen in unser System ein und bin der Nummer vor wenigen Minuten begegnet. Die gehört eindeutig zum Haus von Leon Schuchard. Da bin ich mir sicher. Ich schau aber vorsichtshalber noch mal nach. Moment.«

Wenige Sekunden später war sie wieder am Apparat.

»Genau. Die hatten wir doch schon, als ihr den Termin mit den beiden feinen Herren verabredet hattet. Haben die etwa auch was mit dem Tod von Dr. Richter zu tun?«

Kai musste erst die Überraschung verdauen, obwohl ein gewisses Gefühl schon zuvor vorhanden war. Diese Typen mussten in einem engen Kontakt zur Klinik gestanden haben. Das erklärte auch die damalige Reaktion von Dr. Richter, als er auf den Namen der Spenderin angesprochen wurde. Richter und Schuchard, alias von Reveling kannten sich also.

»Danke Mia, das ist der Hammer. Sage bitte Gordon Bescheid, dass wir zwei noch mal bei Schuchard und Kinkel vorbeischauen werden. Uns interessieren zwei Dinge: Wo hielten sich die beiden gestern Nachmittag auf und in welcher Beziehung stehen sie zu Dr. Richter?«

»Hier stimmt was nicht, wenn du mich fragst.« Leonie blieb noch einen Moment im Wagen sitzen, als Kai bereits die Fahrertür geöffnet hatte. Sie hielt Kai mit den Worten zurück: »Lässt jemand, der überall Überwachungskameras installiert hat und hohe Mauern um sein Anwesen zieht, das Eingangstor weit offen stehen? Die Garagentür steht auch sperrangelweit offen. Siehst du ein Fahrzeug? Nein. Ich werde das Gefühl nicht los, dass die Vögel längst das Nest verlassen haben und wir sie hier vergebens suchen.«

»Jetzt, wo du es sagst, würde ich dir zustimmen. Das ist hier ungewöhnlich still und diese Offenheit deckt sich nicht mit dem, was wir beim letzten Besuch antrafen. Lass uns trotzdem mal anklingeln.«

Entschlossen marschierten sie auf das Portal zu, hinter dem sich plötzlich eine Bewegung zeigte. Es war ein eingespielter Reflex, der Kai und Leonie einen Schritt auseinandertreten ließ. Ihre Hand lag auf der Waffe. Die breite Tür öffnete sich einen Spalt und heraus trat ein Mann in dunkelbraunem Dress, auf dem der Name eines Umzugsunternehmers prangte. Er zögerte nur einen Moment, bevor er auf die beiden Besucher reagierte.

»Wenn Sie die Hausherren suchen, kommen Sie einen Tag zu spät. Ich habe nur noch kontrolliert, ob meine Leute auch wirklich alles in die Container verladen haben. Schulden die Ihnen noch Geld?«

»Warum fragen Sie uns das? Was ist hier passiert?«

Kai entspannte sich wieder und baute sich vor dem schmächtigen Mann auf, der jetzt zu dem Kommissar hochsehen musste.

»War nur ein Scherz. Aber so flott, wie die ihr Hab und Gut verladen haben wollten, wirkte das schon mehr als eine Flucht. Die hatten Glück, dass uns ein anderer Kunde absagte und ich die Leute frei hatte. War ja kein Problem. Die Container standen bereit und wir mussten nur noch einräumen. Einige Sachen haben die trotzdem zurückgelassen. Was soll's? Ich habe die Knete und was mit den restlichen Sachen passiert, soll mich nicht jucken.«

Leonie hatte den Fuß in die Tür gesetzt, damit sie nicht zuschlagen konnte. Sie griff nach ihrem Dienstausweis und hielt ihn dem Mann unter die Nase, der anerkennend pfiff.

»Hallo, hallo – dann hat mich mein Gefühl doch nicht getäuscht. Sogar das Morddezernat. Dann haben die beiden wohl mächtig Dreck am Stecken und ihr sucht die? Das glaubt mir keiner, wenn ich das erzähle.«

»Müssen Sie ja auch nicht zwingend, denn ob die sich was haben zuschulden kommen lassen, ist keineswegs bewiesen. Sie können uns bestimmt sagen, wo wir die Herrschaften antreffen können.«

Kai zückte seinen Block und wartete auf eine Antwort.

»Nee, kann ich nicht. Wir hatten nur den Auftrag, die Wertsachen, also die meisten Möbel zu verladen. Die Container wurden von mehreren LKWs abgeholt und das war's für uns. Unsere Arbeit haben die großzügig und bar bezahlt.

Die wollten nicht einmal darauf warten, dass ich ihnen eine Rechnung oder wenigstens eine Quittung ausstelle. Die wollten einfach nur weg. Das habe ich noch nie erlebt.«

Die Enttäuschung stand Leonie und Kai deutlich ins Gesicht geschrieben, was dem Umzugsleiter nicht entgangen war.

»Wow, ich denke, dass Ihnen welche durch die Lappen gegangen sind. Hoffentlich keine eiskalten Killer. Ich kann noch gar nicht glauben, dass ausgerechnet mir so was passiert ist. Und jetzt? Suchen Sie nach denen?«

»Geben Sie uns bitte noch Ihren Namen, bevor wir das Haus durchsuchen. Den Schlüssel für das Haus brauchen wir, damit die Spurensicherung noch nachsehen kann. Also bitte.«

Leonie hielt Hans Scheuer, wie der Zeuge sich später vorstellte, die offene Handfläche entgegen und schob den Haustürschlüssel in die Hosentasche. Kurz darauf wählte sie Gordons Nummer.

»Das mit dem Besuch bei Kinkel war ein Griff ins Klo. Die beiden Verdächtigen haben sich das Haus ausräumen lassen und sind bereits mit allem, was ihnen wichtig erschien auf der Flucht. Alles wurde gezielt in Container verpackt und wird sich schon auf dem Weg in ein Land befinden, mit dem wir keine Auslieferungsabkommen getroffen haben. Der Abgang war von langer Hand vorbereitet für den Fall, dass man ihnen auf die Schliche kommt. Ich denke, dass wir denen mit unseren Ermittlungen Feuer unter den Hintern gemacht haben. Willst du Interpol einschalten?«

Leonie glaubte schon, dass Gordon nicht mehr in der Leitung war, als sich dieser wieder meldete.

»Ich muss das mit Kriminalrat Kläver und dem Staatsanwalt besprechen. Die Beweise, die wir gegen sie vorbringen könnten, sind immer noch dünn. Wir können international keine Suche herausgeben, wenn wir nichts Hieb- und Stichfestes in Händen halten. Die Telefonate beweisen noch überhaupt nichts. Seht im Haus nach, ob ihr was findet. So wie die das abgezogen haben, habe ich allerdings wenig Hoffnung. Falls ihr die KTU braucht, ruft an. Ich gehe hoch zum Chef. Ach, übrigens – die Kollegen haben mir berichtet, dass die Wohnung von Dr. Richter sauber war. Keine brauchbaren Spuren, die auf Besuch hindeuten. Selbst die Türklinke wurde abgewischt. Auf den Gläsern nicht ein Print. Die Burschen haben uns abgekocht.«

»Danke für den Mutmacher, Gordon«, erwiderte Leonie. »Wir gehen dann mal rein und besichtigen die Reste vom Haushalt. Bis nachher.«

Sie zuckte nur mit den Schultern, da sie wusste, dass Kai mitgehört hatte.

»Lass uns zumindest mal nachsehen. Würde mich nicht wundern, wenn die Schweine uns noch zum Abschied einen riesigen Mittelfinger an die Wand gemalt hätten.«

31

»Das ist eine Riesensauerei, Kollege Rabe. Ich habe mit dem Staatsanwalt telefoniert und ihm die Sachlage dargestellt. Genau wie wir es vermutet hatten, hat er seinen Segen verweigert, die Flüchtigen per internationalem Haftbefehl aufspüren zu lassen. Irgendwie kann ich ihn sogar verstehen. Wir ermitteln in einem Sektor, der hochsensibel auf Fehler reagieren würde. Wir beide glauben daran, dass eine weitverzweigte Bande mit Organen handelt und meistbietend verhökert. Ein Milliardengeschäft. Da hängen nicht nur Ärzte drin, sondern wohl auch hochangesehene Institutionen und möglicherweise sogar Politiker verschiedener Länder. Die werden kaum zusehen, wie wir ihnen nicht nur materiellen, sondern auch Schaden an ihrem Ansehen zufügen. Bei dem leisesten Verdacht, der an die Öffentlichkeit dringt, schicken die uns Armeen von Rechtsanwälten auf den Hals. Ein Ritt gegen Windmühlenflügel, den wir nur verlieren können, zumal wir auch noch Mord nachweisen wollen.«

Gordon bemühte sich erst gar nicht, seine Enttäuschung zu verbergen. Er starrte aus dem Fenster, während er vor Klävers Schreibtisch hockte und die Beine weit von sich gestreckt hielt. Schließlich wandte er sich doch an seinen Vorgesetzten.

»Nicht dass mich diese Entscheidung überrascht hätte. Aber es ist schon sehr frustrierend, wenn wir uns so von dieser Brut vorführen lassen müssen. Es macht mir sehr zu schaffen, wenn ich sehe, dass einige wenige, die über entsprechende Mittel verfügen, sich ein besseres Leben erkaufen können. Dass dafür Menschen sogar getötet werden, müssen zumindest Eingeweihte wissen. Doch es hat sich auch in der Öffentlichkeit herumgesprochen, was in den armen Ländern dieser Welt mit den Menschen geschieht, die man einfach von der Straße entführt und als Ersatzteillager für die elitäre Gesellschaft benutzt. Die Zustände in Rio mit den vielen entführten Kindern sind bereits dokumentiert worden. Ich fühle mich so unendlich machtlos.«

»Ich verstehe Sie sehr gut, Rabe. Mir geht es genauso. Doch vieles müssen wir im Leben einfach hinnehmen. Tauchen wir da zu tief ein, schadet es nur unserer Psyche – es macht uns kaputt. Denken wir nur an die vielen Straftäter, die wir nach jahrelanger Beobachtung und Sammlung von Beweisen nach der Gerichtsverhandlung auf freiem Fuß erleben. Gerade Anwälte wissen heutzutage, dass derjenige, der vor Gericht zieht, lediglich ein Urteil erfährt, aber nicht immer Gerechtigkeit. Lassen wir uns davon nicht runterziehen. Was anderes, was jetzt und hier wichtig ist: Wie weit sind Sie mit der Suche nach Ihrer Familie?«

So recht passte Gordon der Wechsel des Gesprächsthemas nicht, akzeptierte jedoch die Sinnlosigkeit, am Thema Gerechtigkeit weiter festzuhalten. Zu oft hatte er es erleben müssen, dass seine geleistete Vorarbeit nutzlos wurde, wenn ein Richter gezwungen war, nach den Buchstaben des Gesetzbuches zu urteilen.

»Noch fehlt uns jede Spur, Chef. Ich müsste lügen, wenn ich behaupten würde, dass mich das nicht fast rasend macht. Mit jeder Stunde, die wir vergeuden, nähert sich der Punkt, an dem Denise und Jonas Essen und Trinken fehlen werden. Ich glaube nicht mehr daran, dass der Entführer sein Vorhaben überdenkt. Allerdings kann mir niemand die Hoffnung nehmen, dieses Schwein in die Finger zu bekommen. Ich warte darauf, dass sich die Russen melden. Doch muss ich zugeben, dass wir noch keinen Plan haben, wie wir das gegenüber dem Mistkerl kommunizieren sollen. Bisher fehlt jede Angabe darüber. Was nützt mir dieser verdammte Boris Bogdanow, wenn ich ihn nicht präsentieren kann?«

Kläver drehte unentwegt sein Wasserglas, während er seine Meinung dazu äußerte.

»Da mache ich mir weniger Sorgen. Dem Entführer geht es primär um diesen Boris. Er hat sich auf mysteriöse Weise immer an Sie gewandt. Mir drängt sich der Gedanke auf, dass er genau weiß, was er tut und wie er Sie wo auch immer erreichen kann. Der Mann weiß, wann und wo er reagieren muss. Der kennt jeden Schritt von Ihnen, glauben Sie mir. Aber noch haben wir vier Tage Zeit.«

Gordons Körper versteifte sich bei dem Gedanken, dass der Täter über jeden seiner Schritte informiert sein könnte. Im gleichen Augenblick nahm er sich unbewusst vor, einen Schutzmantel um sich zu schaffen, der es dem Täter unmöglich machte, seine, das heißt Gordons Pläne zu verfolgen. Er fühlte sich plötzlich unwohl und erhob sich von seinem Stuhl. Kläver musterte ihn misstrauisch.

»Rabe, hören Sie. Ich glaube, zu wissen, was Sie gerade denken. Aber machen Sie jetzt nicht den Fehler, in jedem, der um Sie herum ist, einen potentiellen Täter oder einen Verräter zu sehen. Wir sind ein Team mit den gleichen Zielen und Beweggründen. Jeder will Ihre und die eigene Familie vor Schaden bewahren. Sie selbst waren es, der noch vor Tagen seine Mannschaft einschwor und das absolute Vertrauen aussprach. Sie haben keinen Grund, davon abzurücken. Sie würden viele enttäuschte Menschen zurücklassen. Überlegen Sie gut, was Sie jetzt tun. Zu mir können Sie auf jeden Fall jederzeit kommen.«

Ohne den Hinweis zu kommentieren, drehte Gordon sich um und durchschritt das Vorzimmer von Kläver, in dem die Sekretärin Sigrid Volkert auf einen Gruß wartete. Die Tür fiel zu, ohne dass er ihr Aufmerksamkeit geschenkt hatte. Sie ließ die Schultern enttäuscht fallen und tauschte ihr Lächeln gegen eine sorgenvolle Miene.

»Oh oh, das sieht nicht gut aus«, flüsterte Leonie, die bei Kai feststellte, dass der ebenso sorgenvoll in das verschlossene Gesicht Gordons gesehen hatte. »Die Staatsanwaltschaft hat geblockt. Da wette ich jeden Betrag drauf.«

»Das allein wird es nicht sein. So reagiert er nur, wenn es um seine Familie geht. Komm, Leonie, wir gehen rein zu ihm und fragen. Möglicherweise gibt es Neuigkeiten.«

Irritiert blieben Leonie und Kai in der Tür stehen, als sie feststellten, dass Gordon von ihnen keine Notiz nahm. Erst als Kai von der Kollegin wieder aus dem Raum gedrängt wurde, holte sie die Frage des Chefs ein.

»Was gibt es so Wichtiges, dass ihr sofort in Mannschaftsstärke bei mir auftaucht? Haben sich die Russen während meiner Abwesenheit bei euch gemeldet?«

Leonie war es, die ihrem aufwallenden Unverständnis Luft machte und näher an den Schreibtisch herantrat, obwohl Kai sie davon abhalten wollte.

»Nein, es sind nicht die Russen, die mir Sorgen bereiten. Du bist es. Ja, du. Wir reißen uns den Arsch auf, um herauszufinden, wo wir Denise und Jonas finden könnten – und was tust du? Du erscheinst hier plötzlich, als hätte man dir eine Gehirnwäsche verpasst. Du ziehst ein Gesicht, als hätte da ein Panzer drauf gewendet. Wir wollten dich nur fragen, was passiert ist. Verstehst du? Es sollte nur eine nette Geste sein. Komm Kai, Gordon ist jemand ins Gehirn gesprungen. Er spricht nicht mehr mit uns.«

Kai blieb noch einen Moment stehen und versuchte, im Gesicht des jetzt sprachlosen Freundes zu lesen. Hinter dem Bart konnte er aber lediglich Erstaunen feststellen. Auch er drehte nun ab und wollte Leonie folgen. Wieder erreichte die beiden der Ruf des Chefs.

»Setzt euch, verdammt noch mal!«

Nur zögernd kamen beide zurück, machten aber aus ihrer Verärgerung keinen Hehl. Leonie blitzte Gordon aus zu Schlitzen verengten Augen an, schwieg jedoch.

»Ich weiß nicht mehr weiter.«

Der kurze Satz schlug bei beiden wie eine Bombe ein und veränderte alles. Kai wiederholte ihn, so als hätte er den Sinn der Worte nicht erfasst.

»Du weißt nicht mehr weiter? Das sagst gerade du? Ich kann das einfach nicht glauben. Da muss ja Unglaubliches geschehen sein, damit das geschieht. Du warst doch nur beim Alten. Hat man dich gefeuert, oder noch Schlimmeres?«

»Ach, Quatsch. Kläver brachte mich auf Gedanken, die mir sehr zu schaffen machen. Und ich habe Angst davor, dass der alte Fuchs sogar damit richtigliegen könnte.«

»Was in Teufels Namen beschäftigt dich so?«, wollte Leonie nun wissen. Längst war die Verärgerung aus ihrem Gesicht gewichen und hatte der Sorge mehr Raum gegeben. »Irgendwas steht im Raum, das du viel zu nahe an dich heranlässt. Sprich mit uns. Wir sind deine Freunde.«

»Genau das ist der Punkt.«

Als Gordon bemerkte, dass in Leonie wieder der Zorn hochfuhr, beeilte er sich, das zu erklären.

»Kläver bemerkte so ganz nebenher, dass wir den oder die Schuldigen nicht zwingend und nicht allein in den Reihen der Russenmafia suchen müssen. Ihm fiel auf, dass der Entführer bisher auf die Bekanntgabe seines Übergabeplanes verzichtet hat. In seinen Augen ist das nicht normal. Folglich kann er spontan reagieren, sobald sich was tut. Was im Umkehrschluss aber nur eine Vermutung zulässt: Er weiß, was gerade bei uns passiert.«

»Und du meinst jetzt ...«, unterbrach ihn Kai, »... dass einer von uns derjenige sein könnte, der deine Familie als Geisel hält?«

»Das ist nicht dein Ernst, Gordon«, ergänzte Leonie Kais Schlussfolgerung. »Du verdächtigst einen von uns ...?«

»Nein, verflucht. Legt mir nichts in den Mund, was ich nicht gesagt habe!« Verzweifelt über die Reaktion seiner engsten Mitarbeiter erhob er die Stimme und schlug mit der Faust auf den Tisch. »Es könnte sich jedoch um jemanden aus dem erweiterten Kollegenkreis handeln, der über die Geschehnisse immer auf dem Laufenden und somit uns immer einen Schritt voraus ist. Wir waren uns doch schon vorher darüber einig, dass wir einen Spitzel im Präsidium haben könnten, der den Russen Tipps gibt. Ich wäre nie auf die Idee gekommen, dass dieser Jemand so weit gehen würde. Und was ich mich natürlich frage: Warum tut er oder sie so was?«

Mindestens eine volle Minute bestimmte Schweigen den Raum, wobei jeder seinen Gedanken nachhing. Beide Männer sahen sich fast entsetzt an, als sie Leonies Stimme vernahmen, die jetzt aber eine ungewohnte Härte besaß. Noch nie hatten sie diese innere Kälte bei der Kollegin in der Form festgestellt.

»Wenn das wirklich geschehen ist und Kläver damit recht hat, sollten wir dieser Ratte mit aller zur Verfügung stehenden Härte entgegentreten. Und das ohne Ansehen der Person. Wer auch immer das getan hat, muss dafür zur Rechenschaft gezogen werden.«

Es war wohl dem Zufall geschuldet, dass Leonies Hand plötzlich die Waffe berührte. Sie blieb auch da, als sie die Blicke der Kollegen spürte.

»Ich wiederhole das gerne, Kollegen: Mit aller Härte.«

32

»Das ist der gleiche Kerl, glaube mir. Hat er sich nicht den Namen Iwan verpasst?«

Kai hielt Gordon den Hörer entgegen und forderte ihn auf, zu übernehmen. Gordon nickte und griff zu.

»Sagen Sie mir jetzt nichts anderes, als dass Boris neben Ihnen sitzt und eigenständig atmet. Nichts anderes möchte ich hören. Sie sind doch Iwan, oder?«

Nach einem kurzen Auflachen kam der Angesprochene dann doch zur Sache.

»Unterschätzen Sie uns nicht, Herr Hauptkommissar. Wenn wir etwas versprechen, halten wir es auch. Genau wie wir es an dem Abend bei Ihnen zu Hause am Telefon vereinbart hatten, haben wir es möglich gemacht. Boris Bogdanow erfreut sich zumindest zum überwiegenden Teil bester Gesundheit. Sie können frei über ihn verfügen.«

»Was soll das heißen? Sie schränken seinen Zustand so auffällig ein. Was habt ihr mit ihm angestellt?«

»Wollen wir uns jetzt mit Nebensächlichkeiten aufhalten. Ich hatte Ihnen versprochen, dass ich den Dreckskerl in einem Stück mit nach Deutschland bringe. Jetzt plötzlich werden Sie pingelig. Wir mussten den Herrn ein wenig überreden, da er behauptet, Flugangst zu haben. Unsere Privatmaschine führt auch Liegendtransporte durch. Boris wird in Kürze wieder das Bewusstsein erlangen und sich bestimmt riesig darüber freuen, Sie wiedersehen zu dürfen. Wollen Sie mir immer noch nicht verraten, was Sie mit ihm vorhaben? Nicht dass mich das persönlich interessiert, aber einer meiner Brötchengeber würde das gerne wissen. Schließlich hängt davon ja unser Deal ab.«

Gordon verdrehte die Augen und ordnete mit einer diesbezüglichen Handbewegung an, dass der Gesprächsmitschnitt gestoppt werden sollte. Leonie klinkte sich aus.

»Ich finde es rührend, wie besorgt Sie alle um das Wohlergehen des Mannes sind. Ich denke, dass Ihr Boss den Verlust verschmerzen und schnell adäquaten Ersatz finden wird. Erfüllt Bogdanow seinen Zweck, steht unser Deal. Das habe ich versprochen und halte mich daran. Lassen Sie uns nun darüber sprechen, wie wir die Übergabe bewerkstelligen. Ihnen dürfte klar sein, dass alles, was wir ab jetzt tun, inoffiziell geschieht. Dabei habe ich nicht das Wort illegal benutzt, damit das klar ist. Es bedeutet lediglich unter Ausschluss der Öffentlichkeit. Aber damit werden Sie sich ja bestens auskennen.«

Es hörte sich an wie ein vergeblicher Versuch, einen Oldtimer-Motor zu starten, als Iwan lachte. Ihm schien der Verlauf des Gesprächs zu gefallen. Schließlich meldete er sich wieder.

»Sagen Sie mir nun wann und wo, Herr Hauptkommissar? Frau und Kinder warten in der Heimat auf mich.«

»Aber sicher. Es täte mir leid, wenn Sie das erleben müssten, was ich derzeit erleiden muss. Wir gehen folgendermaßen vor.«

Gordon zog die Notizen heran, die er sich für diesen Fall gemacht hatte.

»Da gegen Sie bei uns absolut nichts vorliegt, dürfen Sie sicher sein, dass Ihnen auch bei der morgigen Übergabe keine Festnahme droht. Ich werde ganz alleine am Übergabeort sein und den Gefangenen in Empfang nehmen. Habe ich den Mann lebend übernommen, trennen sich unsere Wege wieder, wobei die Vereinbarung am darauffolgenden Tag zum Tragen kommt. Treffpunkt ist der Parkplatz an der Regattastrecke vom Baldeneysee. Zeit: 23 Uhr. Sie werden mich an Ort und Stelle vorfinden. Sollte mir etwas zustoßen und ich mich nicht dreißig Minuten später bei meinem Team melde, wird der Deal platzen und man wird alles daran setzen, Ihrer habhaft zu werden. Dann bringt Sie auch der Privatjet nicht mehr zu Ihrer Familie, da auf keinem Flugplatz im Lande ein Privatjet unkontrolliert starten wird. Man wird Sie jagen wie einen Staatsfeind.«

Scheinbar unbeeindruckt von der Warnung stellte Iwan die Frage: »Die Frage, warum die Vereinbarung nicht sofort gilt, werden Sie mir wohl nicht beantworten, denke ich. Egal, letztendlich ist es mir auch egal. Wie finde und erkenne ich Sie? Das wird kein kleiner Parkplatz sein, an dem wir uns verabreden.«

»Machen Sie sich bitte darüber keine Sorgen. Ich finde Sie – das dort ist schließlich mein Revier, in dem Sie sich rumtreiben.«

»Das hört sich ja martialisch an, Herr Hauptkommissar. Muss ich mich nun vor Ihnen fürchten?«

Bevor Gordon darauf antworten konnte, wurde die Verbindung unterbrochen.

»Haben wir das gerade richtig verstanden, Gordon? Du willst dort alleine antanzen? Vergiss es. Das lassen wir nicht zu. Solltest du das von uns verlangen, werden wir uns anschließend wegen Befehlsverweigerung verantworten müssen.«

Kai richtete sich zur vollen Größe auf und versuchte, damit deutlich zu machen, wie ernst seine Drohung zu nehmen war. Auch Leonie drückte ihren Protest und ihre Entschlossenheit mit einem heftigen Nicken aus. Sie stellte sich demonstrativ neben Kai.

»Kommt mal wieder runter. Es besteht kein Grund dazu, den zivilen Ungehorsam zu demonstrieren. Ich erwähnte ja nur, dass ich dem Boten, also dem ominösen Iwan, sowie Boris Bogdanow allein gegenübertrete. Mit keinem Wort habe ich dem Kerl versichert, dass sich nicht jemand in der Nähe befindet, der mir den Rücken deckt. Holt mir die Soko zusammen, damit wir gemeinsam den Schlachtplan stricken.«

Gordon unterbrach die Gespräche, indem er mit dem Kugelschreiber gegen sein Wasserglas stieß. Augenblicklich richteten sich alle Augen auf ihn. Am Tisch versammelten sich Mia Richter, Leonie Felten, Kai Wiesner, Dino Wohlert, sein Kollege Walter Milan und Michal Nowak als möglicher Übersetzer.

»Bei dem, was morgen geschieht, liebe Freunde, darf absolut nichts schieflaufen. Auf jeden von euch muss ich mich tausendprozentig verlassen können. Sonst ist das Leben meiner Familie gefährdet. Wie ihr wisst, haben die beiden dann noch für maximal drei Tage Verpflegung. In der

Zeit muss die Verbindung mit dem Entführer hergestellt worden sein. Da ich das nicht selbst bestimmen kann, lebe ich mit der Hoffnung, dass der Unbekannte den Kontakt zu mir suchen wird. Auf sehr mysteriöse Weise scheint er immer sehr gut über unsere Schritte informiert zu sein. Jeder von euch darf sich eigene Gedanken dazu machen, wie das möglich ist. Allen, die heute hier am Tisch sitzen, vertraue ich und damit auch das Leben meiner Familie an. Nichts von unserem Plan darf nach draußen gelangen. Was wir beschließen, bleibt in diesem Raum. Falls damit einer von euch nicht leben kann, darf er sich aus der Runde entfernen, ohne dass ich ihm oder ihr etwas nachtragen werde.«

Gordon legte hier eine Pause ein und wartete ab. Jeder der Beteiligten sah auf seinen Nebenmann und dann wieder auf den Soko-Leiter.

»Gut. Ich sehe, dass wir uns einig sind. Eines noch, bevor ich euch meinen Plan erkläre. Es könnte sein, dass das, was wir während der Aktion tun müssen, nicht mit dem Gesetz vereinbar sein wird. Ich bin so vermessen, übrigens auf euren Rat hin, das Wohl meiner Familie über das Gesetzbuch zu stellen. Auch damit müsst ihr euch nun abfinden. Der Entführer hat sich mit dem Satan verbündet. In dem Punkt dürften sich unsere Ansichten wohl decken. Sollte Denise und Jonas etwas zugestoßen sein, sehe ich keine Veranlassung, Gottes Wort zu folgen. Ich werde mich seiner Regel widersetzen, wo er sagt: Mein ist die Rache, ich will vergelten. Ist er nicht willens oder in der Lage, meine Familie zu schützen, so werde ich die Bestrafung des Täters in meine Hand nehmen. Anders als er kenne ich aber keine Gnade, sondern nur Vergeltung.«

Nachdem das Murmeln in der Runde abgeklungen war, wusste Gordon, dass jeder von ihnen verstanden hatte, was er damit ankündigte.

»Wir haben verstanden, Gordon und werden dir in diesem Punkt nicht widersprechen«, fügte Dino an dieser Stelle ein. »Sage uns jetzt, wie du dir das Ganze morgen Abend vorgestellt hast. Was gibt es für uns zu tun?«

Aufmerksam folgten die Anwesenden den Vorstellungen von Gordon, wobei hier und da noch kleine Änderungen vorgeschlagen wurden. Mit entschlossenen Mienen ging man auseinander und alle bereiteten sich auf den entscheidenden Augenblick vor. Gordon winkte Kai, Leonie und Mia heran.

»Wir haben noch etwas zu besprechen. Ihr bleibt bitte noch.«

33

Die morgendliche Dusche hatte Gordon nicht wirklich erfrischt. Die Nacht verbrachte er mit Träumen, die ihn immer wieder hochschrecken ließen. Nun rubbelte er die letzten Wassertropfen aus Haar und Bart, um gleich darauf die Kaffeemaschine anzustellen. Erst der Duft des Kaffees weckte einige Lebensgeister in ihm. Obwohl er sich die beiden Brote belegt hatte, ließ er sie auf dem Teller liegen und griff nach dem großen Kaffeepott. Seinen müden Schritten die Treppe hinauf war deutlich anzumerken, dass ihm der erholsame Schlaf fehlte. Nur zögernd legte er die Hand auf die Türklinke, um Sekunden später in das Zimmer von Jonas zu treten. Die ersten Sonnenstrahlen stahlen sich durch den schmalen Schlitz des Vorhangs, um ihr Licht auf das Bild zu werfen, das den Jungen in den Armen von Denise zeigte.

Gordon konnte sich genau an diesen Moment des Glücks erinnern, den sie gemeinsam am Strand von Zandvoort erlebt hatten. Als hätte er Angst davor, das Bild zu zerstören, nahm er es vorsichtig hoch und erlebte für eine kurze Zeit in Gedanken diesen Augenblick ein weiteres Mal. Seine Lippen berührten sanft das Foto, während sich die Augen mit Tränen füllten. Sie suchten die vielen Zeichnungen, die

Jonas bereits an die Wände geheftet hatte. An einer blieben sie besonders lange hängen. Obwohl das Bild erst zur Hälfte fertig war, konnte Gordon klar die Silhouette von Denise erkennen. Jonas verstand es, die Schönheit, die vor allem im Inneren dieser Frau ruhte, in seiner Zeichnung hervorzuheben.

Ich werde euch wieder zurückholen. Das verspreche ich bei meinem Leben. Keiner wird euch mir wegnehmen können. Wo auch immer ihr seid, ich werde euch finden und den Schuldigen bestrafen, der euch das antat.

Liebevoll stellte er das Bild wieder auf der kleinen Kommode ab, wo es jetzt wieder das Licht der Morgensonne reflektierte. Mit einer fast wilden Bewegung riss er die Vorhänge beiseite und stützte die Hände auf die Fensterbank. Seine Stimme wirkte rau, aber beängstigend hart, als er die Worte gegen die Scheibe schleuderte.

»Ich finde dich, du feige Ratte. Niemand vergreift sich ungestraft an meiner Familie. Du sollst diesen verfluchten Boris bekommen, aber danach werde ich dich für das bestrafen, was du mir und den beiden angetan hast. Und wenn es den Rest meines Lebens dauern sollte – ich werde dich finden!«

Die Scheibe hielt es aus, als Gordon seine Stirn dagegen drückte und beide Hände darauf presste. Entschlossen richtete er seine Jeansjacke und prüfte den festen Sitz seiner Waffe. Es wirkte fast wie der Start in eine wichtige Schlacht, als er mit entschlossener Miene die Treppe hinunterstürzte und die Tür seines BMW aufriss. Einen letzten Blick warf er noch auf das Haus, bevor der Wagen mit durchdrehenden Rädern die Straße hinunterschoss.

Für einen kurzen Moment stoppte Gordon an der Bürotür, als er die Versammlung in seinem Glasverschlag erkannte. Das gesamte Team hatte sich um seinen Schreibtisch versammelt und diskutierte.

»Gut, dass du endlich kommst. Ich wollte dich schon anrufen.« Leonies Hand wies auf einen weißen Umschlag, der noch immer verschlossen mitten auf der Schreibtischablage ruhte. Jedem war klar, was das zu bedeuten hatte. Da Gordon genau damit gerechnet hatte, näherte er sich zügig, ohne überrascht zu wirken.

»Habe ich es euch nicht prophezeit? Das Timing stimmt auf den Punkt. Der Entführer weiß von dem, was heute geschehen soll, und wird seine Anweisungen darin verfasst haben.«

Jeder im Raum schien die Luft anzuhalten, als Gordon mit dem Brieföffner unter die Verschlusslasche fuhr und der glatte Schnitt einen Briefbogen erkennen ließ. Ohne lange zu überlegen, faltete er das Papier auseinander und las, was der Entführer ihm mitteilte. Erst als das erste leise Hüsteln im Raum erklang, erinnerte sich Gordon daran, dass seine Kollegen ungeduldig darauf warteten, dass er endlich preisgab, was dort geschrieben stand. Gordon konnte nicht verhindern, dass seine Stimme ungewöhnlich rau klang.

So, wie dieser Brief Sie erreicht, wird sich auch morgen früh ein weiterer in Ihren Händen befinden. Darin finden Sie die Angaben, um Ihre Familie befreien zu können. Das wird aber nur der Fall sein, wenn alles läuft, wie ich es vorgebe.

Wenn Sie heute Abend Boris Bogdanow übergeben bekommen, verlange ich von Ihnen, dass Sie den Verbrecher in Ihr Auto laden und an einen Ort bringen, den ich Ihnen noch nennen werde. Die Angaben dazu werden Sie vor Ort über das Telefon erhalten. Erst wenn ich den Mann in Händen halte und mir sicher sein kann, dass Ihnen niemand gefolgt ist, treten wir in Phase zwei ein, in der ich Ihnen den Brief mit den Koordinaten zustelle. Stellen Sie mir eine Falle, stirbt nicht nur Boris, sondern es wird auch Unschuldige treffen. Glauben Sie mir, dass ich das nur ungern dazu kommen lassen würde, denn das lag niemals in meiner Absicht.

Niemand wagte, diese Nachricht zu kommentieren. Alle Augen richteten sich auf den Hauptkommissar, der erstaunlich gefasst den Brief zusammenlegte und zurück in den Umschlag schob.

»Habt ihr nichts zu tun? Das war doch klar, dass es so kommen würde. Unser Plan bleibt unverändert bestehen. Dino, Michal – ihr zwei lasst bitte diesen Brief beim Graphologen mit den anderen abgleichen. Ich möchte sichergehen, dass es sich um den gleichen Aussteller handelt. Ich suche noch immer nach einer Erklärung, warum die ersten Nachrichten auf Russisch geschrieben wurden. Das ergibt einfach keinen Sinn. Die anderen bleiben hier. Es gibt noch etwas zu besprechen.«

Als sich die Tür hinter den beiden Angesprochenen schloss, bat Gordon den Rest der Mannschaft, der nur noch aus seinen engsten Mitarbeitern bestand, zum Besprechungstisch.

»Bisher läuft alles, wie wir es vorausgesehen haben. Jetzt steht zumindest fest, dass der Entführer selbst nicht am

Übergabeort auftauchen wird. Egal. Wir werden den bisherigen Plan leicht modifizieren müssen. Eines hat jedoch oberste Priorität: Nichts davon darf aus diesem Raum herausdringen. Es könnte den Tod von Denise und Jonas bedeuten.«

Nachdem Gordon den letzten Satz ausgesprochen hatte, legte sich Leonies Hand über seine.

»Wir holen die beiden wieder zurück, Gordon. Ich habe Jonas versprochen, dass wir deinen Geburtstag gemeinsam feiern werden. Was ich verspreche, halte ich auch. Wie stehe ich auch sonst vor dem Jungen da?«

Gordon schloss für einen Moment die Augen, was ein Dankeschön an die gute Freundin ausdrücken sollte.

»Ich weiß das, Leonie. Und ich bin mir sicher, dass wir das gemeinsam durchstehen werden. Doch jetzt gehen wir noch die kleinen Änderungen im Plan durch. Hört gut zu.«

34

Das Dunkel der Nacht hatte sich schon vor Stunden über den Parkplatz an der Essener Regattastrecke des Baldeneysees gelegt. Immer noch saß das Pärchen auf den Stufen der Zuschauertribüne und zeigte in inniger Umarmung, dass nichts auf der Welt mehr galt als ihre Zuneigung zueinander. Der Zeiger der Uhr rückte auf 22:30 Uhr vor, als sie sich endlich aufrafften und den Weg zurück zu ihrem Auto wählten. Bevor sie sich in das Innere verzogen, tauschten sie ein weiteres Mal heiße Küsse aus. Sie hatten keinen Blick für den silbergrauen Mazda übrig, der still in der allerletzten Parkbox wartete und von Dunkelheit umhüllt wurde. Nur ab und zu glomm die Glut einer Zigarette auf, die der Fahrer in der hohlen Hand beim Rauchen abdeckte. Nichts von alledem, was um sie herum geschah, drang bis zu den beiden Verliebten durch, die nun den Weg nach Hause suchten.

»Hast du das auch so gemacht, als du noch jung warst und dein krankes Hirn noch nicht an Mord und Totschlag dachte? Wie sind deine Treffen mit Mädchen abgelaufen, Boris? Du hast sie doch bestimmt nicht geküsst, bevor du ihnen an die Wäsche gegangen bist, oder? Ich stelle mir das gerade so vor, wie du in den dunklen Wald abgebogen bist und den unschuldigen Mädchen mit deinen Dreckpfoten die

Klamotten vom Leib gezerrt hast. Hast du wenigstens gewartet, bis sie etwas feucht im Schritt waren, bis du ihnen deinen Schwanz zwischen die Beine gesteckt hast? Bestimmt nicht. Du wirst wie ein Tier über sie hergefallen sein. Ich könnte mir vorstellen, dass du ihnen mit dem Tod gedroht hast, falls sie was von deiner Vergewaltigung erzählen. War es so, du Dreckschwein?«

Der Mann im Fond des Mazda schwieg, da das Panzerband, das seinen Mund verdeckte, eine Äußerung eh nicht zugelassen hätte. Nur ein kurzes Brummen und ein Kopfschütteln waren für Igor Popow im Rückspiegel zu erkennen.

»Klar – du mieses Schwein warst der geborene Gentleman, der so was nicht einmal im Entferntesten in Erwägung gezogen hat. Du bist also mit einem Blumenstrauß bei den Eltern aufgetaucht und hast höflich gefragt, ob du die Tochter zum Date ausführen darfst. Für jede dieser Lügen soll dir ein Teil deines Schwanzes abfaulen.«

»Lass den Mistkerl in Ruhe, Igor. Was erwartest du von diesem Schwein? Der ist es gar nicht wert, dass man sich mit dem befasst. Ich würde gerne wissen wollen, warum man gerade den unbedingt in Händen haben will. Da hat bestimmt jemand ein Hühnchen mit ihm zu rupfen. Wenn es nach mir gegangen wäre, hätte ich ihn endgültig fertiggemacht und ihn in der Taiga bis zum Hals verbuddelt. Die Wölfe und die Ameisen hätten sich bestimmt darüber gefreut, obwohl sie sich den Magen verdorben hätten.«

Wladimir Kusnezow, der bisher stumm der einseitigen Unterhaltung gefolgt war, äußerte sich in einem Wortschwall, den man in diesem Umfang nur sehr selten bei ihm erleben konnte. Seine Stärke lag mehr in seinen unmenschlichen Foltermethoden, die er zumeist schweigend erledigte. Dabei beschränkte er sich auf gezielte Fragen, zu denen er in der Regel auch irgendwann Antworten erhielt.

Wieder der Versuch des Gefangenen, Worte zu formulieren, die immer nur ein unverständliches Brummen ergaben. Selbst das endete mit einem Schmerzensschrei, als Igors Faust den Wangenknochen von Boris traf.

»Halt deine miese Schnauze, wenn sich anständige Menschen austauschen! Du glaubst gar nicht, wie viel Glück du hast, dass wir dich ausliefern müssen. Wenn es nach mir gegangen wäre, hätten wir dich noch eine Weile in die Mangel genommen. Bedank dich bei denen, die dich haben wollen, und beim Boss. Verrecken sollst du dreckiger Bastard.«

»Noch zwanzig Minuten, Igor. Siehst du schon was von diesem Mistbullen? Der scheint auf Pünktlichkeit zu achten – typisch deutsch. Denk daran, was wir verabredet haben. Lass dich auf nichts ein. Wenn du festgenommen werden sollst, nimmst du das ohne Gegenwehr hin. Ich denke, dass du keine Waffe dabei hast. Die können uns nichts. Wir haben uns nicht strafbar gemacht und es existiert hier auch kein einziger Haftbefehl gegen uns. Einfach cool bleiben und abwarten.«

Wladimir entging nicht der strafende Seitenblick des Partners.

»Hältst du mich für einen Anfänger? Ich lege dem Penner dieses Stück Scheiße vor die Füße und dann verduften wir sofort wieder. Nur schade, dass ich Bogdanow nicht das Licht ausblasen darf.«

Igors Hand stieß gegen Wladimirs Arm und wies anschließend auf einen Scheinwerfer, der sich von der Freiherr-vom-Stein-Straße näherte.

»Er kommt. Siehst du irgendwo weitere Bewegungen, Wladimir? Der Wichser wird sich doch bestimmt nicht allein hierher trauen. Da haben sich sicher ein paar Scharfschützen versteckt.«

Ein weiteres Mal glitten die Augen des Partners über den gespenstig wirkenden Parkplatz, auf dem sich jetzt nur noch ihr eigenes Fahrzeug und der sich langsam nähernde BMW des Hauptkommissars befanden. Die geschulten Augen betrachteten auch die Buschreihen, die die Parkstreifen voneinander trennten.

»Nichts Verdächtiges, Igor. Wenn ich mich nicht zu sehr täusche, kommt der Kerl tatsächlich alleine. Mutiges Kerlchen, will ich mal sagen. Warte noch bis der ausgestiegen ist. Vielleicht geht die Innenbeleuchtung an und ich kann mehr erkennen. Scheiße – der hat die ausgeschaltet. Er kommt. Mach dich auf die Socken mit dem verdammten Mistkerl und komm wieder zurück. Du weißt ja – unser Flug geht um zehn Uhr morgen früh und ich will mich noch ein paar Stunden aufs Ohr hauen.«

Boris Bogdanow traten fast die Augen aus den Höhlen, als sich die Riesenfaust von Igor um seinen Hals legte und ihn vom Rücksitz auf den Boden neben das Auto zerrte. Als er auf die Seite stürzte, riss ihn die Hand des großen Russen wieder hoch. Gordon Rabe hatte sich mittlerweile bis auf fünf Meter dem Auto genähert. Er blieb stehen. Sein Blick ruhte auf dem Beifahrersitz, auf dem er einen weiteren Mann ausgemacht hatte. Gleichzeitig spürte er, dass genau dieser

Mann die eigentliche Gefahr für ihn darstellen würde. Wieder einmal war es sein untrüglicher Instinkt, der die wahre Gefahrenquelle ausmachte. Nur aus den Augenwinkeln verfolgte er das Bemühen des großen Russen, den Gefangenen auf den Beinen zu halten, die scheinbar immer wieder ihren Dienst versagten.

»Eigentlich hatte ich mich darauf verlassen, dass Sie Ihr Wort halten und alleine erscheinen. Haben Sie denn wirklich geglaubt, dass ich Ihnen eine Falle stelle? Selbst wenn es so wäre, würde Ihnen dieser Schutz nicht ausreichen, um eine Festnahme zu verhindern. Ich sagte Ihnen bereits, dass Sie sich in meinem Revier rumtreiben. Was soll's? Geben Sie mir den Gefangenen und Ihr Part hat sich für heute erledigt. Sie können wieder zurück zu Ihrem Boss. Bestellen Sie ihm, dass unser Deal dann ab morgen gelten wird.«

Igor hielt Bogdanow wie eine Puppe in der Senkrechten und betrachtete den ganz in Jeans gekleideten Hauptkommissar, den er selbst nur um wenige Zentimeter überragte. Er machte keine Anstalten, Boris übergeben zu wollen. Gordon wurde von der Frage des Russen überrascht.

»Was soll das Ganze eigentlich? Wie Sie sehen, habe ich mein Wort gehalten und Ihnen den Mistkerl serviert. Doch kann ich mir nicht vorstellen, was die Auslieferung mit der Entführung Ihrer Familie zu tun haben könnte. Da tun sich mir zu viele Fragen auf. Hätte der Boss nicht ...«

»Was soll die Fragerei?«, unterbrach ihn Gordon. »Ihnen sollte es doch egal sein, was mit dem Kerl geschieht. Verbindet Sie beide etwa eine innige Freundschaft? In dem Fall muss ich sagen, dass Sie eine ungewöhnliche Art an den Tag legen, das in der Öffentlichkeit zu zeigen. Mir drängt sich

der Eindruck auf, dass Sie den Mann nur ungern herausrücken. Allerdings fehlt mir jegliche Vorstellung dafür,
worin der Grund liegen könnte. Verraten Sie mir den, bevor
wir den Akt hier hinter uns bringen?«

Gordon hatte einfach mal ins Blaue hinein diese Behauptung aufgestellt und spürte gleichzeitig, dass er komplett
richtiglag. Etwas in Iwan, wie er sich offiziell nannte, arbeitete. Er schien zu überlegen, ob er sich äußern sollte. Den
Ruf des Partners, er solle sich beeilen, ignorierte er und
schockierte Gordon mit der Antwort.

»Eigentlich geht es Sie ja einen Scheißdreck an, aber ich
will es Ihnen trotzdem verraten. Mir kann es zumindest nicht
schaden.«

Wie einen Sack Kartoffeln ließ er Boris Bogdanow fallen
und ignorierte das durchdringende Stöhnen, als der auf das
Pflaster fiel und mit dem Kopf heftig gegen den Radkasten
des Mazda knallte.

»Das Schwein wäre schon längst tot, wenn Sie nicht diese
Forderung gestellt hätten. Sie haben doch die Ermittlungen
geleitet in Sachen Containertransport, wenn ich mich nicht
irre? Sagt Ihnen der Name Popow etwas?«

Natürlich hatte Gordon sofort das Gesicht von Natalya
Popow vor Augen, die sie aus den Händen der Zuhälter
befreien konnten. Mit einem schwachen Nicken bestätigte er
die Frage des Russen.

»Warum fragen Sie nach der Frau? Sie ist frei und muss
diese Drecksbande nicht mehr fürchten.«

»Eigentlich ist diese Sache recht einfach zu verstehen,
wenn ich Ihnen verrate, dass ich kein Russe bin, sondern aus
der Ukraine stamme. Natalya ist meine Nichte. Boris konnte

nicht wissen, dass er sich an einer Frau vergriff, zu deren Schutz ich alles tun würde. Er hat aber nun einmal den Fehler begangen und sich an meiner Familie vergriffen. Dafür hat er schon einen Teil seiner Strafe erhalten. Wäre Natalya gestorben, stünden wir beide jetzt nicht hier und dieses Tier neben mir hätte dafür gelitten. Versprechen Sie mir, dass diese Bestie seine gerechte Strafe erhalten wird.«

Diesen Brocken musste Gordon erst hinunterschlucken. Er stand also vor einem Mann, dessen Nachnamen er jetzt zumindest kannte. Ob Iwan dazu passte, interessierte ihn nur wenig. Wichtig war ihm nur, dass er ein mögliches Motiv für die Wechsel in den Drohbriefen erhielt.

»Dann waren Sie es, der mir die ersten beiden Briefe schrieb? Ich verstehe nur nicht, was Sie damit bezwecken wollten. Schließlich haben wir damit eine Lawine gegen Ihren Boss und Sie selbst ins Rollen gebracht.«

»Wofür halten Sie mich eigentlich?«, entgegnete Igor. »Mit diesen beschissenen Briefen habe ich nichts zu tun. Mir ging es von Anfang an nur um dieses Schwein. Ich hätte den auch ohne Ihr Zutun in die Finger bekommen. Wenn wir es nüchtern betrachten, hat der Entführer Ihrer Familie dem Scheißhaufen hier neben mir das Leben gerettet. Bei den Briefen vermute ich, dass er Sie nur auf eine falsche Fährte locken wollte. Zumindest vorerst. Mir bleibt die Hoffnung, dass es sich um jemanden handelt, der noch ein ebenso großes Hühnchen mit Bogdanow zu rupfen hat. Glauben Sie mir eines, Rabe. Ich wünsche mir, dass Sie Ihre Familie wohlbehalten zurückerhalten. Gleichzeitig bete ich dafür, dass Boris in die Hände eines Irren gerät, der ihm die Einge-weide ganz langsam herausreißen wird. Tut er es nicht und ich erfahre, dass der Kerl wohlbehalten herumläuft, werde ich zurückkommen. Und dann Gnade ihm Gott. Nichts wird ihn vor mir beschützen können. Und jetzt nehmen Sie dieses elende Stück Scheiße und befreien Sie damit Ihre Familie.«

Gordon war sich im Augenblick nicht sicher, ob er Mitgefühl gegenüber Popow empfinden sollte, denn schließlich hätte er durch Bogdanows Schuld fast seine Nichte verloren. Gleichzeitig wog aber das Gefühl schwer, dass er möglicherweise einem Mörderpärchen gegenüberstand, das im Auftrag der Russenmafia tätig war. Dennoch näherte er sich langsam dem Mann, für dessen Gefangennahme er hoffentlich Denise und Jonas im Austausch zurückerhalten würde. Er zog Boris auf die Beine, nicht ohne den Partner von Popow auf dem Beifahrersitz zu betrachten, dessen kalte Augen ihn ebenfalls beobachteten – allerdings verdeckte der sein Antlitz mit dem hohen Mantelkragen.

»Geben Sie sich keiner Illusion hin, Rabe. Gegen uns liegt nichts vor. Sie können noch so sehr Ihre Datenbanken bemühen, Sie werden unsere Gesichter darin nicht finden. Wir sind unschuldige Engel, die lediglich eine Mission erfüllen. Lassen Sie uns in Frieden und wir sehen uns niemals wieder. Ich hoffe, Sie verstehen mich. Und jetzt gehen Sie hin mit dem Kerl und sorgen dafür, dass ihm das zukommt, was er verdient. Dieser elende Narzisst soll erhalten, was er sein Leben lang eingefordert hat.«

»Nun stellen Sie sich aber bitte nicht als Wohltäter dar, Popow. Ich vermute, dass auch Sie kein Kind von Traurigkeit sind, wenn es um die Selbstdarstellung und Durchsetzung des eigenen Egos sowie der Fantasie bei der Durchführung diverser Aufträge geht.«

Popow, der schon halb im Auto saß, zog den Kopf wieder zurück und sah Gordon ins Gesicht, der sich nur wenige Zentimeter vor ihm befand. Sein Lächeln irritierte Gordon einen Moment. Doch noch mehr taten es die Worte, mit denen er auf Gordons Vorwürfe einging.

»Sie irren sich da gewaltig, Herr Hauptkommissar. Ohne, dass ich Ihre Vermutung, was Aufträge angeht, bestätigen möchte, kann ich von mir behaupten, dass ich das weitaus pragmatischer betrachte. Emotionen kann ich mir einfach nicht erlauben. Ich erfülle nur meinen Job, ohne störende Gefühle, aber auch, ohne mich darstellen zu wollen. Ich bin nebenbei sehr vorsichtig. Das begründet sich in einer Aussage der österreichischen Schriftstellerin Marie von Ebner-Eschenbach, die mir sehr aus dem Herzen spricht: Je mehr du dich selbst liebst, desto mehr bist du dein eigener Feind. Unterstellen Sie mir deshalb bitte keine Staralüren.«

Er wartete Gordons Reaktion gar nicht erst ab und verschwand auf dem Fahrersitz. Nachdenklich blickte Gordon auf die in die Dunkelheit eintauchenden Rücklichter des Mazda. Erst als sich das Menschenbündel neben ihm rührte, fand er zurück in die Realität. Das Telefon vibrierte in seiner Tasche und bewies ihm, dass der Entführer längst Bescheid wusste und seine Anweisungen loswerden wollte.

»Rabe? Sie werden jetzt gut zuhören, denn ich werde das nicht wiederholen!«

35

Laut hallten die Worte des Entführers aus den Lautsprechern durch den engen Raum des Überwachungsfahrzeugs, in dem Leonie, Kai und Mia Richter der telefonischen Ansage folgten. Mia notierte die Anweisungen, während Kai mit dem Finger den vorgegebenen Weg von Gordons Wagen auf der Stadtkarte verfolgte. Dinos Kollege Walter Milan, der hinter dem Steuer auf das Startsignal wartete, hörte interessiert mit und fingerte bereits am Zündschlüssel herum.

»Mindestens vierhundert Meter Abstand halten. Ihr habt gehört, was Gordon gesagt hat«, erinnerte Kai noch ein letztes Mal. »Der Entführer könnte ein Polizist sein, der mit einer Observierung rechnen wird. Er muss sich ganz sicher sein, dass Gordon völlig allein sein wird. Bin mal gespannt, wie er die Übergabe unauffällig durchziehen will.«

Die Verbindung mit dem Entführer wurde gelöst und ließ die Kollegen lediglich mit dem ersten Anfahrtsziel zurück, das sich auf der gegenüberliegenden Seite des Sees befand. Neue Anweisungen sollte Gordon an einer gekennzeichneten Stelle des Anlegesteges am Haus Scheppen erhalten. Die Jagd konnte beginnen und erhöhte das Fieber bei allen Beteiligten. Das Überwachungsfahrzeug wählte den etwas längeren Weg über Essen-Heisingen, während Gordon die direkte

Strecke über Essen-Werden wählte. Alle wussten jedoch, dass eine endgültige Verfolgung nicht möglich war, da man sich auf dem langen Zubringer zum Treffpunkt unweigerlich begegnen würde. Das schien der Verbrecher bedacht zu haben, als er diesen Weg wählte. Die vier Verfolger wählten deshalb eine Warteposition, die vor einer Weggabelung sehr weit vor dem eigentlichen Ziel lag, an dem Gordon neue Instruktionen erhalten sollte.

Gordon stellte den Motor aus und parkte den BMW vor dem Zaun, der am Tage die unzähligen Motorradfahrer davon abhielt, ihre Maschinen direkt vor der bekannten Imbissbude abzustellen. Erst als er sich auf den Weg machte, um den Anlegesteg der Seeflotte aufzusuchen, hörte er hinter sich die Stimme eines Mannes, der sich aus dem Dunkel der herumstehenden Tische gelöst hatte.

»Stop! Es ist weit genug, Rabe. Ich sehe, dass Sie mir das Pfand mitgebracht haben. Das ist gut und wird die Sache beschleunigen. Sind Sie bitte so nett und legen Sie Ihr Telefon und die Dienstwaffe auf den Boden? Aber verzichten Sie bitte darauf, die Kurzwahltaste zu Ihren Kollegen zu aktivieren. Das würde ich Ihnen sehr übel nehmen und den Zweck unseres Treffens in Frage stellen. Sie wollen Ihren Sohn und Ihre hübsche Frau doch sicherlich unbeschadet wiedersehen. Also?«

In diesem Moment wusste Gordon, dass er trotz aller Vorsichtsmaßnahmen in eine ausgeklügelte Falle geraten war, die gut gewählt worden war. Vorsichtig legte er das Telefon auf den Boden und drehte sich langsam um.

»Drehen Sie sich ruhig um, Rabe. Obwohl ich maskiert bin, interessiert es mich eigentlich einen Scheiß, ob Sie mich identifizieren können. Ich bekam, was ich mir gewünscht hatte, und ich mache mir wenige Gedanken darum, was später mit mir wird. Klug von Ihnen, dass Sie unbewaffnet sind.«

Die eigene Pistole wies genau auf Gordons Kopf, während der Maskierte langsam die hintere Tür des BMW öffnete und hineingriff. Mit dem Kopf zuerst fiel Boris vom Rücksitz auf den harten Boden des Parkplatzes. Seinen Schmerzensschrei stoppte bereits das Panzerband, das immer noch quer über seinem Mund geklebt war. Mit einem heftigen Ruck riss der Unbekannte den Streifen ab, was Bogdanow zu einem wilden Schrei veranlasste. Der Lauf der Waffe beendete den Lärm und führte dazu, dass Boris nur noch ein verhaltenes Gurgeln von sich gab.

»Du glaubst nicht, wie mich dein Anblick erfreut, du Mistkerl. Es tut mir nicht leid, dass du gerade einen großen Teil deiner Zähne verloren hast. Die wirst du sowieso nicht mehr brauchen. Dein Weg endet heute hier. Er hat dich über zu viele Leichenberge geführt. Das lässt das Schicksal nicht unbestraft.«

»Hören Sie, wer auch immer Sie sind«, wandte Gordon ein, bevor etwas geschah, das er als Polizist hätte nicht verantworten können. »Falls Sie gegen diesen Mann etwas in der Hand halten, das zu seiner Verurteilung führen könnte, geben Sie es mir. Ich verspreche, dass ich dafür sorgen werde, dass dieser Mann ...«

»Halten Sie die Klappe, Rabe! Halten Sie, verdammt noch mal Ihre Klappe! Nichts von alledem können Sie tun. Das Schwein kommt dann ein paar Jahre in den Knast und wird eines Tages über uns lachen, wenn er wieder auf freiem Fuß ist. Das müssten doch gerade Sie kennen. Heute wird Boris Bogdanow vor ein Gericht gestellt, das das Urteil nicht nur schon gesprochen hat, sondern es auch an Ort und Stelle vollziehen wird. Und jetzt etwas zu Ihrem besseren Verständnis: Sie werden von mir die Adresse Ihrer Familie erst dann erhalten, wenn dieses elende Schwein tot vor mir liegt. Die Rache ist mein, sprach der Herr. Das kennen Sie doch, Rabe? Und ich bin der Herr an diesem heutigen Tag der Vergeltung. Ich habe mir selbst diese Macht verliehen, da ich auch das Recht auf meiner Seite weiß.«

Als Gordon einen Schritt auf den Maskierten zu wagte, zuckte dessen Waffe sofort hoch und drängte ihn zurück.

»Versuche es erst gar nicht. Willst du wirklich für dieses Schwein sterben? Was ist dann mit deiner Familie? Mit dir stirbt sie auch – vergiss das nicht. Das Gleiche wird geschehen, wenn Dino auf mich schießt.«

Gordon war nun wirklich nach dieser Ansage irritiert und blickte in alle Richtungen. Wieder hörte er die Stimme des Entführers.

»Glaubst du denn im Ernst, ich hätte dich hinter der Hausecke nicht gesehen, Dino? Komm raus, zeig dich mal. Die Pistole darfst du auf den ersten Tisch legen und dann zur Seite treten. Ich muss zugeben, dass ich einen solchen Auflauf von Kollegen heute nicht erwartet hätte. Aber nichts wird sich dadurch ändern, denn dieser Dreckskerl wird sterben.«

»Warum in Gottes Namen tust du das, Michal? Was hat dir der Kerl getan, dass du das Leben von so vielen Menschen aufs Spiel setzt? Lege endlich diese bescheuerte Maske ab. Wir wissen längst, dass du es bist und dass du es auch warst, der die Russenmafia über Jahre mit Informationen versorgt hat. Hast du wirklich geglaubt, dass du damit durchkommst? Heute habe ich deine Anrufliste durchforstet und die Zeiten abgeglichen, an denen du deine Anrufe bei Gordon getätigt hast. Leider zu spät. Du warst schon verschwunden, als ich dich festnehmen wollte. Doch du musst uns noch die Frage beantworten: Warum das plötzlich alles?«

Auch Gordon war sichtlich überrascht, als Michal Nowak, der nur Tage zuvor seine eigenen Briefe ins Deutsche übersetzt hatte, nun die Maske vom Kopf zog und scheinbar überrascht wurde von der Entwicklung. Immer wieder wechselte er die Richtung der Waffe, beließ es jedoch schließlich dabei, sie auf den Kopf von Boris Bogdanow zu richten. Gespannt lauschten Gordon und Dino dem Bekenntnis des Kollegen. Gordons Zorn steigerte sich ins Unermessliche, als er endlich dem Mann gegenüberstand, der nicht nur alle Kameraden hintergangen hatte und damit all das infrage stellte, wofür sie gemeinsam standen. Nein, es war die Vorstellung, was dieser Bastard eventuell seiner Familie angetan hatte. Wieder kam er einen Schritt näher, was Michal Nowak die Waffe hochreißen ließ.

»Bleib, wo du bist, Rabe. Ich verspreche dir, dass ich dich erschießen werde. Ich habe nichts mehr zu verlieren. Hast du gehört? Nichts mehr. Dieses Schwein hat mir alles genommen, was mir etwas bedeutet hat. Seiner Raffgier ist es zu verdanken, dass meine Schwester den Tod fand. Sie war es, die tot im Container lag, als der Transport im Essener Hafen ankam. Sie war ihrem ukrainischen Freund damals in seine Heimat gefolgt. Ihre polnische Heimat hatte sie verlassen, um ihr Glück in einem anderen Land zu finden. Als es schieflief, glaubte sie, ihr Glück in Deutschland finden zu können. Dieses Schwein hier nahm ihr das gesamte Gesparte ab und sperrte sie mit vielen anderen Frauen in diesen verfluchten Container. Er versprach ihr den Himmel auf Erden. Sie fand aber nur den Tod. Dafür wird er bestraft. Was mit mir wird, ist völlig egal. Erschießt mich nachher, damit ich es hinter mir habe, lasst mir aber meine Rache an diesem Schwein. Jetzt wisst ihr alle, was mich antrieb. Rabe, geh mir aus dem Weg und stell dich neben Dino. Los, mach schon. Ich habe nicht ewig Zeit!«

Als Gordon seinen Anweisungen folgte, zerrte Michal Nowak den stöhnenden Boris auf die Beine und schob ihn Richtung Anlegesteg. Seine Waffe presste er gegen den Kopf des stark blutenden und torkelnden Gefangenen. In Nowaks Gesicht zeichnete sich die Entschlossenheit ab, diese Sache bis zum Ende durchziehen zu wollen. Keiner der beiden Männer, die hilflos zusehen mussten, wagte, einzuschreiten. Zu groß war die Gefahr, dass Nowaks Kugel den Kopf von Boris Bogdanow durchschlug. Boris schlug hart mit dem Kopf auf die Holzplanken, als Nowak ihn über das niedrige Absperrgitter stieß. Anschließend folgte er ihm und riss ihn immer weiter zum Wasser. Gordon und Dino konnten nicht hören, was Nowak dem Gangster zuflüsterte. Dino spürte die harte Hand seines Freundes auf seinem Arm, als der Anstalten machte, loszustürmen.

»Lass es, Gordon. Er ist es nicht wert, dass du dein Leben und das deiner Familie für das des Halunken dort riskierst. Wir müssen wegsehen, wenn Michal wirklich seine Schwester rächen will. Der Bogdanow hat nichts anderes verdient.

Vergiss nicht, was er mit all den unschuldigen Frauen angestellt hat. Der schnelle Tod ist eine viel zu humane Strafe für all seine Taten. Und Nowak wird ebenfalls seine Strafe erhalten. Ich möchte nicht in seiner Haut stecken, wenn er ins Gefängnis muss. Die Kameraden dort werden ihn gebührend empfangen.«

Beide Männer zuckten zusammen, als eine gewaltige Wasserfontäne hochschoss und die Stelle, an der zuvor noch Nowak und Bogdanow gestanden hatten, leer blieb. Als hätte sie jemand von der Sehne geschnellt, spurteten Gordon und Dino los, überwanden mit einem eleganten Sprung das Absperrgitter und hetzten zum Ende des Stegs. Mit einem gewaltigen Sprung tauchte Gordon kopfüber in das schwarzglänzende Wasser des Sees und versuchte in der Finsternis, eine Bewegung unter Wasser auszumachen. Nichts als undurchsichtige, angsteinflößende Dunkelheit umfing ihn. Die Luft wurde knapp, sodass er auftauchen musste. Schattengleich tauchte Dino vor seinen Augen auf, der auf der Kante des Stegs stand und auf einen Punkt hinter Gordon zeigte.

»Dort sind Blasen, Gordon. Genau dort!«

Ein kurzer Blick genügte ihm, bevor Gordon tief Luft holte. Wieder tauchte er ab in das eiskalte, bedrohliche Wasser, das ihm jede Orientierung nahm, was oben und unten sein könnte. Die Lungen signalisierten ihm, dass er dringend auftauchen musste. Wie besessen tastete er im Wasser nach etwas Festem, erwischte schließlich einen Fetzen Stoff. Wie Stahlklammern legten sich seine Finger darum. Mit einer allerletzten Willensanstrengung versuchte er dem Weg der Luftblasen zu folgen, die ihm zeigten, wo sich die Wasseroberfläche befand. Mit letzter Kraft durchdrang sein Kopf die Wasseroberfläche. Gierig sog er den lebensspendenden Sauerstoff in seine gepeinigten Lungen. Neben ihm tauchte das Gesicht von Nowak auf, das keinerlei Anzeichen von Leben zeigte. Dino sprang direkt neben Gordon ins Wasser und holte mit gewaltigen Schwimmbewegungen den verräterischen Kollegen zum nahen Ufer. Gordon griff nach dem Holz des Stegs und versuchte, seine Atmung zu beruhigen. Die Hand, die sich ihm anbot, ergriff er, ohne darüber nachzudenken, wem sie gehören könnte.

»Das ist wieder typisch Gordon Rabe. Alles will er alleine erledigen. Er benötigt ja keine Hilfe, der große Hero und Kämpfer.«

Kai zog ihn mühelos aus dem Wasser und setzte sich neben ihn auf die Holzplanken.

»Wo ist ...?«

»Sieh da drüben, Gordon. Leonie kümmert sich schon um das Schwein. Die kriegt ihn wieder hin. Glaub mir. Der taffen Frau kann sich kein Mann widersetzen. Komm, wir gehen rüber.«

Erstaunt blieben Gordon und Kai stehen, als sie das Geschrei der Kollegin vernahmen, die wie wild auf den Brustkorb Nowaks einschlug.

»Das wagst du nicht, du verfluchter Hund. Du stirbst, aber nicht jetzt und nicht hier. Ich will erst von dir wissen, wo Jonas ist. Du verschwindest nicht in die Hölle, bevor ich es dir genehmigt und das von dir gehört habe. Atme, verflucht, atme endlich!«

Es dauerte jedoch noch etliche Sekunden, bis Nowak tatsächlich ein Lebenszeichen von sich gab und sich sein Brustkorb hob und senkte. Der Jubelschrei kam aus Kehlen etlicher Kollegen, die wie gebannt auf die Szene starrten. Sofort warf sich Gordon neben den Kripobeamten und schüttelte ihn wild. Kai legte seine mächtigen Arme um ihn und hielt ihn davon ab, dem Mann sämtliche Knochen zu brechen. Erst nach mehrfach vergeblichen Versuchen öffnete Nowak die Augen. Sie suchten die von Gordon und ruhten schließlich auf ihm und ein verzweifelter Ausdruck erfüllte sein Gesicht. Gordon musste sehr nah herangehen, um das verstehen zu können, was Nowak unter größter Kraftanstrengung von sich gab.

»Ich ... wollte das so nicht. Er hat ... er hat mich einfach ... er hat mich mit sich ins Wasser gezogen. Ich weiß, dass ... dass ich sterben muss. Sie finden Ihren Jungen ... und Ihre Frau ...«

Hier stockte Nowak für mehrere Sekunden, bevor er erschreckend leise Gordon etwas zuflüsterte. Sein Körper bäumte sich noch ein letztes Mal auf, um schließlich mit einem lauten Seufzer in sich zusammenzusinken. Der Brustkorb zeigte kein Lebenszeichen mehr. Gordon murmelte die Worte zwar nur, doch waren sie von den direkt danebenstehenden Kollegen klar zu verstehen.

»Jetzt hast du meine Genehmigung, zum Teufel zu fahren. Du hast genug Unheil angerichtet.«

Alle schreckten zurück, als Gordon aufsprang und zu seinem Wagen lief. Im Laufen schrie er noch in Richtung Leonie: »Holt die Taucher, damit die den verfluchten Russen aus dem Wasser holen.«

Fast hätte er Kai überfahren, der sich ihm in den Weg stellte. Im letzten Moment bremste er, damit Kai die

Beifahrertür aufreißen und zusteigen konnte. Ohne jegliche Erinnerung an bestehende Höchstgeschwindigkeiten raste Gordon über die serpentinenartig angelegten Straßen Richtung Werden. Einer inneren Eingebung folgend kurbelte Kai das Seitenfenster nach unten und klemmte das Blaulicht auf das Wagendach. Mit wahnwitzigem Tempo überfuhr Gordon rote Ampeln und kam erst wieder zum Stehen, als sich das flache Gebäude am Rande des Maisfeldes zeigte. Die Scheune, die ihm benannt worden war, erhob sich direkt vor ihm und entging nur knapp einem Aufprall mit seinem Wagen. Gleichzeitig mit Kai erreichte Gordon das massive Holztor, das jedoch den Öffnungsbemühungen widerstand.

»Jonas, Denise? Seid ihr da drin?«

»Ja, Gordon. Bitte hol uns hier heraus. Bitte.«

Unverkennbar war es die zwar schwache, dennoch klare Stimme von Denise.

»Geht bitte von der Tür weg und bringt euch auf der anderen Seite in Sicherheit. Ich hole euch sofort hier raus.«

Der Lärm hallte durch die Nacht, als ein dunkler BMW mit brachialer Gewalt gegen das Holztor donnerte und die Holzteile nach allen Seiten fliegen ließ. Gordon sprang aus dem verbeulten Wagen und eilte Denise entgegen, die ihm weinend in die Arme fiel. Er überschüttete sie mit Küssen und drückte sie immer wieder, selbst vor Freude weinend, an die Brust. Plötzlich stieß er sie vorsichtig weg. Seine Augen suchten den großen Raum ab.

»Wo ist Jonas? Ist er gesund? Geht es ihm gut? Bitte, Denise, sag ...«

»Beruhige dich, Gordon. Er ist in einem Nebenraum da hinten, wo du die kleine Tür siehst.«

Denise hatte den Satz nicht einmal zu Ende gesprochen, als Gordon loslief. Die Tür knallte gegen die Wand, als Gordon wie gebannt stehenblieb. Längst hatte Kai ihn erreicht und schon das Schlimmste befürchtet, als auch er mit einem Grinsen im Gesicht dem Treiben des Jungen zusah. Lediglich ein knappes »Hallo Papa« war Jonas das Wiedersehen mit den beiden Männern wert. Seine volle Aufmerksamkeit galt einem Wandgemälde, das er mit Schmieröl aus einem größeren Fass und einem gammeligen Pinsel an die Holzwand der Scheune gemalt hatte. Die Liebkosungen des Vaters nahm er gelassen hin und malte weiter, bis endlich ein Rettungswagen eintraf.

36

»Hoch soll er leben, hoch soll er leben, dreimal hoch.«

Das Anschlagen der Gläser verursachte ein klirrendes Geräusch, das den gesamten Raum der Feiernden erfüllte. Selbst Jonas, der ein Gemisch aus Orangensaft und Sekt in Händen hielt, suchte das Glas von Leonie, der er schon den ganzen Abend nicht von der Seite gewichen war. Stolz präsentierte er sich in seinem Jeansanzug, über den er sich jedoch Minuten zuvor ein Glas Mineralwasser geschüttet hatte. Denise hatte zwar versucht, das Malheur durch Abtupfen mit einer Serviette zu vertuschen, doch blieben die feuchten Stellen im Schritt der Hose bestehen. Niemand im Raum versuchte auch nur den Ansatz einer Frotzelei. Gordon diskutierte lange mit einer größeren Gruppe von Kollegen, zu der auch Dino Wohlert und Dr. Lieken gehörten. Als sich Denise bei Gordon unterhakte, fand er die Gelegenheit günstig, sie um ihre Meinung in einer unter den Männern strittigen Frage zu bitten.

»Hört mal einen Moment auf, Ihr Kampfhunde. Mich interessiert die Ansicht der Frauen, die ja bekanntermaßen nicht nur intelligenter sind als Männer, sondern auch einer Intuition folgen. Außerdem hat Denise sich mit diesem Thema innerhalb ihres Studiums befasst. Also, meine Liebe.

Wie siehst du grundsätzlich Menschen wie zum Beispiel diesen Russen-Boss, der um keinen Preis seine Macht gefährdet sehen möchte? Ist der auf einem Egotrip oder nicht?«

Erstaunt sah Denise die Männer der Reihe nach an, bevor sie ihre Meinung kundtat.

»Ich bin schon der Meinung, dass dieser Oligarch wahnsinnig machtbesessen sein muss. Diese Egozentriker bestimmen gerne, biegen sich ihre Wahrheit so zurecht, wie es ihnen in den Kram passt. Fassen wir das mal so zusammen. Sie folgen einem Gesetz: Es kann nicht sein, was nicht deren Meinung entspricht. Der deutsche Psychoanalytiker Erich Fromm schrieb einmal, dass der narzisstische Mensch eine unsichtbare Mauer um sich erstellt. Er selbst ist alles, die Welt ist nichts. Oder sagen wir es besser so: Er allein ist die Welt! Nun, meine Herren, lasst uns aber über etwas anderes reden Gordon, ich glaube, dass du jetzt ...«

»Ja, ja, Schatz, ich weiß. Du hast sicher recht, dass ich es hinter mich bringen sollte.«

Hart schlug Gordons Hand auf die Tischplatte, sodass alle Gäste erschrocken aufsahen.

»Entschuldigung, wenn ich euch unsanft störe, aber es gibt etwas auf Wunsch einer einzelnen Dame zu verkünden. Nun ja, eigentlich ist es ja mein eigener Wunsch.«

Gespannte Erwartung machte sich unter denen breit, die nicht zum absolut engen Kreis von Gordon gehörten.

»Wir haben alle irgendwann einmal die Idee gehabt, zur Polizei zu gehen, um den Menschen in diesem Land zu dienen und Unrecht von ihnen fernzuhalten. Darauf haben wir einen Eid geschworen. Nach den Gesetzen des Rechtsstaates zu leben und zu handeln, war unsere oberste Maxime. Ich durfte miterleben, wie das in diesem wundervollen Team ... was sage ich da? ... in dem gesamten Präsidium gelebt wurde. Doch irgendwann muss die Frage gestattet sein, ob das bis zum letzten Atemzug sein muss. Viele Jahre durfte ich mit diesen Menschen hier um mich herum innerhalb des Dezernates arbeiten. Das tat ich mit großer Freude und dem Wissen, dass jeder oder jede von ihnen für mich oder für den anderen einstand. Wenn es sein musste, auch mit dem eigenen Leben. Dafür danke ich jedem Einzelnen. Ihr wart mir gute Freunde und werdet es immer sein.

Doch für uns alle kommt der Zeitpunkt, an dem er sich neue Ziele setzen muss. Ich möchte mehr mit meiner großartigen Familie zusammen sein, möchte mich um Frau und Sohn kümmern. Deshalb teile ich euch mit, dass ich zum Jahresende meinen Dienst quittieren werde. Auf mich wartet dann für die letzten Arbeitsjahre bis zum endgültigen Ruhestand eine neue Aufgabe, die mir allerdings weniger Dienstzeit und Verantwortung abverlangt. Aber bis dahin werden noch ein paar Monate ins Land gehen und ich lade euch schon jetzt zur Abschiedsparty ein. So, jetzt aber genug geplappert. Lasst uns das Hier und Jetzt feiern und die Gläser auf den halbwegs guten Ausgang des letzten Falles erheben. Prost, liebe Kollegen.«

Mehr als es sich Gordon eingestehen wollte, hatte ihn diese Ansprache emotional berührt. Während die Entscheidung im großen Kreis eifrig diskutiert und über einen möglichen Nachfolger spekuliert wurde, entfernte sich Gordon aus der Gruppe und gesellte sich zu Jonas, der am Tisch mit den Flaschen und Speisen stand, um alle vorhandenen Gläser ordentlich in einer Reihe aufzustellen. Er merkte scheinbar nicht, dass ihn sein Vater dabei stolz beobachtete. Der wiederum blickte sich überrascht um, als sich Kai, Leonie, Mia und Dino hinter ihm versammelten. Keiner sagte ein Wort. Stumm hoben sie ihre Gläser und prosteten ihrem Noch-Chef zu. Denise hatte sich etwas abseits gestellt und die Stirn in Falten gelegt. Sie beobachtete diese Szene mit Sorge. Schließlich gesellte sie sich zu den Freunden und unterdrückte ihre Zweifel an der Richtigkeit des Vorhabens.

Thrillerreihen und Einzeltitel des Autors

ISBN-13 978-3751901352
Teil 1 der Gordon Rabe-Reihe
Als Taschenbuch und E-Book in Online-Shops und im Buchhandel

Inhalt
Sie gibt sich einem anderen hin!

Die Nachricht am Telefon pflanzt den Stachel der Eifersucht in die Gedanken der Männer, die an die ewige Liebe und Treue glauben. Eine perfide Vorgehensweise eines brutalen Killers setzt eine Gewaltspirale in Gang, die vielen Frauen im Ruhrgebiet den grausamen Tod bringt.
Lange bleibt das Motiv des Mörders im Nebel, während das Team um Hauptkommissar Gordon Rabe versucht, eine erste Spur zu finden. Noch nie begegnete er einem derart brutal und raffiniert agierenden Mörder. Dessen Spur verliert sich immer wieder, ohne dass die Ermittler weitere Morde verhindern können.
Erst eine schreckliche Entdeckung lockt den Serientäter aus seinem Versteck. Die Stunde der Abrechnung scheint gekommen.

ISBN-13 978-3751950923
Teil 2 der Gordon Rabe-Reihe
Als Taschenbuch und E-Book in Online-Shops und im Buchhandel

Inhalt
Erwacht das Böse in uns, stirbt zuerst die Seele

Die Erkenntnis darüber, dass sie sich im aktuellen Fall mutmaßlich mit einem mordenden Pärchen auseinandersetzen müssen, schockiert das Team um Gordon Rabe.
Grausame Wunden, die alle Opfer aufweisen, zeigen, dass jemand lustvoll tötet und von Hass besessen sein muss.
Wer bisher glaubte, dass nur Männer zu solchen Taten fähig sind, wird sein Weltbild korrigieren müssen.
Ein Fall, der die Essener Soko vor Rätsel stellt, da die Täter perfekt verstehen, ihre Spuren zu verwischen.
Als wäre das nicht ausreichend, muss sich Gordon um einen alten Fall kümmern, der ihn in tödliche Gefahr bringt.

ISBN-13 978-3751980777

Teil 3 der Gordon Rabe-Reihe

Als Taschenbuch und E-Book in Online-Shops und im Buchhandel

Inhalt:

Zeigt sich der Schatten des Todes, verändert er die Prioritäten im Leben.

Als die blutleeren Körper junger Frauen gefunden werden, ahnt keiner aus dem Team um Gordon Rabe, welch schreckliches Geheimnis sich dahinter verbirgt.

Doch das allein bildet nicht die tödliche Gefahr, die auf alle lauert. Ein Rachefeldzug gilt einem alten Fall, der längst vergessen schien.

Wieder einmal ist der Tod in seiner gesamten Grausamkeit allgegenwärtig und nicht greifbar.

Eine Story, die brutal beweist, wie wichtig menschlicher Zusammenhalt für unser Leben sein kann.

ISBN-13 978-3752608762

Teil 4 der Gordon Rabe-Reihe

Als Taschenbuch und E-Book in Online-Shops und im Buchhandel

Inhalt:

»Die Würde des Menschen ist unantastbar«

Dieser wichtigste Artikel des Grundgesetzes wird in abstoßender Art und Weise von Menschenhändlern missachtet, als sie junge Frauen in Containern ins Land schmuggeln. Das Team um Gordon Rabe muss nicht nur um das Leben von unschuldigen Frauen bangen, die von brutalen Händlern zur Prostitution gezwungen werden. Ein scheinbarer Suizid wirft viele Fragen auf, deren Antworten ungeahnte Familiengeheimnisse preisgeben. Die Lösung scheint so einfach, bis eine unerwartete Wendung alle schockt.

ISBN 978-3749410620
Band 1 aus der Reihe Liebig/Momsen

Als Taschenbuch und E-Book in allen Buchhandlungen und Online-Shops.

Inhalt:
»Du bist stärker als deine Angst! Sie spürt es und wird nachgeben.«

Die geflüsterten Worte sollen Sarah beruhigen, ihre Höhenangst endgültig besiegen. Ein Psychopath nutzt die Urängste der Menschen, um sie in den Tod zu treiben.
Sein perfider Plan geht bei den Schutzbedürftigen einer Selbsthilfegruppe auf, die ihre Phobien bekämpfen möchten.
Wird Peter Liebig, Hauptkommissar im Essener Morddezernat, die Pläne des Wahnsinnigen durchkreuzen können?
Der Täter hinterlässt keine Spuren. Erst als der erfahrene Beamte in die Hölle des Killers hinabsteigt, entdeckt er dessen Geheimnis.
Ein Psychoduell beginnt, das zwei völlig verschiedene Welten aufeinanderprallen lässt.

ISBN 978-3738622706
Band 2 aus der Reihe Liebig/Momsen
Als Taschenbuch und E-Book in allen Buchhandlungen und Online-Shops.

Inhalt:
»Die Qualen der Zelle liegen hinter ihr –
Doch die Hölle der Freiheit erwartet sie bereits«

Sieben Jahre teilte Daniela die Zelle mit Psychopathinnen. Totschlag war ihr Verbrechen, für das sie lange sühnte.
Nun steht sie vor dem Tor der JVA und einer Freiheit gegenüber, die keine ist. Unerbittlich begegnet ihr die Familie mit Ablehnung. Als sie in einen Strudel aus Gewalt gezogen wird, sehnt sie sich zurück in den Regelbetrieb des Strafvollzugs.
Ein perverser Serienmörder und ein brutaler Zuhälter reißen sie in den Vorhof zur Hölle.
Ausgerechnet ein Ermittler steht ihr zur Seite, den die Vergangenheit mit den Taten des perfiden Mörders verbindet.

ISBN 978-3749452163
Band 3 aus der Reihe Liebig/Momsen

Als Taschenbuch und E-Book in allen Buchhandlungen und Online-Shops.

Inhalt:
Das Feuer reinigt und lässt nur Asche zurück - Doch das abgrundtief Böse hat es auch für sich entdeckt.

Während die tapferen Einsatzkräfte der Feuerwache ihr Leben aufs Spiel setzen, um Menschen vor dem Tod zu bewahren, lebt ein Psychopath seine kranken Leidenschaften aus, folgt dem Trieb, unvorstellbar grausam töten zu müssen.

Immer mehr verdichtet sich der Verdacht, dass dieser Wahnsinnige nicht nur medizinische Grundkenntnisse besitzen muss. Nein - es könnte ein Feuerteufel sein, der sogar aus dem engeren Umfeld der Feuerwehr kommt. Jeder ist plötzlich verdächtig. Ein Psychokampf beginnt und gefährdet Freundschaften. Das Ermittlerduo Liebig und Momsen steht vor dem bisher rätselhaftesten Fall, der sie selbst in tödliche Gefahr bringt.

ISBN 978-3749497850
Band 4 aus der Reihe Liebig/Momsen

Als Taschenbuch und E-Book in allen Buchhandlungen und Online-Shops.

Inhalt:
Das Ziel ist Rache - das Ergebnis ist Selbstzerstörung

Niemand kann zu diesem Zeitpunkt erahnen, welche Opfer ein Rachefeldzug noch fordert, als man die erste schrecklich zugerichtete Leiche findet. Die Frau wurde hingerichtet von einem Täter, der damit eine blutige Spur durch die Strafverfolgungsbehörden ankündigt. Dass er keine Spuren hinterlässt und sein Motiv Rätsel aufgibt, macht es dem bekannten Ermittlerteam um Peter Liebig und Rita Momsen nicht einfacher. Seine Todesliste arbeitet der Killer unerbittlich ab. Das Grauen findet seine Fortsetzung, obwohl sich Puzzlestücke zusammenfügen. Der Tod jedoch hat die sympathischen Kripobeamten längst eingeplant.

ISBN 978-3734726316
Band 5 aus der Reihe Liebig/Momsen

Als Taschenbuch und E-Book in allen Buchhandlungen und Online-Shops.

Inhalt:
Nichts ist vergessen. Die Zeit der Vergeltung ist gekommen.

Die Frauen besitzen alle das gleiche Äußere. Doch das ist nicht das einzig Gemeinsame. Sie sterben alle einen grausamen Tod. Der Serienmörder foltert seine Opfer bestialisch, ohne auch nur die geringste Spur zu hinterlassen. Er macht den ersten Fehler, als einem Opfer die Flucht aus dem schrecklichen Kerker gelingt. Doch die Ermittler Rita Momsen und Peter Liebig erleben eine tiefe Enttäuschung, als sie auf die Hilfe des Opfers und erste Spuren setzen. Der geheimnisvolle Mörder bleibt nicht nur weiter ein Phantom, sondern wird selbst für sie zur tödlichen Bedrohung.

IBN 978-3746067858
Band 1 aus der Serie Spelzer/Hollmann
Als Taschenbuch und E-Book in allen Buchhandlungen und Online-Shops.

Inhalt:
Der Wald rund um die Ruine der Essener Isenburg - eine Oase der Ruhe und des Friedens. Das ändert sich mit dem Fund einer ersten, grausam zugerichteten Leiche.

Kommissar Sven Spelzer, als erfahrener Leiter der Mordkommission, begegnet einem Serienkiller, der präzise seine unvorstellbaren Taten plant. Der Täter preist seine Morde als Kunstwerke.

Wenn bisher ein System sein Wirken steuerte, so ist es die Gier Außenstehender, die eine unfassbare Lawine der Gewalt auslöst.

Gemeinsam mit der Rechtsmedizinerin Karin Hollmann begibt sich Spelzer auf die Suche nach dem Wahnsinnigen. Sie ahnen nicht, welche Hölle die Bestie schon für sie vorbereitet hat.

Kalendermord - der erste Fall für dieses Ermittlerteam, der sie sofort an ihre Grenzen zwingt.

ISBN 978-3746055879
Band 2 aus der Serie Spelzer/Hollmann
Als Taschenbuch und E-Book in allen Buchhandlungen und Online-Shops.

Inhalt:
»Der ist definitiv ertrunken. Die haben ihn noch lebend ins Wasser geworfen, dabei nicht mal seine Hände gefesselt.«

Die Aussage der Rechtsmedizinerin Karin Hollmann ist klar und deutlich. Sven Spelzer, mit dem sie schon den Serienmörder Pehling zur Strecke brachte, weiß von Anfang an, wen er für diesen Zeugenmord zur Verantwortung ziehen muss.

Die Soko wurde gebildet, um den ›SERBEN‹, wie sie den Gewaltverbrecher nennen, nach Jahren der Erfolglosigkeit, endlich zur Strecke bringen zu können. Brutalster Drogen- und Menschenhandel wird ihm zur Last gelegt. Mögliche Belastungszeugen verschwinden meist spurlos. Doch wer ist der unsichtbare Helfer im Hintergrund? Gibt es einen Maulwurf in den Reihen der Polizei?

Wieder werden die beiden Ermittler in einen Einsatz hineingezogen, der sie, wie schon im ersten Band dieser Reihe, an die Grenzen treibt. Als sie bereits an den sicheren Zugriff glauben, hat der Teufel längst die Falle gebaut.

ISBN 978-3752834215
Band 3 aus der Serie Spelzer/Hollmann

Als Taschenbuch und E-Book in allen Buchhandlungen und Online-Shops.

Inhalt:
»Da unten ist die Hölle«

Die Taucher der Essener Wasserschutzpolizei müssen weit über ihre psychischen Grenzen hinausgehen, als sie das Depot eines Killers in der Tiefe räumen.
Welcher Wahnsinnige versteckt die Toten im Essener Baldeneysee?
Wieder einmal stehen Rechtsmedizinerin Karin Hollmann und ihr Freund, Oberkommissar Sven Spelzer vor Mädchenleichen, die ihnen viele Rätsel aufgeben.
Wie weit geht ein skrupelloser Gangsterboss, um den gewaltsamen Tod seines Bruders zu rächen? Zwei scheinbar unabhängige Fälle bringen die Ermittler selbst in Lebensgefahr. Ein friedliches Naherholungsgebiet entpuppt sich als Spielwiese für einen irren Mörder.

ISBN 978-3752877953
Band 4 aus der Serie Spelzer/Hollmann

Als Taschenbuch und E-Book in allen Buchhandlungen und Online-Shops.

Inhalt:
»In mir hat der Satan ein Zuhause gefunden. Tust du nicht das, was ich von dir verlange, wirst du genau ihn von seiner fantasievollsten Seite kennenlernen.«

Die Drohungen treiben dem korrupten Polizisten kalte Schauer über den Rücken. Während Doktor Karin Hollmann und Oberkommissar Spelzer einen Satanisten verfolgen, der im Ruhrgebiet seine Opfer sucht und findet, versucht der Serienmörder Pehling, an seinem Zufluchtsort neue Gegner abzuwehren.
Aber nur, wenn sich die so unterschiedlichen Weggefährten zusammenschließen, haben sie eine verschwindend geringe Chance. Sie müssen verhindern, dass ein Satansjünger seine Visionen vom Reich des Antichristen verwirklichen kann.
Der Weg dahin fordert einen blutigen Tribut, denn der Gegner scheint nicht von dieser Welt.

ISBN 978-3752892178
Band 5 aus der Reihe Spelzer/Hollmann

Als Taschenbuch und E-Book in allen Buchhandlungen und Online-Shops.

Inhalt:
Der Frieden ist nur Schein - hinter ihm lauert der Tod

Eine ganze Region zittert vor ihr, obwohl sie Schutz versprach. Eine schöne Frau regiert nach dem Tod des Don unnachgiebig eine italienische Region. Nur einer durchschaut ihr Intrigenspiel, kennt ihr Geheimnis, das sie angreifbar macht. Geduldig wartet er auf den Tag der Abrechnung.

Ein grausamer Mafiakrieg, in den die Gerichtsmedizinerin Karin Hollmann, Hauptkommissar Spelzer und ein Serienkiller unaufhaltsam hineingezogen werden. Sie versuchen, Unschuldige zu schützen.

Obwohl die Handlungsabläufe in sich abgeschlossen sind, empfiehlt es sich, die Bücher in der Reihenfolge zu lesen.

ISBN 978-3744869997
Als Taschenbuch und E-Book in allen Buchhandlungen und Online-Shops.

Inhalt:
Seit Jahren verschwinden Prostituierte im Ruhrgebiet. Keine Leichen. Keine Spuren. Nichts kann den Killer aufhalten. Die erst 10-jährige Andrea Lesbe und ihr gleichaltriger Freund leiden schon in der Schule unter Mobbing. Die Mitschüler machen ihnen das Leben zur Hölle. Was die Kinder zu diesem Zeitpunkt nicht wissen können: Ein Hurenmörder beginnt gleichzeitig sein perfides Werk. Unaufhaltsam verbindet sich ihr Schicksal mit dem des irren Killers.

Als Andrea als Erwachsene wieder in ihre Heimatstadt Essen zieht, trifft sie nicht nur auf den einstigen treuen Freund. Sie begegnet auch einem geheimnisvollen Fremden, der sie magisch anzieht. Hauptkommissar Schlicht ermittelt mit seiner Soko seit 16 Jahren erfolglos im Fall eines vermissten Kindes und der beängstigenden Mordserie. Erst als der Killer die Abstände seiner grausamen Taten verkürzt, finden sich erste Spuren.

Damit das Geheimnis um den Serienkiller gelüftet werden kann, müssen die Beteiligten in den Vorhof zur Hölle hinabsteigen. Erst dort begegnen sie der grausamen Wahrheit.

»Ein Thriller, der die schmale Kluft zwischen Normalität und dem menschlichen Wahnsinn spannend beschreibt.«

ISBN 978-3752856873
Als Taschenbuch und E-Book in allen Buchhandlungen und Online-Shops.

Inhalt
Als sich die Zellentür für Dirk Rasper nach vielen Jahren vorzeitig öffnet, ahnt Hauptkommissar Klare nicht, welche Welle der Gewalt er damit auslöst. Nach seinen Recherchen saß der Mann über sieben Jahre unschuldig hinter Gittern.

Ein geheimnisvolles Versprechen aus der Vergangenheit band Rasper daran, die ihn möglicherweise entlastende Wahrheit zu verschweigen.

Als der Gefangene aus der Hölle des Strafvollzugs entlassen wird, treibt ihn die Liebe zu seiner kleinen Tochter und der Wunsch nach Rache an. Es mehren sich Zweifel daran, ob die Entscheidung, den Mann zu entlassen, nicht ein weiterer Fehler war.

Das Grauen findet einen neuen Anfang und endet im überraschenden Showdown.

ISBN 978-3741275203
Als Taschenbuch und E-Book in allen Buchhandlungen und Online-Shops.

Inhalt
Täglich gibt es in Deutschland etwa vierzig Fälle
von Kindesmissbrauch. Die Dunkelziffer ist
jedoch höher, denn viele Opfer und ihre Angehörigen schweigen, aus Scham, aus Angst. Heilt die
Zeit diese Wunden? Kann der Mensch erlittenes
Leid vergessen? Tina muss sehr bitter erfahren,
was es bedeutet, wenn Gespenster der Vergangenheit lebendig werden.
Wohlbehütet aufgewachsen, begegnen ihr plötzlich Grausamkeiten, die
sie sich nie hätte vorstellen können. Die Gräueltaten eines Sexualtäters
verknüpfen sich unaufhaltsam mit dem Schicksal ihrer Familie.
Ein Thriller, der nicht loslässt. Er nimmt den Leser mit in eine Welt, die
direkt neben uns existiert. Eine Welt, mit der viele Menschen selbst
Erfahrungen sammeln mussten und es aus unterschiedlichsten Gründen
totschweigen.
Der Autor möchte mit seiner Geschichte nachdenklich machen und zu
Diskussionen anregen. Gibt es hier nur Schwarz und Weiß, nur Gut und
Böse?
Eine Geschichte, frei erfunden, doch grausam nah an der Realität.

ISBN 978-3741299056
Als Taschenbuch und E-Book in allen Buchhandlungen und Online-Shops.

Inhalt:
Alfred Reimann, dreiunddreißig, Single, gut aus-
sehend, Jungfrau.
Bis heute lief das Leben des liebenswerten Finanz-
beamten und seiner Teddydame Bienchen in
geordneten Bahnen. Noch weiß er nicht, dass sich
dieser Zustand mit dem Einzug der süßen Nachbarin Verena ändern wird.
Ein glücklicher Umstand führt sie zusammen.
Seine Mutter ist davon alles andere als begeistert, denn in ihren Augen
wollen junge Frauen wie Verena nur das Eine. Und dieses Chaos wird sie
zu verhindern wissen!
Mithilfe von Verena und dem kauzigen Pfarrer Hollerberg stolpert Alfred
in das eine oder andere Abenteuer. Ob er auf den Reisen sein Glück
findet, bleibt abzuwarten ... Ein rasanter Liebesroman mit dem gewissen
Schmunzelfaktor.

ISBN 978-3741226458
Als Taschenbuch und E-Book in Online-Shops und im Buchhandel

Inhalt:
Als Nicole Manfred Kirchner begegnet, glaubt sie, den Richtigen für ein bleibendes Glück gefunden zu haben. Als das Monster die Maske fallen lässt, ist es schon zu spät. Nicole muss einen sehr hohen Preis bezahlen: Sexueller Missbrauch, grausame Misshandlung und kriminelle Machenschaften treiben Nicole fast in den Freitod.
Ihr Weg kreuzt den eines älteren Mannes. Nun erfährt sie, dass es auch Menschen gibt, die Hilfsbereitschaft und Freundschaft über ihre eigene Sehnsucht nach Liebe stellen. Doch Manfred Kirchner ist nicht der Mann, der sein Opfer so schnell aus den Klauen lässt. Das Schicksal treibt ein makabres Spiel und zwingt zwei Menschen an die Grenze des Zumutbaren.
Wird Nicole sich befreien können? Erkennt sie das wahre Glück und greift danach? Kennt das Glück wirklich kein Erbarmen?
Der Autor lässt den Leser wie schon in seinen beiden vorangegangenen Romanen tief in die dunklen Seiten des menschlichen Zusammenlebens eintauchen und bietet viel Stoff für Diskussionen.

ISBN 978-3746018317
Als Taschenbuch und E-Book in Online-Shops und im Buchhandel

Inhalt:
»Die Flossen hoch! Das ist ein Überfall!«
Die Aufforderung steht drohend im Raum des City Fitness, in dem auch die an MS erkrankte Rita Richter trainiert. Die in der Schalke-Arena gestählte Frau beweist den Brutalos, dass selbst Waffengewalt nichts ausrichtet gegen Lebensmut und derbe Schlagfertigkeit. Als die drei Kleinganoven Freddy, Richard und Massimo ihren Plan entwickeln, wissen sie noch nicht, welcher übermächtige Gegner sich ihnen in den Weg stellt. Eigentlich hatten sie eine Entführung geplant. Eigentlich! Da das Opfer unverschämterweise Urlaub macht, muss spontan umdisponiert werden. Alles ohne Plan B. Schneller, als es sich das Trio vorstellen kann, erscheint die Polizei auf der Bildfläche und eine ungewollte Geiselnahme nimmt ihre kuriose Fahrt auf. Schnell bekommen die Ganoven zu spüren, dass die Polizei nicht ihr ärgstes Problem darstellt.
Auch der leitende Hauptkommissar Holger Knoll wird diese ungewöhnliche Geiselnahme nie wieder vergessen können. Nichts ist vorhersehbar, alles läuft komplett aus dem Ruder. Die tatkräftige Hilfe kommt von einer Seite, die das Eingreifen des Polizeiteams fast überflüssig macht.

ISBN 978-3741261534
Als Taschenbuch und E-Book in Online-Shops und im Buchhandel

Inhalt:
Vera und Peter Sobier genießen mit ihrem zwölfjährigen Sohn Patrick ein sorgenfreies Familienglück. Das endet abrupt, als der erfolgreiche Rechtsanwalt einen folgenschweren Verkehrsunfall verursacht. Patrick erleidet ein Schädel-/Hirn-Trauma und fällt in ein Koma. Peter Sobier kommt mit leichten Verletzungen davon und sucht verzweifelt einen Weg, mit seiner schweren Schuld leben zu können. Die Liebe zu Vera wird auf eine harte Probe gestellt.
Die härteste Zerreißprobe ihres Lebens fordert den Eltern alles ab, denn das Schicksal kann grausam sein. Verzweiflung, Glaubenskonflikte und Hoffnungslosigkeit zerfressen den Geist des Vaters. Außergewöhnliche Signale, die der Sohn aus seiner finsteren Welt aussendet, verändern die Sicht aller Beteiligten.
Wird die Liebe der Eltern den vielen Prüfungen standhalten?
Hat Patrick eine Chance, jemals wieder zurück ins Leben zu finden?

ISBN 978-3741225383
Als Taschenbuch und E-Book in Online-Shops und im Buchhandel

Inhalt:
Als der vierzehnjährige Claudio ungewollt durch einen Freund in die Drogengeschäfte der ›Organisation‹ hineingezogen wird, beginnt sein Leidensweg.
Verrat und Misstrauen bringen ihn in allergrößte Gefahr. Zu seiner eigenen Sicherheit muss er Kalabrien, Familie und Freunde verlassen. Auf sich selbst gestellt, begibt er sich auf den steinigen Weg nach Deutschland. Hier hofft er, sich aus dem Netz der Mafia, der Ndrangheta, befreien zu können. Doch das Leben zeigt ihm mit aller Härte, was es bedeutet, der Vergangenheit entfliehen zu wollen.
Kann Claudio untertauchen in einer für ihn völlig fremden Welt? Wird er eine Zukunft mit eigener Familie aufbauen können?
Findet er ›LA DOLCE VITA‹ auch in Deutschland?
Inspiriert von einer wahren Geschichte, schildert der Roman in ungeschönten Bildern, wie das Verbrechen Leben zerstören kann.
Ein Sumpf von Gewalt, Drogen und Korruption, aber auch tiefe Freundschaften begleiten den Jungen auf der Suche nach einer neuen Heimat.